토스쿠

토스쿠

초판 1쇄 발행 2016년 5월 30일

지은이 정광모
펴낸이 강수걸
편집장 권경옥
편집 문호영 정선재 윤은미
디자인 권문경 구혜림
펴낸곳 산지니
등록 2005년 2월 7일 제14-49호
주소 부산광역시 연제구 법원남로15번길 26 위너스빌딩 203호
전화 051-504-7070 | 팩스 051-507-7543
홈페이지 www.sanzinibook.com
전자우편 sanzini@sanzinibook.com
블로그 http://sanzinibook.tistory.com

ISBN 978-89-6545-356-7 03810

* 책값은 뒤표지에 있습니다.
* 이 책은 2015년도 한국문화예술위원회 '아르코문학창작기금'을
지원받아 발행되었습니다.
* 이 도서의 국립중앙도서관 출판예정도서목록(CIP)은 서지정보유통지원시스템
홈페이지(http://seoji.nl.go.kr)와 국가자료공동목록시스템(http://www.nl.go.kr/
kolisnet)에서 이용하실 수 있습니다.(CIP제어번호: CIP2016012237)

토스쿠

정광모

장편소설

산지니

차례

토스쿠

1

요트가 속도를 줄였다. 태성은 조타기를 돌려 요트 앞머리를 선착장에 붙였다. 기다리던 남 사장이 태성이 던진 로프를 받아 접안 시설의 기둥에 요트를 묶어 맸다. 조타실에서 배를 대는 모습을 느긋하게 지켜본 승객들은 아쉬움이 남는 얼굴로 땅에 내렸다. 기다리던 운전사가 승객들의 짐을 받아 트라이시클에 올렸다.

남 사장이 둥근 선글라스를 쓴 남자에게 깍듯하게 물었다.

"어떻게, 투어는 괜찮았습니까?"

"아, 좋았어요. 한적한 카라바오 섬이 그만입니다."

"좋으셨다니 저도 고맙습니다."

어린 아들이 트라이시클에 타면서 아버지에게 말했다.

"이거 너무 재밌어. 내일 또 오면 안 돼?"

아이는 섬의 해변에서 태성과 함께한 원반 던지기 놀이를 좋아했다. 해변의 안쪽에서 바비큐를 굽는 엄마가

아들을 부르면 쫓아가 마지못해 고기 한 점을 입에 넣고
는 뛰어와서 태성에게 원반을 날렸다. 태성이 던진 원반
은 평평하게 날면서 아이가 잡기 좋은 위치로 떨어졌다.
바람을 받아 옆으로 꺾이거나 뚝 떨어지면 아이는 몸을
날려 힘겹게 붙잡았다. 신이 난 아이는 모래에 선을 그
어 태성과 받기 시합을 벌였고 백사장에 닿기 직전의 원
반까지 몸을 던지며 낚아챘다. 엄마가 달려와서 아이를
백사장에서 떼어내고 나서야 놀이는 끝났다.

아이의 엄마는 트라이시클에 타면서 태성에게 1,000
페소를 팁으로 건넸다. 그는 고개를 숙이고 후한 팁을
두 손으로 받아들었다. 투어를 시작하고 손님에게 처음
팁을 받을 때는 난감했고 은연중에 깔린 한국인 관광객
특유의 으스대는 몸짓이 불쾌하기조차 했다. 한국에서
일이 얼마나 풀리지 않았으면 여기까지 와서 고생이냐
고 팁을 주면서 위로를 하는 사람이 있는가 하면, 어떤
이는 자신이 운영하는 회사로 연락하라며 한국 회사의
명함을 주기도 했다.

손님들이 손을 흔들면서 화이트비치의 리조트로 떠나
자 태성과 남 사장은 사무실로 걸음을 옮겼다. 남 사장
이 투어에 대해 물었다.

"별다른 일은 없었고?"

"네. 방카 한 척이 우리 앞을 난폭하게 지나갔어요."

"요트를 시샘하는 놈이군."

그는 방카는 대적 상대가 아니라는 듯 자신감이 가득
한 웃음을 지으며 말했다.

"이틀 후에 장거리 투어를 가는 팀이 들어올 거야."

"장거리 투어요?"

남 사장이 대답 대신에 앞장서 사무실을 향해 걸었다.
뜻밖의 일정에 놀란 태성은 천천히 그의 뒤를 따랐다.

단층 사무실은 남 사장의 선착장 앞에 붙어 있었다.
남 사장의 선착장은 보라카이 섬의 탐비산 부두 옆 공
간으로, 개인시설도 공영도 아닌 애매한 곳이었다. 부두
의 방파제 옆에 붙은 작은 선착장이 태풍에 파손되자 남
사장은 돈을 들여 이곳을 보수했다. 선착장 아래로 돌을
보강하고 손상된 안벽을 세우고, 방파제 상단에 자갈을
투입하였다. 어민 공용의 선착장에 남 사장 개인의 몫이
더해지는 바람에 선착장의 수면에는 남 사장을 위한 보
이지 않는 경계선이 그어진 것 같았다. 섬 어민들은 남
사장이 선착장에 쏟아부은 상당한 노력을 인정하고 암
묵적으로 그가 소유한 요트와 방카에 우선 사용권을 주
었다. 남 사장은 선착장 끝에 소형 어선을 끌어올리는
크레인을 설치하고 그 뒤로 들어 올린 어선을 수리하는
철제 지지대 두 개와 가건물 수리소를 세웠다. 남 사장
이 크레인을 선착장 부지에 설치할 권한이 있는지는 분

명하지 않았지만, 어민들은 해면에서처럼 선착장 땅에 대해서도 남 사장의 눈에 보이지 않는 권리를 존중했다. 남 사장의 어선 수리 솜씨는 인근에서 소문이 날 만큼 훌륭했고 수리비용도 저렴해서 어민들은 선박 부품에 이상이 생기면 먼저 그의 수리소를 찾았다.

게다가 남 사장이 잘되는 것은 곧 필리핀 친구들이 성공하는 길이기도 했다. 남 사장의 아내는 필리핀 사람이다. 보라카이 섬의 부두에서 아내가 연 식당이 잘 돌아가자 처남들이 하나둘 달려왔고, 장인과 장모가 덤으로 얹혔으며 처제와 동서까지 따라붙었다. 남 사장은 아내의 식구들이 몰려오자 두 손을 들고 환영했다. 한국의 보호시설에서 어린 시절을 외롭게 보낸 그는 사람들이 북적대는 것을 좋아했다. 처가 식구들도 쾌활하고 낙천적인 그와 비슷해 서로 잘 어울렸다. 그는 한국에서 벌어 두었던 돈으로 방카 두 대를 사서 처남들이 운송 사업을 하도록 도왔고 화이트비치로 넘어가는 길의 허름한 단독 주택을 한 채 구입해서는 처가 식구에게 살도록 그냥 내주었다. 동서들에게 제공할 트라이시클도 두 대 구입했다. 처제는 아내의 식당에서 동업자로 자리를 잡았다. 이대로 가면 남 사장은 친족들의 안녕을 책임지는 필리핀 전통 족장의 위치에 오르지 않을까도 싶었다. 그의 처가 식구가 대가족으로 불어나면서 남 사장 개인의 몫이 일부 줄어들어도 그는 개의치 않아 했다. 어쨌든 그들은 모두 각자의 맡은 일을 느긋하지만 정확하게 해내고 있었기 때문이다.

남 사장의 사업은 방카와 요트와 선박 수리소와 트라이시클과 식당을 갖추며 점차 가지를 벌려 나갔지만 실속은 아직 보잘것없었다. 남 사장이 버는 돈 대부분이 처가 살림에 들어가 버렸기 때문이었다. 그의 재산은 아내가 주도해서 만든 '보라카이 카라바오 회사'에 몽땅 들어갔고 그는 지분을 소유한 사람 중 한 명에 불과했다. 그러나 남 사장은 조바심을 내거나 불안한 티를 전혀 보이지 않았다. 그는 사람들이 들끓는 것을 좋아했고 밤이면 처가 식구들과 산미구엘 맥주와 투바를 마시며 이야기를 즐겼다. 아내의 식당에서는 밤마다 동네 주민들이 수선스레 모여 요란한 웃음소리를 퍼뜨렸다. 어민이나 동네 주민이 지나가면 남 사장은 꼭 맥주 한 병은 대접하고 보냈다. 한국인 가이드들과도 사이좋게 지냈고 가이드들은 잇속을 챙기지 않는 그에게 타향의 고충을 털어놓았다. 남 사장은 그들의 하소연에 귀 기울였고, 자연스럽게 가이드들에게 도움을 주었으며, 가이드들은 그에게 이런저런 방법으로 보답했다.

남 사장은 검게 탄 피부에다 타갈로그어까지 제법 구사해서 빠르게 필리피노로 변신하고 있었다. 그의 피부가 그을리고 타갈로그어 실력이 늘어날수록 화이트비치의 식당이나 관광업체를 소유한 한국인 사업가와는 거리가 멀어졌다. 한국인 사장들은 그를 변칙적이고 이질적인 존재로 경계하며 조심스레 멀리했다. 피부가 검고 쌍꺼풀이 짙은 남 사장이 한국인 가이드 옆에 서 있으면 관광객들은 그를 필리핀 운전기사로 오해하고 짐을 맡겼다. 그가 필요한 것이 없냐고 관광객들에게 물으면 그들은 남 사장에게 한국말을 잘한다고 칭찬해 주었고, 어디서 배웠느냐고 묻기도 했다. 그러면 남 사장은 태연하게 타갈로그어로 '에-완 꼬(나는 모릅니다)'라고 답했고, 질문한 사람은 그 이름이 한국어를 가르치는 학원이냐고 다시 묻기도 했다.

남 사장에게 골칫거리가 있었다면 그가 소유한 헌터 35호 요트였다. 보라카이의 카그반 부두에서 매물로 나온 요트를 보면서 남 사장의 고민이 시작되었다. 무엇보다 가격이 터무니없이 쌌다. 카그반 부두에서 그가 일하는 탐비산 부두의 선착장까지는 10분밖에 걸리지 않아 요트를 가져오기도 쉬웠다. 그는 요트 선주인 호주인과 접촉해서 요트를 샅샅이 살펴본 후에 가격이 저렴했던 이유를 알아냈다. 엔진과 세일도, 전기시설과 선저도 모두 괜찮았는데 선주가 자신을 옭아매는 요트에서 벗어나려 안달이었다. 선주는 40대 초반의 남자로 '사람은 즐기려고 태어났다'는 굳건한 인생관을 지녔었다. 호주에서 10년 가까이 따분한 직장 생활을 견뎌내고는 38세가 되던 날, 무료하기 그지없던 직장생활을 접고 튼튼한 중고 요트를 사서 유랑길에 올랐다. 인도네시아 발리에서 석 달, 태국 파타야에서 두 달 반, 이런 식의 여정이 이어졌다. 선주는 정박료가 싼 마리나에 묵으면서 요트에서 요리를 하고 잠자리를 해결했다. 하루에 몇 시간은 영어 강습으로 돈을 벌고, 나머지 시간에는 정박한 나라의 언어를 배우며 뒷골목을 샅샅이 돌아다니곤 했다.

호주를 떠난 후 3년 동안 노상강도를 다섯 번 당했으나 그의 호주머니와 가방에 든 전 재산을 건네받은 강도는 선주가 가진 가련한 액수에 예외 없이 욕설을 퍼붓고 사라졌다. 바다를 건너다가 두 번은 위험한 풍랑에 휘말렸다. 그중 한 번은 정말로 배가 부서질 것 같아 신께 살려만 준다면 남은 생을 타인을 위해 봉사하겠다고 맹세한 일도 있다고 했다. 하지만 겨우 살아나자 그 때 맹세를 깡그리 잊어먹었다. 인도네시아와 태국과 베트남과 말레이시아와 대만을 거쳐서 여유만만하게 북상하던 선주는 필리핀의 보라카이에서 필리핀 여자를 만났다. 오동통한 그녀는 종일 웃음이 넘쳤고 미풍이 부는 바다를 닮은 쾌활한 성격이었다. 여자에게 마음을 뿌리째 뽑혀버린 그는 육지의 사랑을 방해하는 요트가 거북하고 성

가셨고 한다. 그는 주저 없이 행동하자는 평소의 생활신조에 따라 요트를 처분하고 여자에게 헌신하기로 작심했다. 그래서 주인과 거친 파도를 넘나들었던 요트는 배신당해 남 사장에게 헐값으로 던져지고 만 것이었다.

남 사장은 모처럼 다가온 기회인 요트를 붙잡았다. 벌여 놓은 사업으로 갚아야 할 돈이 어깨를 짓눌렀으나 오랜만에 만난 요트의 유혹을 이겨내지 못했다. 요트는 탐비산 부두 쪽의 선착장으로 옮겨 와 느긋한 휴식을 즐겼으나 남 사장이 보라카이 섬과 카라바오 섬을 도는 요트 투어 코스를 내놓는 바람에 길게 쉬지는 못했다. 남 사장은 갑판에 장의자 두 개를 고정시켜 선탠을 하거나 조망을 볼 수 있도록 요트를 개조했다. 화이트비치나 블라보그비치에서 카라바오 섬까지 소형 방카로 왕복하는 전세 운임은 한 사람에 2,500페소이다. 현지인들의 방카를 세내서 섬을 다니려면 시끄러운 엔진 소음에다 그에 못지않은 금액을 치러야 했다. 그는 가족이나 예약한 팀을 태워 운행하면서 방카보다 싼 가격을 매겨 오전 시간대에는 6,000페소, 석양 무렵에는 7,500페소를 받았다. 남 사장이 개발한 요트 투어는 화이트비치의 번잡함과 소란에 지친 한국인 가족 여행객들에게 소문이 났다. 그들은 카라바오 섬의 조용한 백사장에서 휴양을 즐겼다. 바비큐를 굽고 느긋하게 누워서 시간을 보냈으며, 유럽 관광객들처럼 해변에 파라솔을 펴고 긴 의자에 누워 음악을 듣거나 책을 읽는 손님도 있었다. 소형 방카와 전통 돛으로 달리는 파라우를 활짝 세일을 펼친 요트로 압도하며 보라카이 섬을 도는 일정도 색다른 운치가 있어 관광객들에게 인기가 높았다.

그러나 남 사장이 요트 투어에 집중하자 수리소가 제대로 돌아가지 않았다. 어민들은 남 사장 처남의 수리 솜씨를 미더워하지 않아 남 사장이 돌아오는 때에 맞추어 배를 몰고 왔다. 남 사장이 선박 수리에 매이자 요트는 다시 부두에서 쉬게 되었다. 요트 투어를 운용할 처가댁 식구가 없었고 무엇보다 그들은 관광객과 한국어가 통하지 않았다.

선박 수리와 요트 관광으로 눈코 뜰 새 없던 남 사장에게 한 가지 묘안이 떠올랐다. 바로 손태성이다. 한국에 있는 손태성이 "저더러 보라카이로 오라고요? 거긴 뭐가 좋습니까?"라고 물으면 그를 설득할 만한 대답도 준비되어 있었다. 손태성은 남 사장과 요트로 요코하마에서 부산까지 오는 국제항해를 경험해 본 적이 있다. 그런 그에게 보라카이 섬 주변의 운행은 그다지 어렵지 않을 거였다. 남 사장은 그 당시 중고 요트를 일본에서 한국으로 배달하는 일을 하고 있었고 태성은 그의 조수였다. 일본의 마리나에 길게 늘어선 쓸 만한 중고 요트를 한국으로 가져와서 팔면 실속이 있었다. 엔화 환율에 따라 이익이 들쑥날쑥하기는 했지만, 일주일 정도의 시간을 투자한 일치고는 벌이가 나쁘지 않았다. 그러나 요트 배달은 거센 풍랑에라도 붙잡히면 목숨이 위험하기도 해 아무나 도전하는 업은 아니었다.

선주였던 호주인의 열렬한 사랑이 결국 태성의 삶을 한국에서 보라카이로 옮겨놓은 셈이다. 보라카이로 넘어오라는 남 사장의 전화를 받을 즈음 태성은 한국에서 25톤 화물트럭을 운전하고 있었다. 연료를 아끼기 위해 시속 80킬로의 정속으로 운전하며, 모자라는 운행 시간은 야간이나 새벽 운전으로 메웠다. 교통체증 없이 훤한 그 시간의 도로가 좋기도 했다. 새벽녘 안개로 도로가 사라지면 그는 트럭이 허공을 구르지 않는다는 것을 잘 알면서도 자신도 모르게 속도를 늦추었다. 안개 속에서 앞서 달리던 차가 암초처럼 불쑥 튀어나오기도 해서 그는 놀란 가슴을 진정시키곤 했다. 안개등을 켜고 속도를 줄여 한 번씩 경적을 울리면서 달리면 낯선 세계에서 방황하는 유령 같은 느낌이 들기도 했다. 깊은 안개에 화물차와 자신이 점점 젖어버려 차는 엔진을 그르렁대며 겨우겨우 맥맥한 발을 떼는 것만 같았다. 남 사장의 전화를 받으면서 태성은 생각했다.

'그래도 필리핀 생활이 트럭 운전보다는 괜찮겠지.'

태성은 보라카이를 눈부신 해변에 관광객이 북적대는 섬으로만 알고 있었다. 보라카이에 도착하자 황홀한 일몰이 그를 사로잡았던 것은 예상과 같았다. 노을은 하늘을 변화무쌍한 황금색으로 물들이며 바다와 그가 바라보는 필리핀 사람까지 신비하고 의미 있는 존재로 바꿔내었다. 매일 노을을 볼 수 있다면 이곳은 오래 머물러도 좋을 섬이었다.

단층 사무실로 들어서자 남 사장이 탄두아이 럼주를 권하며 모레 오는 장거리 투어 팀이 일주일 일정이라는 말을 건넸다. 그는 궁금한 게 없느냐는 얼굴로 태성을 쳐다보았다. 태성이야 묻고 싶은 내용이 많았다. 태성이 남 사장의 여행업을 전담하게 된 이후 요트 투어는 모두 당일치기로 끝났다. 아침 일찍부터 시작해서 보라카이 북쪽의 롬블론 섬과 시부안 섬을 다녀온 투어가 가끔 있었다. 롬블론 섬에 붙은 작은 섬 록봉과 코브라도를 다니고, 그보다 멀리 떨어진 반톤과 시마라로 가기도 했다. 반톤 섬에는 스페인 식민지 시대에 만든 요새와 고대 무덤, 그리고 인적 드문 백사장의 고요함과 근사한 야외 점심을 즐길 해변이 숨겨져 있었다. 반톤 섬까지 다녀오려면 일정이 빡빡했지만, 새벽에 출발하는 하루 투어로 족했다. 섬들의 해안에는 전문 다이버들이 탐내는 다이빙 포인트가 여러 곳 있었으나 남 사장은 스쿠버 다이빙

17

투어에는 관심이 없었다. 보라카이에는 스노클링과 다이빙 전문업체가 쫙 깔려 있어 구태여 남 사장까지 끼어들 까닭이 없었다. 장거리 투어를 원하는 손님은 보라카이에 몇 번 들러 이미 속속들이 꿰고 있거나 아니면 판에 박힌 패키지 투어에 진저리를 치는 사람들이었다.

태성이 나무 의자를 남 사장 쪽으로 당겨서 앉았다.

"이번엔 어디로 갑니까?"

"무인도를 가게 될 것 같은……."

"일주일이나요?"

"글쎄. 좀 긴가?"

무인도가 널린 필리핀이지만 작은 섬의 경우 거의 무인도나 진배없는 한적함과 자연을 자랑하는 곳도 많았다. 고객이 무인도를 일부러 선택했다면 사람의 손이 닿지 않은 곳을 원하는지도 몰랐다.

"어디까지 가야 하죠?"

"글쎄. 세미라라 제도와 쿠요 제도에서 머물지도 모르지. 어쩌면 바쿠잇 군도로 가서 팔라완 패시지를 돌아보고 올지도 모르고. 팀 대표가 정확한 코스를 말하지는 않았어. 여행객 본인도 정확하게 어디쯤인지 모르거나 목적지나 코스가 중간에 바뀔 수도 있고."

남 사장도 투어 팀에 대해서 그다지 아는 게 없는 모양이었다. 태성은 탄두아이 럼주를 들이켜고 말없이 앉

18

아 있었다. 요트로 출발해서 무인도를 거쳤다가 늦어도 일주일 안으로 돌아온다는 것이 전부였다. 세미라라와 쿠요 제도는 보라카이에서 팔라완 섬으로 가는 내만에 있었고 그쪽 방향으로도 많은 섬이 깔려 있었다. 팔라완 섬을 지나가면 남중국해로 빠져나갔고 거기부터는 중국과 얽힌 바다였다.

"하필 무인도일까요?"

"나도 물어보고 싶은 말이야. 보라카이까지 와서 무인도라니. 팔자도 좋아. 카이트서핑은 하지 않아도 화이트비치는 밟고 가겠지. 걱정 마. 비경이나 희귀한 생물을 찾거나 끽해 봐야 마약밖에 더하겠어? 그것도 나쁘지 않지."

"나 혼자 폭풍을 만나면 감당이 될까요?"

"재주껏 피해 나가고 미리 대비를 해야지."

"퍽도 도움이 되네요. 그러다 유령선이라도 만나면요?"

남 사장은 시대에 어울리지 않는 유령선 얘기에 진지하게 대답했다.

"그건 오히려 괜찮지. 유령이라도 부닥치면 어쩌다 그 꼴이 됐는지 사연도 들어보고 말야."

남 사장이라면 유령과도 술잔을 건네며 대화가 가능할지도 몰랐다. 남 사장은 걱정하지 말라며 보라카이의 저녁노을을 닮은 편안한 웃음을 지었으나 태성은 지나치게 태평스러운 웃음이 아닌가 싶었다. 남 사장은 자신의 아버지도 태평했다고 늘 말했었다. 그의 아버지는 어린 그를 보호시설에 맡겨놓고도 걱정하지 않았고, 하루를 벌어 당일을 겨우 먹고살아도 찌들거나 기가 죽지 않았다고 했다. 그의 아버지에게 삶이란 그저 하루하루를 편안하게 견뎌내는 것에 불과한 익숙한 물체에 다름 아니었다.

태성은 남 사장과 같이 도쿠시마에서 부산까지 운항했던 기억을 떠올렸다. 이벤트 34피트 요트는 어물상을 운영하는 분이 낚시 친구들과 연안에서 탈 용도로 구매했던 것이었다. 선주는 요트를 사기로 마음먹자 물건을 빨리 보고 싶어 안달이었다. 그는 일본의 남 사장에게 여러 차례 전화를 내서 도착 날짜를 물어보고는 재촉하는 것은 아니니 부담 갖지 말라는 말을 덧붙였다.

새벽 두 시쯤, 요트가 세토 내해의 밤바다를 지나면서 남 사장이 잠시만 눈을 붙이겠다며 선실로 들어갔다. 남 사장은 감기에 몸살이 겹친 상태였다. 그는 태성에게 조금이라도 이상이 있으면 바로 자신을 부르라며 당부를 거듭했다.

태성은 전방을 확인하며 방향을 잡았다. 300도 방향으로 코스를 정한 요트는 뭉쳤다가 풀어지는 밤안개를 뚫고 꾸준하게 나아갔다. 무릎을 꿇은 짐승의 그림자처럼 내해를 채운 섬들이 멀리서 나타났다가 천천히 뒤로 물러갔다. 태성은 플라스틱 박스로 간이의자를 만들어 엉덩이를 걸치고는 바다를 바라보았다. 내해의 파도는 굴곡 없이 평온했고 바다는 자신의 몸을 가르는 배를 적대하지 않고 포근하게 받아들였다. 엔진의 규칙적인 진동도 안온하게 들려 태성은 바다가 품어주는 부드러운 기운에 휩싸였다. 태성은 박자를 맞춰 들리는 엔진 음과 초여름 밤바다의 온화한 기운에 고개를 끄떡대었다. 그러다 오른손으로 왼 팔뚝을 멍이 들도록 꼬집고는 정신을 차린 뒤 다시 몽롱한 상태로 빠져들었다. 그러다 짧은 졸음을 깼지만, 바다는 여전히 평온한 그대로였다. 배는 똑같은 자세로 조금 더 나아갔을 뿐이었다. 몇 차례 같은 과정을 되풀이하자 졸음을 막는 빗장이 헐거워졌다. 태성이 그를 껴안는 수마에서 탈출하려 머리를 흔들었지만 잠은 의식 속으로 부드럽게 들어와서 구석 자리를 잡고는 눈치를 보다가 일어나서 슬슬 걸음을 옮겼다. 그는 마침내 고개를 끄덕대며 까무룩 졸고 말았다.

그런 중에도 정신의 한 가닥은 들려오는 파도 소리와 빛을 완전히 놓치지는 않았다. 태성은 눈꺼풀을 때리는 빛에서 불길한 기운을 감지했다. 눈을 뜨자 태성의 곁에 붉은 등을 번쩍거리며 검은 물체가 묵직하게 서 있었

다. 갑자기 얼굴을 들이민 부표는 졸음에서 막 깨어나서
인지 무섭도록 커 보였고, 태성은 손을 타륜에 올린 채
로 부표를 향해 똑바로 달려가고 있는 상황이었다. 등줄
기가 섬뜩했다. 그가 본능적으로 배를 왼쪽으로 꺾자 몸
을 틀던 요트의 오른쪽 뱃전이 부표의 옆구리에 탕 하고
부딪쳤다. 요트의 충돌 면을 따라 시커먼 자국이 생겼다.
남 사장이 선실에서 후다닥 뛰어 올라와서 멀어지는 부
표를 쳐다보았다. 붉은 등의 부표는 해저에 설치해서 해
면까지 사슬로 연결하여 띄운 표지판이었다. 놈은 충돌
에도 아랑곳없이 흔들리며 붉은 불빛을 쏘아대었다. 다
행스럽게도 암초를 표시한 부표가 아니라 항로를 나타
내는 부표였다.

　태성이 일본에서 일어났던 부표 충돌사건을 돌이키며
혼자 가는 항해의 두려움에 대해 말했으나 남 사장은 가
벼운 사고를 여태껏 맘에 담아두었냐며 귀담아듣지 않
았다.

　"그게 무슨 사고까지 된다고…… 난파 정도는 돼야지."

　남 사장은 무인도 투어 팀이 자신의 업체를 선택한 사
실에 흡족해했다.

　"내가 생각했던 요금보다 두 배를 더 주겠다고 했어.
투어 요금을 한국 기준으로 계산한 모양이야."

　태성은 의아했다. 인터넷에 숙소와 자세한 금액까지

기재한 여행기와 정보가 넘치는 세상이라 보라카이를 찾는 사람들은 대략적인 요금을 알고서 들어왔다. 장거리 요트 투어가 드물기야 하지만 그래도 두 배를 주기까지야.

"여기는 소개를 받은 모양이죠?"

"팀 대표가 컴퓨터 회사의 간부급 엔지니어야. 투어를 다녀간 금융권 사람에게 소개를 받았다던데."

남 사장은 입소문이 난 투어에 흐뭇한 얼굴이었다. 요트 투어는 요트를 탄 손님들과 네트워크를 다지고 입소문을 내는 것도 목적이었다. 남 사장은 조종실에 미니 화로를 올렸다. 선박에서 불을 피우는 행위는 안전과는 거리가 멀었지만 지루해 하는 승객들을 위해 어쩔 수 없었다. 승객들은 풍요로운 햇빛에다 싱그러운 바람과 어울려 늘어지게 하품을 하곤 했다. 아름다운 바다라도 지나치게 고요하면 한국인들은 읽던 책을 덮어버리고 음악을 꺼버리는 건 다반사였다. 그들은 요트에 고기 연기를 내고 술을 마시며 시끌벅적하고 조금은 위험하게 갑판을 나다니는 여행에 길들어 있었다. 거기에 카라바오섬의 한적한 해변에서 봉지를 뜯어 라면을 끓여 먹고 바비큐에 소주를 곁들이면 최고로 만족해했다. 그러면 손님들은 제대로 쉬고 있다는 기분에 목소리가 높아지면서 떠들썩대며 함께 어울렸다.

그러나 이번 장거리 투어는 기존 코스와 달리 상당한 일정이 날씨와 바람에 따라 정해질지 모를 형편이었다. 남 사장은 불확실함이나 우연을 피하지 않았다. 그는 장거리 항해를 다니면 부딪치기 마련인 우연한 사건을 즐기기까지 했다. 그가 한때 일본에서 한국까지 요트를 배달하는 특이한 직업을 택한 것도 그런 기질 탓이 컸을 것이다. 매사에 낙천적인 남 사장은 이전에도 낯선 직업에 잘 적응해왔다. 그가 아는 사람의 소개로 마닐라의 중심가인 마카티에서 노래주점을 관리할 때는 성미 급한 한국인 사장을 대신해 필리핀 종업원들을 다독이기도 했다. 사장이 모두가 모인 자리에서 웨이터와 여종업원을 야단치면 그가 사장을 직접 막아섰다.

"필리핀 사람을 공개적으로 모욕 주면 큰일 나. 자존심이 세거든."

그러다 그는 종업원의 소개로 우연히 보라카이 섬으로 흘러들어 왔다. 필리핀 여자를 아내로 맞아 식당을 열고 방카를 사고 선박을 수리하면서 보라카이에 눌러앉게 될 줄은 그나 아내나 모두 예상하지 못했으리라.

그가 한국에서 번 돈을 몽땅 털어 보라카이로 거처를 옮기자 주위에서 실패를 대비해서 자금을 남겨 놓으라며 만류했다. 필리핀 아내와 처가의 어디를 믿고 맡기냐며 자기 사업처럼 흥분해 따지는 사람도 있었다. 그는

걱정과 충고를 싱긋 웃으며 한걸음에 넘겨버렸다. 남 사
장은 빈털터리가 되면 가볍게 새로 시작하면 된다는 생
각이었다. 그러면 우연의 신이 그를 신천지로 데려다주
리라. 남 사장은 우연이 없다면 삶은 철도 레일처럼 따
분하기 짝이 없다고 말하곤 했다. 출발지와 도착할 곳이
정해져 있고, 이동하는 날짜도 결정되어 있으며, 중간에
둘러볼 곳도 빤하면 설령 절경이 펼쳐져도 재미없고 지
겨운 여행에 불과하다는 소신이었다. 더구나 삶은 한번
뿐이지 않은가.

태성도 뜻밖의 일이 가져다줄 파괴력을 두려워하지는
않았다. 그러나 태성은 남 사장의 대담함이 불안스레 여
겨지기도 했고 어떨 때는 대책 없는 낙천성이 걱정스럽
기도 했다. 남 사장의 처가 사람도 남 사장만큼이나 미
래를 걱정하지 않는 밝고 희망적인 성격이었다. 필리피
노의 삶을 좌지우지하는 파도와 바람과 구름은 사람이
아무리 속을 태워도 끄덕하지도 않고 제 갈 길을 가버리
는 존재였다. 삶은 그들에게 안달의 대상이라기보다 유
쾌하게 지켜봐야 할 대상이었다.

태성은 새벽에 안개 낀 도로를 운전할 때마다 바다를
달리는 기시감에 사로잡히곤 했다. 망망대해에 갇혀 땅
과 하늘의 경계가 사라지는 기묘한 느낌은 남 사장과 함
께 바다를 달렸던 경험과 맥이 닿아 있었다. 도로의 희

뿌연 가로등은 멀리서 반짝이는 선박의 항해등을 닮았고 안개 사이로 사라지는 길은 저녁 어스름에 모습을 감추는 섬을 떠올렸다. 운전석에 혼자 앉아 있으면 길은 지독히도 외로워 보였다. 이번에는 익숙한 보라카이를 떠나 장거리로 무인도를 찾는 투어였다. 승객들을 책임지는 선장은 남 사장이 아니라 태성 혼자였다. 아무리 멀리 가도 어쨌든 따뜻한 날씨의 필리핀일 거라며 그는 마음을 다독였다. 그래도 항로와 목적지가 정해지지 않은 낯선 곳을 달려가는 긴장감은 줄어들지 않았다.

2

무인도 투어를 시작하는 날이었다.

'오늘이군.'

태성은 중얼대며 면도날을 턱으로 가져갔다.

'무인도라니! 도대체가!'

팔라완 섬 부근의 몇 곳을 떠올리며 멈칫하는 사이에 삼중면도날의 끝이 입술을 스쳤다. 날은 워낙 날카로워 입술이 아리며 비릿한 피 맛이 느껴졌다. 목을 타고 흐르며 러닝을 붉게 물들인 피는 휴지를 몇 장 뭉쳐서 입술을 누르자 겨우 멈추었다. 거울을 들여다보니 검붉은 덩이가 아랫입술을 가로질러 엉켜 있었다.

낮에 도착한 투어 팀은 여자 하나, 남자 둘로 모두 세 명이었다. 일로일로에서 아침 버스를 타고 카티클란까지 넘어와서 보라카이로 들어온 모양으로, 한국인 관광객들은 거의 택하지 않는 코스였다. 대부분의 관광객들은 마닐라나 세부에서 카티클란이나 칼리보 공항을 거

쳐 들어왔다. 태성은 투어 팀과 악수를 나눴다. 40대 중
후반의 리더로 보이는 박순익은 균형 잡힌 몸매로 중키
에 몸놀림이 민첩했다. 오장욱으로 소개한 남자는 젊었
지만 머리숱이 적고 얼굴이 둥글며 배가 불룩했다. 앞으
로 나온 아랫배나 두꺼운 허벅지와 어울리지 않게 가슴
과 팔이 연약해 마치 두 개의 이질적인 몸체를 붙여 놓
은 것 같았다. 성주연이라며 자신을 소개한 여자는 갸름
한 얼굴에 늘씬한 미인이었다. 그늘진 표정이었으나 사
람의 눈을 끄는 매력이 반짝거렸고 어딘지 모르게 만만
하지 않은 분위기였다.

　박순익은 태성에게 바로 출발하자고 했다. 태성이 놀
라서 되물었다.

　"화이트비치 안 들르고요?"

　태성은 박순익에게 화이트비치가 트라이시클로 얼마
걸리지 않는다며 부두에서 가까운 거리임을 강조했다.
박순익은 무심하게 고개를 저었다. 보라카이에 발을 디
뎠으니 이제 충분하다는 얼굴이었다. 이윽고 순익은 선
착장을 힐긋 살펴보았다. 그는 뭔지 모르지만 다급한 목
적에 마음을 뺏겼는지 젊은 선장과 배의 상태에 대해서
도 그다지 관심이 없었다. 무덤덤한 목소리가 이어졌다.

　"떠납시다."

　태성이 요트에서 승객들의 짐을 받아 올렸다. 여느

관광객들과 달리 투어 팀은 말수도 적고 들뜬 표정도 없었다.

'이상한 팀이군.'

태성은 불현듯 아침부터 자신이 혼잣말을 여러 번 했다는 사실을 깨달았다.

오장욱이 헉헉대며 대형 배낭과 캐리어를 실어 올렸다. 태성은 1주일 투어를 위한 짐치고는 지나치게 많은 장욱의 가방에 놀라서 물었다.

"이게 다 뭡니까?"

"사후 세계와 환생을 다룬 고대 이집트와 티베트 책이지요."

"사후 세계라고요? 이 책들을 다 읽는다고요?"

태성은 어이가 없었다.

"부피야 전자책이 작지만 싱거워서요. 간이 안 맞는 국 같지 않나요?"

"나머지는 뭡니까?"

"요리 재료와 뜨개실과 술이죠."

"뜨개질을 어디에서 하려고요?"

열대의 해변에서 뜨개질하는 모습을 떠올리며 태성이 뜨악해 하자 장욱은 시간을 보내기에 좋다고 시원하게 답했다.

"시간을 알차게 보내는 데는 목공과 뜨개질이 최고예

요. 노력하면 들인 공에 맞춤한 물건이 남거든요."

박순익은 28리터 배낭 하나가 전부였고 성주연은 배낭과 캐리어를 각각 하나씩 선실로 올렸다. 엔진 수리를 하다 나온 남 사장이 태성의 입술에 난 상처를 보고 물었다.

"웬 상처냐?"

"한눈팔다 베였어요."

그가 태성의 어깨를 두드리며 말했다.

"걱정 마. 저 사람들의 선택도 고민하지 말고."

"걱정보다도 뭔가 정해진 게 없으니까요."

"잘 풀릴 거야. 일이 꼬이면 좀 더 기다려 보고."

남 사장이 싱긋이 웃으며 승객과 악수를 나눴다. 그는 심지어 박순익에게 행선지가 어디냐고 묻지도 않았다. 무인도라는 목적지 자체가 분명히 존재하는 곳이면서도 따져보면 애매하기 짝이 없었다. 헌터호의 조종실에서 태성이 시동을 걸었다. 태성은 선착장의 오장욱에게 요트를 맨 로프를 풀어서 갑판 쪽으로 던져놓으라고 말했다. 그리고는 요트의 마스트에 연결된 슈라우드 줄을 붙잡고 반동을 이용해 슬쩍 올라타라고 요령을 알려주었다. 시동이 걸렸는데도 장욱은 낑낑대면서 로프에 매달려 있었다. 남 사장은 도움 대신에 흥미로운 얼굴로 애를 쓰는 장욱을 지켜보고 있었다.

"매듭이 안 풀려요!"

태성이 방법을 일러주었다.

"매듭 중간 부분을 옆으로 젖히세요."

그러나 장욱은 매듭을 이리저리 주무르면서 풀어내지를 못했다.

"무슨 매듭이 이래! 단단하게 묶였다니까요!"

성주연이 내려가서 기둥 세 곳에 묶인 로프를 풀어내고는 오장욱이 탈 때까지 로프를 잡아당겼다. 태성은 재빠르게 배의 옆구리에 내려졌던 보호장비인 펜더를 걷어 올렸다. 주연은 조종실 쪽으로 날렵하게 올라탔으나 급히 요트에 오르던 오장욱은 라이프라인에 발이 걸려 휘청하며 바다에 빠질 뻔했다.

태성이 타륜을 잡았다. 헌터호의 타륜은 커다란 자동차 핸들을 닮았지만 휠의 두께가 얇아 손에 착 감겨들었다. 헌터 35호는 선착장에서 조심스레 발을 뗐다. 탐비산 부두를 벗어나자 행선지를 정하지 못해 배가 뱃길을 더듬었다.

"무인도로 간다고 하셨죠."

태성이 거듭 확인하자 박순익이 당연하다는 어조로 그렇다고 했다.

"카라바오 섬에 먼저 들르시죠. 점심도 드셔야 하니까요."

순익이 태연하게 고개를 끄덕였다. 보라카이에서 멀어지자 태성은 속도를 올렸다. 배와 멀어진 보라카이는 윤곽이 희미한 언덕과 숲으로 뭉쳐서 평범하고 단순한 모습으로 변하고 말았다. 섬은 구름 사이를 뚫고 쏟아진 햇살에 젖어 마치 몸을 웅크린 짐승처럼 보였다. 카이트서핑과 요트가 끄는 낙하산에 매달려 높은 하늘을 떠도는 패러세일링이 한창이었다. 투어 승객들은 조종실에 앉아서 멀어지는 보라카이를 조용히 바라보았다. 성주연은 핸드레일을 붙잡고 크기가 줄어드는 섬을 향해 오래도록 손을 흔들었다.

순익은 타륜을 잡은 태성의 곁에 섰다. 그가 태성 옆에 바짝 당겨 서자 순익의 단단한 몸이 태성의 어깨에 부딪혔다. 순익은 한 걸음 물러나서 초록에서 짙은 파랑으로 변하는 바다를 말없이 지켜보았다. 구름이 짙어지며 5월 하순의 스콜이 한바탕 지나가자 일행은 갑판에 서서 열대의 비를 그대로 맞고 있었다. 마치 스콜이야 오래지 않아 지나간다는 사실을 몸으로 아는 것처럼 보였다. 흥분이나 즐거움이 넘치는 평소의 요트 투어와 사뭇 다른, 착 가라앉은 분위기가 조종실에 감돌았다. 태성은 투어를 나서기 전에 심심풀이로 본 오늘의 운세가 떠올랐다. '귀인이 찾아오니 힘써 움직여라'였던가? 배의 방향을 틀면서 그는 승객들이 귀인일까 하고 생각해보

앉으나 아무래도 거리가 먼 것 같았다.

　카라바오 섬의 작은 선착장에 도착하자 고목 그늘에 앉은 노파의 모습이 눈에 들어왔다. 몸통의 한쪽이 말라 죽어서 고목의 시커먼 속살이 보였지만 가지의 잎은 여전히 울창했다. 백발을 등허리까지 늘어뜨리고 주름이 자글자글한 얼굴의 노파는 고개를 돌려 이방인을 관찰하는 눈길을 보냈다. 오늘따라 섬에는 사람들이 별로 보이지 않았고 해변 길을 따라 어민 두 사람이 그물을 챙기고 있을 뿐이었다. 갑자기 뒤에서 노파의 고함이 들렸다.

　노파는 의자에서 일어나 큰소리를 내며 지팡이를 박순익에게 흔들었다. 태성이 돌아가서 진정시키려고 했으나 할머니는 좀처럼 자리에 앉지 않았다. 할머니는 태성의 짧은 타갈로그어 실력으로는 알아들을 수가 없는 말을 계속해서 쏟아내고 있었다. 태성이 순익을 할머니에게서 떼내어 해변으로 향했다.

　"도대체 왜 저러는가요?"

　"이름을 하나 아느냐고 물었어."

　"무슨 이름을 물었기에……."

　순익이 더는 대답을 하지 않았다. 이상한 일이었다. 뭘 물었기에 저렇게 할머니가 감정이 격해졌을까. 태성이 카라바오 섬의 구석 해변에서 바비큐를 굽겠다고 했으나 순익은 거절하면서 저녁에 먹겠다고 말했다. 그들은 보라카이의 번잡함과 대비되는 고요한 해변을 잠시 걷다가 한참을 바다를 향해 서 있었다. 승객들은 보라카이와 가까이 붙은 섬이라서 그다지 좋아하지 않는 것 같기도 했는데, 하기야 무인도는 사람의 발길이 닿지 않고 적요해야 제맛이 나는 곳이니 말이다. 야자나무가 해변을 향해 쓰러진 곳에서 태성이 순익에게 말했다.

"어느 쪽 섬으로 갑니까?"

"백사장이 깔린 남쪽의 무인도를 찾아봅시다."

"백사장이 필요합니까? 무인도에 가서 뭐하시게요?"

"방향이 더 중요해요. 남쪽이죠."

오리무중의 섬이었다. 승객들이 찾는 무인도가 쉽게 나타날까? 사람이 살기 어려운 곳이어서 무인도였다. 샘이 솟지 않고, 농토를 일구지 못할 가파른 땅이거나 배를 대지 못할 암벽으로 둘러쳐진 곳이었다. 순익이 하늘을 가리켰다.

"바닷새가 많네요."

태성이 하늘을 올려다보았다.

"예전부터 새가 많은 섬이죠."

"한국의 괭이갈매기는 공격적이라서 싫었지. 아들도 좋아하지 않았고."

"아드님과 바닷가에 자주 갔었나 보죠?"

"아들이 어렸을 때 갯벌이나 바닷가를 같이 다녔어. 걔가 가장 좋아한 새가 부리와 다리가 빨갛고 붉은 눈테를 지닌 검은머리물떼새였지. 검은머리물떼새가 조개와 갯지렁이를 좋아하고 무인도에도 산다고 들었거든."

"여느 새라도 무인도를 좋아할 것 같네요."

"맞아. 바닷새들은 넓은 갯벌을 좋아하지. 먹이가 무진장 넘치니까."

"좋았겠어요. 아들과 함께 다니면."

"한때는 그랬지요."

태성은 카라바오 섬을 떠나 내만의 세미라라 제도를 목표로 잡았다. 그쪽을 지나가면서 쿠요 제도를 거쳐 팔라완 섬의 엘니도로 방향을 틀면 멋진 투어 일정이 될 수 있을 것 같았다. 엘니도에서 조금만 가면 바쿠잇 군도가 나왔다. 외딴 해변들과 태고의 자연을 간직한 석호, 수려한 바위섬들이 여행자를 기다렸다. 바쿠잇 만은 성대한 석회암 절벽과 야자수가 늘어선 모래사장, 아름다운 산호초 지대가 마음을 움직이는 곳이다. 남 사장 가족과 어울려 요트로 엘니도와 바쿠잇 군도를 다녀온 적이 있었다. 떠들썩하고 문명의 때가 묻은 보라카이와 다르게 진정한 원시의 조화가 남은 곳으로, 무인도를 찾는다는 손님들도 좋아할 곳이었다. 태성은 요트에 탄 여행객들이 무인도에서 뭘 하든 관심이 없었다. 무인도에 관

35

한 소설이나 드라마 대본을 만들 수도 있고, 예능 프로의 사전 조사일 수도 있었다. 그들이 밤에 별 사진을 찍든, 섬의 식생을 알아보든 그가 관여할 바가 아니었다. 태성은 손님들이 지나치게 무모한 요구를 하지 않아서 마음이 놓였다. 혹시 듣도 보도 못한 좌표를 찍어서 가자거나 무인도의 동굴이나 다이빙 포인트를 개척한다고 나대는 모험가 스타일이면 곤란했다.

태성은 메인 세일을 올리고 엔진의 속도를 올렸다. 바람이 세지 않아 그런지 세 사람 모두 그다지 뱃멀미를 하지는 않았다.

"모두 바다에 강한 체질이네요."

태성이 말하자 장욱이 자신의 솟아오른 배를 손으로 두들기며 말했다.

"다른 분은 모르겠지만 난 값싼 중고 제품이라서."

주연이 말했다.

"나도 고급제품은 아니야. 진정한 고급이라면 장공진 박사의 목공소에 갔겠어?"

장욱이 말했다.

"그 말을 들으니 장 박사의 목공소에 다시 가고 싶네. 평화로운 장소였죠."

태성이 물었다.

"같이 목공을 하신 모양이죠?"

오장욱이 고개를 끄덕였다.

"장공진 박사라는 분은 목공 전문가였어요?"

"아. 그분은 로봇공학자였죠. 목공은 취미 겸 봉사활동으로 했고요. 우린 모두 그분의 목공소를 함께 다녔어요."

"로봇과 목공은 다소 이질적인데요. 최첨단 과학과 원시적인 나무의 조합 말입니다."

태성이 예사롭게 말했다.

"바로 보셨네요. 장 박사님의 매력이 바로 그거랍니다. 현대 과학과 순수한 자연과의 소통 말이지요."

그렇게 말하는 오장욱의 얼굴에 미소가 떠올랐다.

"어떤 분인지 한 번 만나보고 싶네요."

"글쎄요. 인연이 되면 만날 수도 있겠지요."

장욱이 점심을 준비하겠다며 주연에게 뭘 먹고 싶은지 물어보았다.

"아름다운 바다에 취해 배가 고프지 않은데요."

장욱이 쪽빛 맑은 바다를 바라보더니 바다는 별 관심 없다는 투로 답했다.

"맛있는 점심을 먹으면 바다가 더 멋져 보일 겁니다."

"그럴까요?"

장욱은 어깨를 으쓱 올리며 말했다.

"식사메뉴를 고르는 건 인생에서 몇 안 되는 자유지

요. 우리가 자유롭다고 하지만 그건 착각이 아닐까요. 태어나서 죽음까지 철로처럼 한 방향의 길을 걸어가면서 고정된 길에서 벗어나기란 거의 불가능해요."

그는 선실로 내려가 배낭과 캐리어를 열어젖혀 요리 재료를 끄집어냈다. 장욱이 선실 계단을 통해 큰소리로 말했다.

"요트에 냉장고가 있다는 걸 깜빡했네. 괜찮은 재료를 더 채울 수 있었는데 말이야."

"지금 갖춘 재료만으로도 요리의 천국까지 가뿐하게 갈 것 같은데요."

그는 빵에 야채와 오이를 넣고 닭고기에다 키위 드레싱을 뿌린 샌드위치와 포도 주스를 내놓았다. 후식으로 바나나를 꺼내고 홍차를 끓여 냈다. 장욱은 흰 바탕에 코발트색 띠를 두른, 받침까지 갖춘 잔을 두 세트 꺼내서 박순익과 성주연에게 홍차를 따라 주었다. 바다를 달리면서 준비된 점심에다 차까지 나오자 둘은 황송해 하며 잔을 받아들었다.

카라바오 섬을 떠난 지 세 시간이 지났다. 조타실에 서서 앞을 바라보던 박순익이 몸을 돌려 태성에게 왔다.

"술루 해로 갑시다."

그는 필리핀 바다를 잘 아는 것처럼 말했다.

"쿠요와 카가얀 제도를 거쳐 카가얀술루 섬으로 방향

을 잡읍시다."

그곳은 남쪽의 말레이시아 방향이었다. 필리핀 내해를 가로질러야 하는 곳이다. 흔히 관광객이 많이 찾는 팔라완 섬이나 바쿠잇 군도와는 동떨어진 방향으로 운항 거리도 만만찮은 데다 섬도 많지 않았다.

"일반인들은 가지 않는 곳인데 어떻게 그곳으로?"

해도를 꺼내 당황스럽게 항로를 그려보는 태성에게 그는 자신 있게 말했다.

"가 본 사람이 있지."

"가 본 사람이 있다고요?"

"그렇소."

태성은 이들이 원하는 곳이 어떤 곳인지 가늠하기 어려웠다.

"그곳에 목적지가 있습니까?"

"목적지?"

박순익이 웃음을 머금은 채 일행들을 둘러봤다. 순익을 바라보는 일행들의 표정이 묘했다. 그들 간에 나누는 눈길에서 태성은 알 수 없는 거리감을 느꼈다. 예컨대 그것은 그들끼리만 아는 정보에서 태성만이 소외되고 있는 기분이면서 그들이 공유하고 있는 내용도 매우 기분 나쁜 어떤 것으로 읽혔다.

"일단 이곳으로 갑시다."

박순익이 안주머니에서 종이 한 장을 꺼냈다. 손으로 그린 섬의 약도였다.

"뭡니까? 이 지도는?"

"우리들이 가려는 곳이오."

태성은 차분히 약도를 판독하려 했다. 중앙에 산이 있고 길게 휘어진 섬으로, 섬의 이름도 주변 해역도 표시되어 있지 않았다. 이때 오장욱이 슬금슬금 태성 가까이 다가와서 옆에 붙어 섰다. 오장욱의 태도에 태성은 기분이 좋지 않았다. 태성이 두 남자에게 눈을 떼어 주연을 바라보자 그녀는 태성의 눈길을 피했다.

"그러니까 지금 손님들이 말하는 건 처음부터 확실한 어떤 곳을 목적하고 있다는 것 아닙니까?"

박순익과 일행은 묵묵히 서 있었다. 태성은 이들이 뭘 원하는지 의심부터 들었다. 그는 찬찬히 손님들을 살펴보면서 그것이 무엇이든, 그에게 숨기는 뭔가가 분명히 도사리고 있다고 판단했다. 태성이 조금 언성을 올렸다.

"사무실에서는 왜 이런 얘기를 하지 않았죠?"

"난 복잡한 건 싫으니까."

"이건 곤란합니다."

"그럼 어떻게 하겠다는 겁니까?"

"사무실에 보고하고 승낙이 떨어지지 않으면 회항해야 합니다."

"흠. 까다로운 선장이군."

박순익이 내키지는 않지만 후한 인심을 쓴다는 것처럼 말했다.

"좋소. 우리가 양보할 테니 쿠요 제도까지 일단 가 보자고. 그리고 다시 의논해 봅시다."

쿠요 제도는 보라카이에서 부지런히 달리면 한나절쯤 걸리는 110킬로 남짓한 거리였다. 쿠요 제도에서 서쪽으로 나가면 아름다운 라군들이 펼쳐진 바쿠잇 군도와 엘니도가 기다렸다.

"알겠습니다."

태성은 천천히 타륜을 돌렸다.

3

요트 앞에서 전방을 감시하던 주연이 소리쳤다.

"LNG 선이에요."

옆구리에 LNG를 새기고 선체 상부를 직사각형의 탱커가 덮은 선박이 바다를 가로질렀다. 태성은 요트의 속도를 늦춰서 선박이 지나가도록 기다렸다. 주연이 물었다.

"어디로 갈까요."

장욱이 자신 있게 말했다.

"마닐라겠지."

주연이 멀어져가는 LNG선을 바라보며 말했다.

"믿을 수가 없군요. 저 커다란 배에 실린 가스로 요리를 하고 물을 데웠다니. 반세기 전만 해도 꿈도 꾸지 못할 일 아닌가요."

장욱은 당연하다며 말했다.

"세상은 믿지 못할 일로 차 있죠. 우리가 필리핀의 섬을 찾아오다니 그것도 생각지도 못할 일 아닌가요."

장욱이 선실에서 위스키를 들고 와서 승객과 태성에게 한 잔씩 돌렸다. 배를 몰 때는 술을 입에 대지 않는 태성은 잔을 거절했다. 그가 한 잔은 괜찮다며 다시 권하는 바람에 태성은 마지못해 잔을 받아 들었다. 장욱이 잔을 들고 외쳤다.

"우리의 바다를 위하여!"

승객들은 단숨에 술을 털어 넣었다. 장욱이 다시 술을 승객들에게 따랐다. 배가 흔들리는 바람에 주연에게 잔을 따르던 장욱이 휘청대자 그는 조타대의 손잡이를 잡고서 균형을 잡았다. 취미로 희곡을 썼다는 오장욱은 술잔을 들고서는 바다를 향해 소리 높여 독백하기 시작했다.

"우리의 여흥은 이제 끝났네. 이 배우들은.

내가 자네에게 말했듯. 모두 정령들이었어. 그리고

공기 속으로 녹아 버렸지. 희미한 공기로.

그리고 이 광경의 바탕 없는 구조물처럼,

구름 모자를 쓴 탑들, 거대한 지구 자체도,

그래, 그것을 소유하는 그 모든 것들도, 용해되는 거라네.

그리고, 이 실체 없는 볼거리가 사라지듯,

구름 한 줌 남기지 않는 거라네. 우리는

꿈의 재료야. 우리네 삶은

잠으로 둘러싸여 있고 말야."

오장욱은 한껏 들이마신 호흡을 끊으며 낭랑하게 낭송했다. 두툼한 목에서 빠져나온 목소리가 탁 트여 쭉 뻗어 나갔다.

"셰익스피어의 『템페스트』에 나오는 구절이죠."

"근사한 대사지만 슬프네요. 우리가 꿈의 재료에 불과한 존재라니."

주연이 섬에서 빠져나오자 오히려 생기를 찾기 시작한 듯 말했다. 그러다 시선을 태성에게 돌리며 요트 조종하는 방법을 배우겠다고 말했다.

"어렵지 않죠. 시작할까요?"

태성은 타륜의 수동 조종과 오토파일럿으로 돌려 사용하는 방법, 윈치를 사용해서 메인세일과 보조 돛인 헤드세일을 펼치고 감는 요령을 가르쳤다. 윈치로 돛에 연결된 로프를 풀자 순식간에 헤드세일이 펼쳐졌다. 오장욱도 다가와서 손으로 조작해보았다. 타륜은 수동에서 오토파일럿으로 돌려놓으면 자동으로 정한 방향을 따라 움직였다. 수동으로 조작할 경우 키를 자이로스코프 나침반에 나타난 방향각에 맞춰서 돌렸다. 태성이 로프를 묶는 몇 가지 매듭을 보이자 따라 한 주연이 좌석의 손잡이에 매듭을 지었다.

"제대로 묶었나요."

"맞아요."

태성이 주연이 맨 매듭을 잡아당겼다.

"바르게 묶으면 아무리 당겨도 풀리지 않죠. 배를 붙들어 맨 로프가 풀려 버리면 배는 바로 표류합니다. 빨리 배우시네요."

태성이 메인세일에 연결된 윈치를 풀자 주연은 능숙하게 로프를 조절하며 세일을 펼쳤다. 바람이 적당히 불어와서 태성은 엔진을 끄고 헤드세일도 풀었다. 주연이 헤드세일을 푸는 윈치를 돌려 로프를 풀고서는 윈치에 로프를 팽팽하게 감아서 고정시켰다.

주연이 태성을 대신해서 타륜을 잡았다. 그녀는 수동으로 키를 조종하며 파도가 닥친다 싶으면 요트를 슬쩍 옆으로 비켜 파도를 타 넘었다. 한참이 지나서 그녀는 오토파일럿을 작동하고는 타륜이 스스로 키에 맞춰 각도를 잡는 모습을 쳐다보았다.

태성이 말했다.

"요트를 잘 움직이네요."

"그러게 말이에요. 체질에 딱 맞는 것 같아요."

아닌 게 아니라 주연은 먼 바다로 나갈수록 날렵하게 갑판을 뛰어다녔다. 바람의 방향과 속도를 살펴서 세일이 팽팽하게 바람을 안도록 세일과 연결된 로프를 움직여서 조정했다. 주연은 바닷바람에서 생기를 마셔 신이 났다가 언제 그랬냐는 듯이 갑자기 침울해져 갑판에 주 저앉아 뱃전을 때리는 파도를 묵묵히 바라보곤 했다.

태성은 주연을 어디선가 만난 것만 같다는 묘한 기시 감에 사로잡혔다. 그는 배를 몰면서 그녀를 만났음직한 장소를 찍어 보았다. 그가 다녔던 일터는 아름다움과는 거리가 먼 곳뿐이라 머리를 짜내도 그녀처럼 눈에 띄는 미인을 만난 곳이 있을 리 없었다. 하지만 어디선가 본 느낌을 떨쳐버릴 수가 없었다. 주연이 돛의 기둥을 붙잡 고 팔을 쭉 뻗어 올리자 맵시 있는 몸매가 두드러졌다. 우아하고 절도 있는 주연의 동작이 아무래도 낯익었다. 그녀를 만났던 곳의 기억을 떠올리며 장소를 좁혀보았 지만 머리의 갈피를 아무리 뒤져도 그곳은 쉽사리 몸을 드러내지 않았다. 태성은 결국 그녀를 만난 적이 없었던 것이다. 이상한 일이었다.

"뭘 그렇게 제 얼굴을 쳐다보세요?"

주연이 고개를 갸웃하며 물었다.

"예전에 어디선가 본 것 같아서요."

그녀의 얼굴에 그늘이 졌다.

"저를 봤다는 분이 가끔 있어요. 혹시 한국에 계실 때 대학로의 극장에서 연극을 본 적이 없으세요?"

"연극은……."

태성은 고등학교를 나온 이후로 어디서든 연극을 본 적이 없었다. 주연이 태성에게 다가와서 속삭였다.

"제가 거기서 배우를 했답니다. 텔레비전 드라마에 조역으로 나오기도 했지요."

"아, 대단합니다. 몰라봐서 죄송하네요."

"뭘요. 드라마나 예능 프로그램이 워낙 많아 연기자가 넘쳐나요. 전 그만둔 지 제법 됐어요. 스타가 아닌 배우들은 사람들의 기억에서 금방 잊혀요. 나도 내가 방송을 탄 사실을 까먹고 있으니까."

"다양한 역할을 한 배우라서 요트를 빨리 배우는 것 같군요."

"그럴지도 모르죠."

해가 서쪽으로 기울기 시작하면서 푸른 하늘에서 쏟아지는 강렬한 햇빛이 한풀 숨을 죽였다. 장욱이 커피를 끓여 조종실의 식탁에 올리자 커피 향이 부드럽게 퍼져나갔다. 태성도 타륜을 자동으로 돌려놓고 함께 커피를 마셨다. 헌터호가 바람을 받으면서 기울어지는 바람에 주연이 황급히 잔을 붙잡았다. 박순익이 고개를 바다로 돌리면서 물었다.

"우리가 언제쯤 쿠요 제도로 들어갈까?"

"자정쯤인데 정확하지는 않아요. 바람과 파도 상태에 따라 달라지니까."

"밤바다를 계속 달리기보다 적당한 곳에 쉬는 것도 좋겠는데?"

"알겠습니다."

태성이 순익의 얼굴을 쳐다보면서 물었다.

"도대체 어디를 찾고 있습니까?"

박순익은 입을 꾹 다물고 대답을 하지 않았다.

"쿠요 제도가 끝이라면 밝히지 않아도 좋습니다. 난 더는 못 갑니다."

수평선으로 다가서는 태양이 박순익의 얼굴에 붉고 환한 빛살을 던지자 그는 눈을 찡그렸다.

"쿠요 제도까지만 가시겠다?"

"그렇습니다."

"가는 곳을 몰라도 운행에는 지장이 없지 않을까?"

"승객을 책임지는 선장이 행선지도 몰라서는 곤란하죠."

"내가 가고자 하는 곳이 잘 믿어지지 않을 텐데?"

"일단 말씀해 보세요."

"조금만 기다려 봅시다. 우리도 가고자 하는 곳을 정확히 모르고 있으니까."

순익은 태성에게 속 시원하게 목적지를 알려주지 못해 오히려 갑갑하다는 얼굴이었다.

"위험합니까?"

"보기에 따라서는."

박순익은 태성의 질문에 제대로 답을 주지 못했다. 어쩌면 그도 답을 줄 정보가 모자란 것 같기도 했다. 조타실에 무거운 침묵이 깔렸다. 해는 수평선으로 사라져 황금색 노을이 차오르기 시작했고, 돛을 때린 바람이 조종실에 앉은 그들의 머리카락을 마구 휘저어놓았다. 노을이 깔리자 순익의 모습은 삶의 한 자락을 어디다 버리고 온 쓸쓸하고 허무한 잔영으로 변했다.

타륜을 잡은 태성은 묵묵히 앞을 바라보았다. 높아진 파고로 요트가 요동치며 흔들렸다. 기상예보는 '파고가 높아진다'로 나왔으나 먼 바다의 파고는 사실 변함없이 높았다. 컴퓨터 회사의 엔지니어라고 자신을 소개했던 박순익은 높아져가는 파도가 불안하지 않은 모양이었다. 컴퓨터 언어로 프로그램을 짜는 업무에 익숙하면 현실의 위험에 둔감한 걸까? 순익과 달리 태성은 바다가 험악해지면 두려웠다. '바다야 만날 이렇다고' 하며 기운차게 등을 두드려 줄 남 사장이 있었다면 두려움은 덜했을 것이다. 그러나 혼자인 태성의 손에 잡힌 타륜은 묵직하게만 느껴졌다. 승객들은 부두에 안착하기까지 무거운 짐처럼 어떻게든 끌고 가야만 하는 존재였다. 태성만이 먼바다의 파도를 불안스레 지켜보았고 바다를 모르는 승객들은 파도를 즐기는 것처럼 보였다.

'빌어먹을, 무인도라니!'

장욱이 세 사람에게 위스키를 한 잔씩 돌렸다.

"이걸 마시면 음주 항해가 되는 거 아냐?"

주연이 다갈색 액체를 목으로 넘기면서 말하자, 장욱이 주연에게 한 잔을 더 따라 주었다.

순익이 사라지는 빛살 속에 어슴푸레 보이는 지점을 짚으며 말했다.

"그 이야기는 천천히 해봅시다. 섬이 괜찮다면 저기서 쉬었다 가면 어떨까요?"

순익의 눈은 젊은 승객들도 금방 알아채지 못한 작은 섬을 예리하게 찾아냈다. 태성은 섬으로 향하며 속도를 올렸다. 원해에서는 손에 잡힐 듯 섬이 가깝게 보여도 한참 떨어진 경우가 많았다. 섬에 가까워지자 언덕이라는 편이 더 적당할 만큼의 모습이 드러났다. 요트로 한 바퀴 돌면서 태성은 정박지를 찾았다. 섬의 뒤편에 비스듬히 꺾인 바위들에다 수심도 적당해서 꼭 사람이 만든 부두처럼 파도를 막아주는 곳이 있었다. 물때는 적당해서 정박한 곳의 물이 더 빠질 염려는 없었다. 태성은 물이 빠지거나 오를 경우를 대비해 요트에서 길게 늘어뜨린 로프를 야무지게 바위에 매었다.

섬으로 가득 찬 필리핀에서 무인도는 붐비는 관광지와 다른 원시의 아름다움을 간직하고 있었다. 태성이 도착한 곳은 말 그대로 사람 하나 없는 무인도로, 백사장이 아름다웠다. 부드럽고 하얀 모래를 배경으로 키 큰 나무들이 둘러선 섬은 백사장과 둥글고 낮게 깔린 언덕이 전부였다. 야자수가 자라는 손바닥 크기의 섬. 에메랄드빛 바다를 배경으로 엽서에 찍히면 누구나 감탄할 곳이었다.

장욱이 남 사장이 선물로 올려준 산미구엘 맥주 한 박스와 탄두아이 럼주 두 병을 내렸다. 요트의 항해등과 손에 든 랜턴이 섬을 밝혔다. 태성이 무인도로 간다면 모닥불을 빼놓을 수는 없다며 좌석 아래에 재 놓은 장작을 가져왔다. 주연이 외쳤다.

"불을 몽땅 꺼보고 싶어요."

태성이 요트의 등을 껐다. 일행은 하나둘 소리를 지르며 랜턴을 동시에 꺼버렸다. 어둠이 무인도를 순식간에 덮치자 불빛에 익은 눈이 천천히 어둠에 익숙해졌다. 완전한 원시의 암흑이 몸속으로 들어왔다. 별빛이 쏟아졌다. 빼곡하게 별이 가득 찬 하늘에는 수줍게 작은 달이 걸려 있었다. 검푸른 바다는 끝없이 펼쳐졌다. 바다의 한가운데 선 태성 일행은 은하계의 이름 없는 별에 착륙한 것 같았다. 조용한 섬에는 자연이 구워낸 소리만 선명해 찰싹대는 파도와 야자나무 잎이 부드러운 바람을 타며 바스락대는 소리가 천둥처럼 들렸다. 침묵을 깨고 주연이 나직이 말했다.

"섬이 우리를 환대하는 것 같지 않나요?"

"오랫동안 침묵에 갇혔다가 우리들이 오니까 수선거리는 느낌이네요. 하긴 그게 무인도의 매력이기도 하겠지만……."

태성이 말했다. 밤하늘도 대지와 바다의 힘이 합친 곳에 서 있는 그들을 향해 어떤 기운을 보태고 있는 것만 같았다.

장욱이 정적을 깨뜨리면서 소리쳤다.

"자. 정신 차리고 불을 피웁시다. 문명의 세계로 들어와요."

장욱은 여기저기 눈에 띄는 마른 잎과 요트에서 내린 장작을 모아 라이터로 불을 살려내고 주변에 돌을 세워 바비큐 철판에 돼지고기를 올렸다. 잊었던 구수한 냄새가 빠르게 무인도의 밤공기 속으로 퍼져 나갔다. 순익이 먼저 산미구엘 맥주를 따서 모두에게 한 병을 돌렸고 곧 독한 탄두아이를 한 병 비웠다. 떠들썩한 백사장에서 주연이 소리쳤다.

"이 술, 언제 다 마셔?"

장욱이 이까짓 쯤이야 하며 응수했다.

"남기시면 안 됩니다."

장욱은 장작에 올린 돼지 바비큐를 맛있다며 칭찬을

그치지 않았다. 태성이 말했다.

"이건 아무것도 아니에요. 별미인 레촌을 먹어봐야
죠!"

"그게 뭡니까?"

"통돼지 바비큐예요. 어린 돼지를 숯불에 통째로 구워
내면 껍질이 바삭하고 쫄깃한 데다 살은 닭고기처럼 부
드럽지요."

이국의 고요하고 맑은 바다 공기 덕분인지 일행은 잔
을 부지런히 비웠다. 술에 취한 장욱은 주연에게, 취한
것 같지 않은 주연도 장욱에게 큰소리를 쳤다. 아마 여
간해서는 언성을 높이지 않는 필리피노가 이 광경을 보
았다면 그들이 서로 싸운다고 생각했을 것이다. 그들은
먼바다에서 마음의 응어리를 풀고, 적당한 일탈에 빠지
고 싶어 하는 것 같았다. 묵직한 박순익도 탄두아이 몇
잔에 얼굴이 달아올랐다. 태성은 모닥불에 비친 일행들
을 유심히 살펴보며 천천히 조심스럽게 술잔을 입에 대
었고, 백사장에 술을 슬쩍 버려가며 술이 들어가는 속도
를 조절했다. 그는 선장이었고, 선장은 배에 탄 사람의
안전과 귀환을 보장해야만 하는 자리였다. 그는 맑은 정
신으로 일행이 내일이 사라진 사람처럼 밤에 빠지는 모
습을 지켜보았다. 그들이 원한 무인도 항해에 이런 종류
의 유흥도 들어 있었던 것일까? 그들은 긴장이 풀렸는지

아니면 열대의 섬이 안기는 호젓한 아름다움에 취했는지 아주 야단이었다. 장욱이 일어나서 굵은 허리를 흔들며 덩실덩실 춤을 추다 주연의 손을 잡고 빙글빙글 맴돌기도 했다.

장욱이 한국인들은 어딜 가나 시끄럽게 논다니까 하면서 낄낄대다 비틀대며 언덕 비탈을 올라갔다. 몇 걸음만 올라가면 되니까 어쩌면 언덕이라고 할 것까지도 없었다. 그런데 언덕 꼭대기의 야자수 옆에 작은 연못이 있었다. 고요하고 맑은 수면에 밤하늘이 통째로 담겨 있었다. 뒤따른 주연이 손에 물을 담아 올렸다.

"이것 봐요. 민물이에요."

태성이 손가락으로 찍어 맛을 보았다. 담수였다. 작은 섬이 어떻게 민물을 보듬었는지 모를 일이었다. 주연이 팔을 깊이 연못에 넣었다가 물을 튀기며 건져내었다. 태성은 맑은 연못이 갑자기 섬뜩해져 얼른 주연을 연못에서 떼어내었다. 그런 태성이 우스운지 주연은 깔깔거리고 웃어댔다. 언덕의 연못 옆도 훌륭한 풍경이라서 일행은 술과 바비큐 장비를 들고 자리를 옮겼다. 언덕의 꼭대기에서는 사방의 바다가 훤히 트였고 밤하늘을 꽉 채운 별들이 쏟아졌다. 일행은 모두 술에 취했다. 침착하고 상황에 휘둘릴 것 같지 않은 순익까지도 술을 마다하지 않아 제대로 움직이는 사람은 태성뿐인 듯 보였다. 한 차례 요란을 떨다가 지쳐 모두 자리에 앉자 순익이 태성에게 새삼스럽게 술을 한잔 따라주고 자신도 잔을 받은 다음 문득 태성을 정면으로 바라보았다.

"자, 선장. 우리가 뭣 하는 사람들일 것 같소?"

순익이 갑자기 냉정한 목소리로 태성에게 물었다.

"뭐하는 사람들이라니요?"

태성은 얼마 마시지 않은 술이 확 달아나는 기분이었다.

"항로를 정하지 않고 돌아다니는 우리가 꽤 궁금했을 텐데……."

"그거야 그렇습니다만……."

"이제 모든 걸 털어놓고 도움을 얻고 싶어. 우리가 한국 땅에서 여기에 왜 왔다고 생각하시오?"

"무인도의 생태 관찰이 아닙니까?"

"거북과 희귀한 새들? 아니야. 사람이야."

"사람이라고요?"

"우린 누군가를 찾아 여기에 온 거요."

"누군가를요?"

"그래요. 우리를 혼돈에서 꺼낸 리더이기도 하고 선배이기도 하고, 여기에 온 사람들의 친구이기도 한."

일행은 필리핀의 어느 섬으로 사라진 장공진 박사를 찾고 있었다. 보라카이로 휴가를 떠난 장공진 박사가 정체 모를 섬으로 사라졌다는 것이었다. 박순익의 말에 따르면 단순한 실종이 아니었다.

"토스쿠라는 말을 들어 봤는가요?"

"그건 대체 무슨 말입니까?"

"나도 정확한 뜻은 모르지만…… 토스쿠라는 건 영혼의 문이랄까? 이승의 문이랄까…… 하여튼 또 다른 문이라는 의미의 말인데…… 그 문이 열리면 자신이 한 번도 만나지 못한 자신의 실체를 선명하게 들여다본다는 뜻이야. 그래요. 이것도 내 나름의 해석이지, 정확한 것은 아니야. 장공진 박사가 언젠가 우리에게 한 얘긴데, 그때 나는 그렇게 이해했어. 살아오면서 우리는 어떤 순간에, 전혀 생각지도 못한 한 순간에, 뭔가 섬뜩한 것이 자신의 몸에 들어선 것 같은 걸 느끼고는 금방 잊어버린다고 하지. 토스쿠는 그 순간을 확실하게 보여주는 단계라는 거지. 이곳 어느 섬, 정확히 얘기하면 죽음과 탄생의 성지, 그곳에 가면 자신의 토스쿠를 만난다는 거야. 이곳은 거대한 바다로 싸인 수천의 섬으로 이루어져 있어 일찍부터 그런 신비한 얘기들이 전해져 왔다네."

그들이 찾는 장 박사가 섬에서 토스쿠를 만났다면서 끝내 돌아오지를 않았다는 것이다. 태성은 무슨 말인지 납득하기 어려웠다. 토스쿠가 도대체 뭐란 말인가? 순익이 몽매해서나 맹신 때문에 누군가를 찾는 것 같지는 않앉다. 장 박사를 꼭 찾아야 한다는 순익의 표정에 슬픈 기운이 섞여 있어 그는 오히려 마음이 놓였다. 박순익이 사라진 사람을 찾는다는 절실함이 가득한 데다 너무나 진지해서 태성으로서는 그의 이야기에 뭐든지 긍정적인 답변을 해야 한다는 의무감마저 들었다. 그러나 태성은 아름다운 풍경과 동떨어진 이야기를 제대로 소화하지 못한 채 대답을 잇지 못했다. 앞으로의 여정이 순탄치 않으리라는 예감이 태성의 가슴을 때렸다. 태성은 연못에서 착 가라앉은 순익의 얼굴로 시선을 돌렸다가 먼 바다로 눈길을 움직였다. 여기서 귀환해야만 하는가? 쉽지 않은 결정이었다.

4

그런데 그날 밤, 기이한 일이 일어났다. 취한 정신이 일으킨 착각이었는지 아니면 박순익의 얘기로 인한 환각이었는지, 아니면 비몽사몽간에 일어난 그야말로 꿈이었는지는 알 수 없었다. 훗날 생각해 봐도 도무지 왜 그런 일이 일어났는지 알 수 없었다. 술에 취했거나 그날의 분위기가 만들어낸 집단적인 환각으로 치부하며 덮을 수도 있겠지만 그렇게 쉽게 넘어가 버릴 일도 아니었다. 단지 우리가 알고 있는 세계란 우리가 규정하고 있는 것과는 다르거나 우리가 모르고 있는 또 하나의 세계가 은밀히 숨어 있는 게 아닌가 짐작될 뿐이었다.

그 일은 깊은 밤 섬 전체가 잠에 빠진 듯한 상태에서 일어난 일이었다. 오직 연못만이 달빛을 받아 교교하게 빛났다. 연못을 둘러싼 야자수 나무의 그림자가 잔잔한 수면에 빠져 어른거렸다. 바람에 살랑거리는 야자수 잎 때문인지, 혹은 검푸른 바다를 사면으로 바라보는 위치

때문인지, 고요한 연못의 힘 때문인지 연못과 주변 일대가 살아 있는 생명체처럼 태성에게 다가왔다. 그는 까닭을 알 수 없는 예감에 자신도 모르게 탄두아이를 한 잔 마셨다.

오장욱은 계속 술을 마셔대었다. 그러다 벌떡 일어나더니 비틀거리며 연못 건너편으로 걸어갔다. 그는 무엇을 보았는지 술에 취해 꼬부라진 목소리로 떠들었다.

"형씨, 합석해서 술이나 한잔합시다."

태성은 달려가서 오장욱이 연못에 빠지지 않도록 팔을 붙잡았다. 오장욱이 뭘 잘못 본 것일까? 연못 건너편에서 사람의 모습이 언뜻 비친 것 같았다. 그건 야자수의 그림자와 달빛과 연못이 만들어낸 환영으로, 사람의 모습이라고 반드시 단정 짓기 어려운 조각난 이미지였다. 하지만 희미한 그 모습은 기이하게도 순식간에 태성을 젊은 시절의 어떤 기억 속으로 데려갔다. 번개가 뿌리는 푸른 섬광 속 어떤 모습이 떠오른 것처럼 태성은 자신을 바라보고 있는 젊은 남자를 마주한 것이다.

고등학교를 마치고 보호시설을 퇴소하던 날, 주먹을 꽉 쥐고 불안하게 버스를 기다리던 젊은 태성이었다. 먼 이국의 작은 섬에서 왜 그때의 장면이 강렬하게 되살아났는지 그는 알지 못했지만, 순식간에 떠오른 추억으로 휩쓸려 들어갔다. 그는 배낭을 추스르며 버스가 오는 방향으로 고개를 빼고 자신을 낯선 곳으로 데리고 갈 미래를 속절없이 기다리고 있었다. 그는 불안한 기색으로 오른손에 든 커다란 가방을 꽉 쥐고 있다가 귀중한 물건을 놔두고 온 것처럼 뒤를 돌아보았다. 버스가 정차하고 손님들이 내리자 그는 버스를 타고자 두 걸음 앞으로 나섰다가 멈춰 버렸다.

그가 연못에서 스쳐 본 남자는 앉아 있었고 배낭을 메지도 않았다. 그러나 그가 일어나서 한쪽 어깨에 배낭을 걸치기만 한다면 영락없는 그때의 모습 그대로일 거라고 태성은 생각했다. 또 다른 그림자 하나가 나타나 앉은 채로 손을 움직였다. 그건 가방에 물건을 급히 넣는 동작 같기도 했지만 태성에게는 왠지 그 모습이 권총을 장전하는 느낌으로 다가왔다. 이상한 일이었다. 그림자처럼 보이는 이미지가 이번에는 분명하게 한쪽 손에 든 장비를 조작했다. 별빛에 그가 든 물건이 반짝거리며 형체를 드러냈다. 그가 주머니에서 총알을 꺼내 침착하게 탄창에 총알을 재워 넣고는 권총을 한 손으로 치켜들고 결의를 다지면서 이쪽으로 고개를 돌리는 것 같았다. 그림자의 사내가 권총을 상의 주머니에 집어넣고 일어섰다.

태성은 어처구니없는 광경들이 섬이 만들어낸 한바탕 꿈처럼 느껴졌다. 태성은 한국의 새벽 도로에서 화물트럭을 몰다 잠에 쫓기면 그랬듯이 숨을 길게 들이쉬고 손으로 팔을 몇 차례 꼬집고 비틀었다. 팔의 감각은 살아 있었다.

이 모든 광경들은 조각나서 서서히 옅어지면서 손바닥 크기로, 그리고 한 점으로 줄어들다가 사라져 버렸다. 그것이 사라지자 조금 전에 보았던 모습이 과연 무엇인지 태성은 확신이 서지 않았다. 태성은 자신이 희귀하고 괴이한 그 무엇을 과연 보았는지조차 의심스러웠다. 정신이 혼란하거나 허약해지면 보인다는 헛것이 아닌가도 싶었다. 그가 마음에 담아두고 가슴 아파한 장면을 영사기 모양으로 투영해낸 것 같기도 했다.

태성은 연못 건너편으로 넘어가서 바닥을 살펴볼까도 했지만, 왠지 두려웠다. 대신 그는 잠든 주연을 깨우고 일행을 독촉하여 백사장으로 내려왔다. 장욱은 파도가 오르내리는 백사장 훨씬 위쪽에 펼친 깔개에 누워 몸을 쭉 뻗었다. 태성은 주연을 요트의 선실로 데리고 갔다. 승강계단을 조심스럽게 내려가 선실로 넣자 그녀는 침대에 풀썩 쓰러져 버렸다.

백사장으로 돌아오자 깔개에 앉은 순익이 배낭에서 작은 상자를 꺼냈다. 그는 물병을 들어 물을 벌컥벌컥 마시더니 상자에서 꺼낸 시가 끝을 잘랐다. 태성은 자신이 보았던 연못 건너편의 환영으로 아직도 혼란스러웠다. 태성에게는 놀라운 광경이었으나 순익은 오히려 담담했다. 그는 자신이 본 장면을 박순익에게 확인하고 싶어졌다.

"방금 연못 건너편의 이상한 이미지를 봤어요?"

"본 것 같기도 하지만."

박순익은 대수롭게 여기지 않았다.

"이상하지 않아요? 환상 같기도 하고."

"내 어두운 마음을 본 것이겠지. 사람의 눈은 그다지 신뢰할 수 없으니까."

순익이 너무나 무덤덤하게 싱거운 농담처럼 말해서 태성은 오히려 할 말을 잃었다. 그는 시가를 입에 물며 말했다.

"쿠바산 시가요."

"시가를 좋아합니까?"

"담배는 십 년 전에 끊었어. 젊을 때는 시가도 가끔 피웠지만 그 후로는 처음 피워보는 맛이지. 먼바다로 나왔으니 기념으로 시가를 골랐소. 오래전부터 피워보고 싶었거든. 한 번 태우겠소?"

순익이 태성에게 시가를 권했으나 그는 손을 저었다.

"담배를 피우면 멀미가 나는 체질입니다."

"본받을 몸이야."

순익은 시가를 깊이 빨아 당기고 연기를 토해냈다. 그는 사라지는 연기를 유감스럽다는 듯 쳐다보고 바다를 가리켰다.

"한국 땅을 떠나오니까 속이 시원하군. 육지에선 발끝까지 악에 젖은 놈들이 밝은 미래를 꿈꾸니까 말이야. 살아야 할 놈들은 죽고, 죽어야 할 놈들이 떵떵거리며 사는 꼴이니까."

"안 좋은 일이라도 당했나요?"

"남 탓 할 건 없지. 나쁜 일은 내가 저질렀으니까."

그는 다시 깊게 시가를 빨아 당겼다. 태성은 연못의 이미지로 다시 대화를 끌고 갔다. 순익도 과연 자신과 비슷한 체험을 했을까, 그는 순익이 일부러 태연함을 가장하는 것은 아닐까 궁금했다. 혹시 그는 자신이 감당하기 어려운 이미지를 회피하는 게 아닐까?

"난 연못의 이미지에서 젊은 시절의 내 모습을 보았습니다."

"그럴지도 모르오. 하지만 확실하지는 않아. 우리가 본 게 정확하게 무엇인지 우리도 알지 못하니까 말이야."

"하지만 우린 이상한 형체를 분명히 봤어요."

박순익이 엄숙한 표정으로 태성의 말을 반박했다.

"눈이란 믿기 어렵고 허점이 많아. 마술사가 손에 든 카드를 조작하고, 모자에서 토끼를 끄집어내도 눈은 속임수를 알아채지 못해. 우리 두뇌가 결국 속는 거지. 이

누이트족은 북극의 밤하늘을 채우는 오로라를 먼저 간 영혼들의 춤으로 생각했다는데 그들은 태양풍과 지구 자기력의 충돌 같은 것은 알 방법이 없었겠지. 게다가 우리가 뭔가를 보았다는 사실도 확실하지 않아. 손으로 만져보고, 혀로 맛을 보고, 주먹으로 두들겨보았으면 훨씬 나았을 것을. 우리가 설령 무엇을 보았대도 아직은 뒤처진 과학으로 해명하지 못하는 신비 현상의 하나일 뿐일 거야. 그래서 더욱 우린 장공진 박사를 만나야만 한다고."

순익은 다소 상식과 어긋나게 이미지를 장공진 박사를 찾는 일에 결부시켰다.

"그를 꼭 찾아야만 합니까?"

"그럴 이유가 있어. 당신이 말한 이미지와도 관계가 있으니까."

"궁금합니다."

"그에 앞서 장공진 박사를 만나게 된 내 이야기를 먼저 들려드리지. 관련 있으니까."

시가의 끝에서 어둠을 밝히는 불빛이 빨갛게 빛났다. 그는 시가를 손에 들고 잠시 친근한 미소로 불빛을 바라보았다.

"난 컴퓨터 회사의 소프트웨어 개발자 출신이오. 내가 다닌 회사는 한국의 대표적인 소프트웨어 회사 중의 하나였지요. 난 그 회사를 키우는 데 큰 역할을 했다고 자부해."

순익은 시가를 모래에 비벼서 껐다.

"편하게 말을 합시다. 아들은 토론토에서 고등학교를 나와서 그곳의 대학을 들어갔고 아내도 아들과 같이 있었지. 시쳇말로 기러기 아빠였어. 딸은 한국에서 대학을 졸업해서 다행히 자리를 잡았고. 아들이 대학 2학년일 때 토론토에서 만났는데 아들의 눈이 몽롱하고 몸에서 기분 나쁜 냄새가 났소. 불행히도 내 짐작이 맞았어. 아들은 마약에 손을 대었고 파티를 빠짐없이 찾아다니고 있었으니까. 아내는 아들을 제대로 감독하지 못했고 나는 아내가 왜 아들을 관리 못하는지에 대한 이유도 짐작했지. 토론토에 사는 대학동창들이 내게 걱정 어린 충고를 했어. 둘 다 한국으로 데려가는 게 좋지 않을까, 하는 ……. 하지만 난 아내와 아들을 토론토에 눌러앉혀 놓고 말았지. 학생이 마약을 맛보는 건 그곳에선 흔한 일이라 중독자로 전락하는 경우가 드물다는 자신감으로 말이야. 난 그렇게 근거 없이 장담하며 나 자신을 합리화했지.

난 일 중독자요. 웹과 모바일의 화면에 구현되는 프로그램과 인터페이스 디자인을 통해 가상세계를 만들고 운용하는 사람이야. 이 세상 어디선가 존재는 하고 저장도 되며 다시 불러낼 수도 있지만, 실물로 손에 잡아 쥘

수는 없는 가상공간을 만들고 꾸미고 유지하는 탓에 현
실의 내 가족을 잊고 있었지. 아내와 아들이 어떻게 사
는지도 살피지 않았고 그들이 나에게 남편으로서, 아버
지로서 뭘 바라는지도 머리에서 싹 지우고 있었으니. 그
런 나를 회사에서는 대표 개발자로 추켜세웠고 직원들
은 존경의 눈빛으로 나를 바라보았지. 가족을 데려와야
겠다는 생각을 영 잊어먹은 건 아니라서 간간이 떠올리
긴 했지만, 그때마다 조금만 더, 하며 미루었소. 돈을 넉
넉히 보내는 것으로 내 임무를 다했다고 착각하면서 말
이야. 그렇게 망설이는 사이에 아들이 파티에서 집으로
돌아오다 밤거리에서 쓰러져 버렸지. 병원에 갔지만 몇
시간을 견디지 못하고 죽고 말았어."

"저런."

태성이 소리를 쳤지만, 그는 손을 한 번 들고는 계속
말했다.

"그야말로 객사였어. 사망 원인이 마약 과용인지, 아
니면 급작스런 심장마비인지, 미궁이었지만 그런 건 따
지고 싶지도 않아. 보험회사 직원이나 원인을 캐고 싶겠
지. 죽음은 죽음일 뿐이니까. 난 아들의 죽은 얼굴에 오
래 손을 대고 있었소. 불쌍한 놈은 굳어버린 얼굴을 통
해 그제야 내게 뭔가를 전해주었어. 내 지위와 욕망의
종말이 내 손끝에 차갑게 묻어나 난 몸을 부르르 떨었

66

지. 내가 즐긴 업무의 성취란 지나가면 그뿐인 하잘것없는 것인지도 모르고. 내가 아니었더라도 해낼 사람이 줄을 이었을 텐데. 아버지의 욕망이 아이를 그르치고 만 거요. 길고도 혹독한 캐나다의 겨울을 견디며 아이는 얼음과 폭설과 친해지지 않는 친구들 속에서 탈출구를 찾아 방황한 거야. 그러고 보니 가족에 관한 내 깨달음은 항상 늦었어. 아내는 일밖에 모르는 내게 환멸을 느끼고 멸시하면서 캐나다의 친척집에 들어가 어학연수원에 등록을 하고는 한국인이 운영하는 직장에 다녔어. 오래지 않아 나는 아내도 잃어버리고 말아. 한밤에 캐나다에서 걸려온 전화를 받고는 토론토로 바로 날아갔지. 심장에 총 한 방을 딱 맞았더군. 꼭 자신이 겨냥해서 쏜 것처럼 말이야. 아내가 왜 골목 사이의 우범지역에 혼자 들어갔는지 모르겠더군. 경찰은 범인에게 붙잡혀 골목으로 끌려 들어갔다고 추정했지만 난 의심스러웠어. 지갑과 돈이 없어졌고 경찰은 강도를 당했다며 사건을 종결해 버렸소. 시체안치소에서 냉동박스에 담긴 빳빳한 아내를 만나니 아내 눈에 눈물이 맺힌 것 같았지. 서리가 앉은 것 같기도 했고."

태성이 말했다.

"가슴 아프겠습니다."

순익은 쓰게 웃고는 두 번째 시가를 꺼내들며 이야기

를 이어나갔다.

아내는 헌신적으로 그를 아껴준 여자였다. 회사 업무로 늦는다는 전화 한 통에도 잔소리가 없던 여자였다. 그가 무슨 사고를 쳐도 탓하지 않았다.

그는 캐나다 친구에게 베레타 권총을 빌려서 총알을 채우고 안전장치도 풀고는 아내가 죽은 뒷골목으로 갔다. 이면도로에서 안으로 들어간 그곳은 고양이와 떠돌이 개의 배변 오물까지 섞인, 냄새 고약하고 지저분한 곳이었다. 벽은 페인트 낙서로 범벅이었고 가로등도 빛을 제대로 보내지 못해 어두침침한, 그곳에 서서야 그는 아내가 제 발로 여기로 들어왔다는 감춰진 진실을 깨달았다. 그는 어른거리는 아내의 혼백을 본 것도 같았다. 섬의 연못에서만 조각난 그림자가 어른대는 게 아니었다. 더러운 갈색 벽에서 걸어 나온 아내가 그에게 말을 걸어 여기를 왜 왔냐고, 너무 늦게 오지 않았냐고 말했다. 그는 반쯤 미쳐 당신의 복수를 하겠다고 말했지만, 아내는 아무 대답도 하지 않았다. 아내는 계절에 맞지 않는 얇은 옷을 입었고 약간 추운 듯이 보였는데 그가 가까이 다가가자 놀라서 몇 걸음 뒤로 물러나 버렸다. 숨소리가 가냘프고 오래 떠돌아다닌 것처럼 지쳐 안색이 창백한 그녀 모습은 전기가 약해 깜박거리는 전등처럼 희미해졌다가 밝아지곤 했다. 박순익은 벽에 기대어 주머니에 든 권총을 붙잡고는 누구든지 자신을 건드리면 몇 놈이든 몽땅 날려 버리겠다고 마음먹었다. 손에 걸리는 대로 배에다 한 방, 가슴에 한 방. 그리고 입에 총구를 처넣어서 또 한 방. 서슬 시퍼런 그의 모습에 모두 그를 비켜갔다. 후드를 머리끝까지 올리고 골목을 헤매는 약쟁이나 알코올 중독자도 끽소리를 안 했고 노숙자 한 명은 벌벌 떨면서 그의 앞을 스쳐 지나갔다. 이면도로로 나오자 저승사자를 본 것처럼 거리의 불량배들이 몽땅 달아나 버려 길이 휑했다. 그해 순익의 나이는 마흔 중반에 가까웠고, 어디까지 달렸는지는 모르겠지만 인생의 반환점을 돌고도 충분히 더 달린 나이였다. 반환점을 돌았는데도 자신의 꼬락서니를 보니 형편이 없었다. 그는 아내가 죽은 자리에서 자신을 상대로 비열한 놈이라며 선고를 내렸다.

태성은 묵묵히 그의 이야기를 들었다. 순익은 시가를 비벼 끄고는 검은빛 밤바다를 보더니 말을 이었다. 그때부터 하루도 빠짐없이 순익의 꿈에 아내가 찾아왔다. 아내가 벽에 서 있고 그가 다가서면 얼굴을 돌리는 꿈으로, 아내는 한마디 말도 하지 않았으며 그와 눈을 마주치지도 않았다. 그녀는 벽에 무연히 기대서 뭔가를 곰곰 생각하는 얼굴이었는데 한밤에 잠에서 깨면 꿈이 너무나 선명해서 그의 앞을 아내가 다녀갔던 것만 같았다.

그는 동이 틀 때까지 거실에서 서성거렸다. 그는 꿈에 지쳤고 꿈을 피하려고 노력하다 불면증까지 걸려 버렸다. 꿈을 족집게로 집어서 내다 버린다는 것은 불가능했고 아무리 도망쳐도 자신의 영혼이 매일 밤 만들어낸 꿈은 그를 따라와서 감아들었다. 몇 달을 똑같은 꿈에 시달리다가 마침내 신경정신과 병원을 찾아갔다. 최혜신 의사는 그를 치료하면서 과외활동을 권했는데 걷기와 그림 그리기와 목공을 제시했다. 최혜신 의사를 돕는 몇 사람의 자원봉사자 중에 목공 팀을 이끄는 사람이 장공진 박사였다. 장 박사는 자원봉사자였으나 원래 매달 두 번 씩 주말마다 자신의 집에서 목공을 했고 거기에 박순익이 합류한 셈이었다.

장 박사의 집은 낮은 언덕 아래에 있는 단독주택이었고 창문이 넓은 창고의 한쪽 벽에는 재단할 나무들이, 안쪽 벽에는 목공 도구가 가지런히 걸려 있었다. 목공 팀들은 매달 첫 번째와 세 번째 토요일에 장 박사와 함께 언덕을 30분쯤 걷고 목공 작업을 함께했다. 오장욱과 성주연 모두 그곳에서 만난 사람들이었다. 장 박사는 인공지능을 연구하는 로봇공학연구소의 선임연구원이었는데, 순익이 목공 창고에 처음 갔을 때 장 박사의 로봇을 보고 깜짝 놀랐다. 가슴 크기 높이로 보이는 로봇은 '후예'라고 불렸는데 그를 보고는 반갑게 인사를 먼저 했다. 중국 신화에서 활로 아홉 개의 태양을 쏘아서 떨어뜨렸다는 전설의 영웅 이름이 '후예'였다. 장 박사가 '후예'를 자신의 승용차로 데리고 와서는 창고 안에 놓아주면 놈은 목공 팀이 다리와 상판을 나사로 결합하거나 상판을 다듬는 과정을 흥미롭게 지켜보다가 위잉 하고 전기드릴이나 직소 소리가 나면 놀라서 소리가 나는 방향으로 고개를 돌리곤 했다. 놈은 위험을 회피하는 기능이 내장되어 있어 목공 작업을 하는 반경 안으로 들어오지는 않았고 느리게 걷다가도 눈앞에 장애물이 나타나면 멈췄다가 천천히 되돌아갔다.

장 박사는 '후예'에게 맞는 높이의 작업대를 마련해주고 나무를 다듬도록 프로그램을 만들었는데 '후예'는 간단한 작업을 굉장히 느리게 했다. 거기다가 조금만 나무의 위치가 틀어지거나 하면 자신이 잘못했는가 싶어 다음 순서로 나가지 못하고 어쩔 줄 몰라 했다. '후예'를 마당에 내놓으면 더 가관이었다. 놈은 사람의 그림자를 잘 분간하지 못해 그림자를 장애물로 인식해서 피하려고 발버둥을 쳤고, 목공 팀은 그림자를 앞에 둔 '후예'의 갈등을 보고는 폭소를 터뜨렸다. 뛰어난 전자공학자와 기계전문가들이 만들어낸 최선 로봇이 그 지경이었다. 하지만 장 박사는 인간을 닮은, 아니 인간보다 뛰어난 로봇을 만든다는 원대한 포부를 품고 있었고 그건 모든 로봇전문가들이 가지고 있는 꿈이기도 했다. 장 박사는 인간이 복잡하고 만들기 어려운 기계일 뿐이라는 신념에 차 있었다. 공학이 발전하면 결국 인간과 유사한 로봇을 만들 수 있을 거라고 굳게 믿고 있었다.

장 박사의 당면한 포부는 '후예'가 흔들의자를 제작하는 것이었다. 둥근 팔걸이에 받침대의 각도를 잘 휘어지도록 만들어 편안하게 흔들거리는 의자는 박순익에게도 쉽지 않은 과제였다. '후예'가 흔들의자를 완성한 다음의 목표는 로봇 선수로 첼시나 바르셀로나 같은 축구팀을 만들어 로봇 리그를 만들고 그 우승팀이 인간 팀과 축구 결승전을 하는 것이었다. 너무나 원대한 꿈이라 목공 팀은 장공진 박사의 열정과 힘찬 얘기들에 감동하면서 그저 고개만 끄떡거릴 뿐이었다. 하지만 박순익 팀의 목공 기술이 날로 늘어 등받이 의자와 테이블과 화장대와 콘솔을 만드는 동안 '후예'의 솜씨는 늘지 않아 목재 주위를 맴도는 수준을 넘지 않았다. 후예가 가장 잘한 업무는 식사로, 그건 인간하고 비슷했다. '후예'가 벽에 설치된 콘센트를 스스로 찾아가 자신의 배에 내장된 장치를 끌어내서 두 시간 동안 꼼짝 않고 흐뭇한 표정으로 자신의 배를 채우는 모습은 아주 귀여웠다.

태성이 말했다.

"그 로봇이 제대로 하는 건 자신의 배를 채우는 것밖

에 없었나요?"

"아쉽게도 이제껏 그랬지. 앞으로는 달라지겠지만."

박순익은 이야기를 계속했다.

"나는 장 박사와 '후예'와 함께 목공을 하면서 조금씩 꿈에 덜 시달리게 되었지. 그리고 정신과 치료 때문인지, 아니면 목공을 하며 집중을 한 덕인지, 그것도 아니면 아내가 지쳐버렸는지 어느 날부터 아내는 더 이상 꿈에 나타나지 않았어. 나는 2년 가까이 장 박사와 지내면서 안정을 되찾았고 세상을 헤쳐 나갈 힘을 얻었지. 나와 세계를 바라보는 견해가 비슷한 장 박사에게 해명하지 못할 우주의 질서가 없었으니까. 우주와 생명과 인간은 수학과 물리와 화학으로 몽땅 밝혀낼 수 있다는 신념. 뭐 그런 것이었지. 중세 수도원에 사는 수도사들이 오늘의 과학문명을 전혀 예측하지 못한 것처럼 아직은 우리가 충분한 지식과 정보가 없을 뿐이니까. 나 역시 우리가 만들지 못할 프로그램은 없다고 생각해. 우린 얼마든지 인간과 세계의 질서를 컴퓨터로 만들고 유지할 수 있거든. 컴퓨터의 디지털 세계도 장공진 박사의 세계만큼이나 뛰어나. 0이 아니면 1이고, 1이 아니면 0으로 구성된, 착오나 미신이나 환상이 들어올 여지가 없는 완벽한 세계니까."

"그 장공진 박사를 찾아간다는 겁니까?"

"그렇지."

"지식과 신념이 대단한 분이니까 섬에 틀어박힐 충분한 이유가 따로 있지 않을까요?"

"강제로 섬에서 끌어내겠다는 건 아냐. 상황을 알아보겠다는 거지. 나로서는 그의 돌발적인 행동이 믿기지가 않으니까."

밤이 깊었다. 박순익은 장 박사를 찾는 탐색의 뿌리를 잠깐 내보였다. 태성은 순익의 이야기가 다 이해되지는 않았으나 자신이 여정을 쉽게 그만두지는 못할 것 같다고 생각했다. 태성은 검은 밤바다를 바라보았다. 밤바다는 희미해진 별과 달빛으로도 넉넉하게 차올랐다. 파도는 태고부터 지속되었을 밀려오고 밀려가는 율동을 찰싹대며 되풀이하고 있었다. 순익이 고개를 돌려 언덕을 쳐다보고는 태성에게 선실로 돌아가기를 권했다.

"내일 항해를 계속해야 하니까."

5

　손태성은 이튿날 선창을 파고드는 아침 햇살에 눈을
뜨자 벌떡 일어나 갑판으로 나섰다. 어젯밤 조각난 그림
자를 본 일이 꿈인 것도 같고 실제 있었던 일 같기도 했
다. 술을 많이 마신 다음 날은 전날의 기억과 과거의 회
상과 꿈이 몽롱하게 섞여 뒤죽박죽으로 얽히기도 하니
까 말이다. 그러나 그는 술을 그다지 마시지 않았으며
기억이 분명했고 장면 또한 선명했다. 백사장의 박순익
은 옆으로 누워 자고 있는 오장욱 옆에 앉아서 무언가
를 곰곰이 따져보는 얼굴이었다. 어젯밤의 취기는 벌써
파도에 씻어버린 얼굴이었다. 어쩌면 그는 처음부터 취
하지 않았는지도 몰랐다. 순익은 태양 아래서 섬을 이미
꼼꼼히 살펴보았다고 말했다. 태성은 언덕의 연못으로
올라가서 어젯밤의 흐릿한 기억을 되새겼다. 누군가의
이미지를 보았다는 그의 기억 자체가 흐릿해서 어제 일
인지, 아니면 몇 달 전에 있었던 사건인지 분간을 하기

어려웠다. 그는 손에 담수를 담아 맛을 보고는 연못으로 들어가 보겠다고 순익에게 말했다. 요트에서 로프와 장비를 가져오는 태성을 순익은 말리지 않았다.

태성은 순익에게 정한 시간이 지나도 나오지 않으면 나무에 맨 예비용 로프를 허리에 매고 들어오라고 말했다. 태성이 오리발을 달고 자맥질로 연못으로 들어갔다. 옆으로 누워 타원형으로 길게 뻗은 연못의 물은 알 속에 들어앉은 것처럼 포근하고 따뜻했다. 수면을 뚫고 들어온 햇빛으로 환한 연못은 그를 환대하고 마음껏 돌아보도록 기분 좋게 허락한 것 같았다. 밑으로 내려가자 엷은 주황색의 띠가 걸렸고 그 아래로는 옆으로 난 통로가 보였다. 그러나 연못 안에서 살아서 움직이는 생물은 보이지 않았다. 연못이 왜 민물인지 아무래도 가늠할 수가 없었다. 연못의 띠 위쪽은 담수였고 주황색 띠 아래는 놀랍게도 어딘가로 연결된 바닷물이었다. 통로처럼 보이는 곳에는 깊은 어둠이 깔려 있었다. 그는 수면으로 올라오다 연못의 경사진 곳에서 뭔가 울퉁불퉁한 물건이 눈에 띄어 숨을 들이쉬고 다시 잠수했다. 경사의 평평한 곳에 걸린 물체를 집어 들고 흙을 털어내니 사람의 두개골이었다. 두개골의 뻥 뚫린 눈이 자신의 안식을 방해한 사람을 귀찮다는 듯이 응시했다. 그는 두개골 따위는 무섭지 않았다. 살아서 움직이는 사람이 골치 아프고 가끔은 두려울 뿐이었다. 이 두개골은 도대체 어디서 살았던 사람의 것일까? 두개골을 가지고 올라갈까 망설이다가 원래 자리에 올려놓았는데 제대로 걸리지 않는 바람에 아래로 떨어지고 말았다. 두개골은 방해를 받지 않아 다행이라는 것처럼 연못 하부의 어둠 속으로 빠르게 가라앉으며 사라졌다. 그가 연못을 빠져나오자 그를 기다리던 일행이 물었다.

"도대체 뭐가 있어요?"

"아무것도."

태성이 말했다.

"늦었습니다. 출발하죠."

태성은 쿠요 제도의 산호세 섬으로 배를 몰았다. 묵직하게 자리를 잡은 순익은 입을 꾹 다물고 바다만 바라보고 있다. 장욱은 어제의 숙취가 풀리지 않은 듯 아직 선실에 누워 있었다. 태성은 선착장이 가까워지자 속도를 줄였다. 전통시장에서 물과 식량을 추가로 구입할 계획이었다. 태성은 목표에만 열중해 있는 승객들에게 필리핀 사람들의 생기 넘치는 거리를 보여주고 싶었다. 관광지로 개발되지 않은, 필리핀 내만에 깔린 무수한 작은 섬들은 마을주민의 순수한 마음과 때 묻지 않은 풍광을 마음껏 즐길 수 있는 곳들로, 주민들은 순박하게 여행자를 환영하였고 후한 인심을 나눴다.

정박지에 배를 대자 관리하는 어민이 나와 맞이해주었다. 그는 태성의 정박에는 동의했지만 항이 좁아서 오래 머무를 수는 없다고 말했다. 산호세 섬의 작은 항구는 초라한 옷차림의 사람들로 넘쳐나서 옷차림만으로 보자면 태성 일행은 왕족에 해당할 정도였다. 주민들은 먼 섬을 들른 이방인에게 호기심을 보이면서도 감히 가까이 다가서지를 못했다. 태성 일행이 시선을 보내면 그들은 평화롭지만 조심스러운 미소를 담뿍 담아 응답했다. 그들은 물건을 팔면서도 태성 일행을 모국에서 공물받으러 온 식민지 관리나 되는 듯 조심스럽게 대했다.

태성은 터지지 않는 휴대폰을 배낭에 집어넣어 버렸다. 띄엄띄엄 떨어진 섬에는 중계기지도 없어 무용지물이었다. 그들은 부두 가까운 식당에서 아도보를 먹었다. 간장에다 단것을 넣은 짭짤하고 달콤한 국물에 큼지막하게 썬 감자와 양파와 당근, 돼지고기가 들어간 요리였다. 장욱은 장조림 같다며 밥에 비볐다. 입맛에 맞다는 장욱의 말에 주연이 장욱의 입맛에 맞지 않는 음식이 어디 있겠느냐고 응수했다. 태성이 새우를 넣은 시니강을 주문했다. 장욱이 호기심을 보이며 새콤한 국물을 한 숟가락 입에 떠 넣고는 신맛에 질겁하면서 바닥에 뱉어내고 말았다.

식사를 마친 그들은 요트로 향했다. 부두에는 낡고 작

은 여객선 한 척이 손님을 기다리고 있었다. 그 옆으로 벌겋게 녹이 슬어 정박한 채로 시간과 함께 삭아가는 철선에 새들이 무리 지어 쉬고 있었다. 해조류가 달라붙어 변색된 방파제는 높이가 낮고 허물어진 곳도 있어 태풍을 맞으면 견뎌낼까 불안한 모습이었다. 이방인과 관광객이 들르지 않는 섬은 무풍지대에 갇힌 범선처럼 답답해 보였다.

대합실에서 승객들은 바구니와 낡은 가방을 들고 자신들을 태우고 갈 여객선을 기다렸다. 대합실은 퀴퀴한 냄새가 풍겨 나오는 칠이 벗겨진 시멘트 건물이었다. 주민들은 불쾌하게 고인 공기 속을 느긋하고 여유롭게 다녔다. 긴 의자가 두 개밖에 없어서 바닥에 앉은 승객들 사이로 노점상들이 돌아다니면서 먹을 것을 사라고 졸랐다. 일행들은 주변으로 시선을 무심히 던지면서 대합실을 걸었다. 대합실을 지나서 좁은 안벽을 조금만 걸으면 요트를 댄 선착장이 나왔다.

필리핀 승객들이 떠드는 소리로 시끌벅적한 대합실이 별안간 조용해졌다. 태성은 기분 나쁜 정적에 조심스럽게 옆을 돌아보았다. 막 들어온, 자주색 치마를 입고 머리에 까마귀 깃털을 꽂은 할머니 때문이었다. 부두 주민들은 할머니가 부대를 사열하듯이 승객들에게 시선을 보내자 몸을 움츠리면서 얌전해졌다. 필리핀의 섬이나 산간지역에서 활동한다는 주술사 같았다. 할머니가 늘 어뜨린 잘 땋은 머리카락 끝 쪽에 색색의 구슬이 주렁주렁 매달려 있다. 할머니는 각진 턱에 자세가 꼿꼿했으며 굳게 닫은 입술에 눈빛이 깊고 매섭게 번쩍거려 사람을 압도하는 인상이었다.

할머니가 태성 일행 앞에 와서 멈춰 서더니 분명하고 위엄 있는 어조로 말을 했다. 일행이 할머니를 바라보며 가만히 서 있자 할머니는 엄하게 질책하는 어조로 다시 입을 열었다. 카랑카랑한 목소리에서 귀에 익은 단어가 반복해 들렸으나 도무지 맥락을 잡을 수는 없었다. 그러자 옆에서 일행을 지켜보던 남자가 태성에게 다가왔다. 남자는 망설이면서 필리핀 억양이 섞인 영어로 말을 건넸다.

"당신들이 토스쿠를 찾는다는 이야기에요."

남자가 활활 타는 숯불을 조심스레 옮기는 것처럼 목소리를 낮춰 조심스레 말했기에 태성은 처음에 알아듣지를 못해 되물었다.

"뭐라구요?"

남자는 두려운 표정으로 목소리가 더 기어들어 갔다.

태성이 토스쿠가 뭐냐고 물었다. 그것이 섬의 주민들과 어떤 관계를 맺고 있는지 직접 알고 싶었다. 관심 깊은 단어를 듣자 박순익이 둘 사이에 바짝 붙어 섰다. 남

자는 그 이름을 입에 올리기를 꺼리며 질린 얼굴로 말을
이었다.

자신을 닮은 사람을 자기들 방언으로 토스쿠라고 부
른다. 그것은 우리가 닿지 못하는 별개의 세계에 거주한
다고들 말한다. 토스쿠는 '또 다른 문' 즉 저 세상으로 넘
어가는 문이라는 뜻으로도 쓰인다. 그러니까 토스쿠는
또 다른 문에서 만나는 낯설면서도 친숙한 존재다. 그런
데 토스쿠를 만난 사람은 아주 큰 행운이나 불운에 부
닥치게 되지만 어느 쪽이 될지 아무도 모른다. 왜냐하면
토스쿠는 자기 자신과 똑같이 살아가는 육체를 지닌 혼
령인데 그게 천사 편에 가까울 수도 있지만 정반대로 악
마 쪽일 수도 있기 때문이다. 사람은 누구나 천사 같은
면과 악마 같은 모습을 함께 담고 있다는 말이었다. 누
구나 우러러보는 성인 같은 사람이 무서운 범죄를 저지
르거나, 악하기 짝이 없어 모두가 배척하는 사람이 깜짝
놀랄 선한 일을 하거나 심지어 회심해서 완전히 딴사람
으로 변하는 일이 있지 않느냐는 거였다. 그리고 토스쿠
를 만난 사람이 평소에 착한 일을 많이 했는지, 아니면
악업을 쌓았는지도 운을 결정하는 요인이라고 했다. 사
람은 자기 자신이 저지르고 쌓은 악한 행위와 선업을 객
관적으로 평가하지 못한다. 그래서 토스쿠와 부딪친 사
람이 얻을 운이 인생을 뒤바꿀 행운인지, 아니면 지옥의

진창으로 끌고 가는 악운인지 모른다는 말이었다. 그러니 토스쿠를 만난 사람은 그것이 자신에게 좋은 영향을 미치게 하고 혹시나 가져올 악한 미래를 피하도록 조치를 취해야 한다는 거였다. 아마도 그쪽 지방에서는 선한 토스쿠가 다녀가면 더 잘되도록, 악한 놈이 지나가면 해악이 없어지도록 주술을 펴는 모양이었다. 그건 토스쿠에 관한 섬 특유의 주술적인 해석에 불과한지도 몰랐다.

태성이 남자에게 물었다.

"이 할머니는 누구요?"

남자는 조심스럽게, 주술사인데 영험이 대단한 분이라고 했다. 그런 주술사는 필리핀뿐 아니라 동남아의 어촌마을마다 널렸을 수도 있었다. 주술사는 질병을 치료하고 미래를 예언하는 주문을 외우고 신목을 태운 재를 몸에 발라주고, 얼굴에 붉은 물감을 찍어주거나 부적을 목에 걸어주었다. 그러나 태성은 일행들이 찾는다는 존재에 대한 남자의 설명을 믿지는 않았다. 폭풍 치는 바다는 섬 주민의 목숨을 좌지우지했고, 바다와 삶이 얽힌 주민들은 금기와 주술과 우상을 만들어내고 신봉했을 것이다. 남자가 말한 토스쿠도 그런 우상과 주술의 하나가 아닐까.

태성은 할머니의 위엄에 찬 자세와 형형한 눈빛이 맘에 들었다. 요트를 선착장의 어선 옆에 대도록 도와준

주민들에게 조금이라도 보답하고픈 마음도 없지 않았다. 태성은 남자의 말을 일행에게 전해주고 자세를 바로하고 할머니에게 500페소를 건넸다. 100페소를 주고 싶었는데 주머니에서 꺼낸 돈이 하필이면 500페소였다. 머리를 숙이고 두 손으로 지폐를 할머니에게 건네자 할머니는 당당한 자세로 돈을 받아 들었다.

그리고 할머니는 그 옆의 어린애를 손으로 가리켰다. 머리가 짧고 땟국이 얼굴에 전 어린 사내애에게도 태성은 필리핀 사람의 하루 일당에 값하는 500페소를 건넸다. 그러자 할머니는 또 다른 계집아이를 태성의 앞에 불쑥 내세웠다. 도대체 계집아이가 어디에 숨어 있다가 나타났는지 모를 일이었다. 태성은 슬슬 짜증이 났다. 그에게로 쏠린 대합실의 사람들 시선을 의식하면서 태성은 주머니를 뒤졌다. 장욱이 100페소와 200페소의 돈을 모아 아이에게 건네자 아이는 큰돈을 받아 든 당황스러움과 부끄러움, 그리고 기쁨이 섞인 미소를 지으면서 뒤로 물러났다. 박순익은 흥미롭게 태성과 할머니의 거래를 지켜보고 있을 따름이었다. 그런데 할머니는 더러운 맨발에다 헝클어진 머리에 때가 까맣게 묻은 계집아이 하나를 다시 내세웠다. 태성은 할머니 주위 곳곳에 아이들이 숨어 있는 것이 아닐까 생각하면서 순간적으로 화가 치밀었다. 그러나 그는 긴 숨을 두 번 쉬면서 평정심을 잃지 않으려고 노력했다. 남 사장의 필리피노 가족들을 지켜보면서 이들이 분노와는 거리가 먼 사람임을 배웠다. 그들은 한국인 관광객이 화를 내거나 언성을 높여서 따지면 미친 사람이 아닌지 의심스러워했다.

태성과 다른 일행이 주머니를 뒤지자 할머니는 순익을 가리키며 큰 소리로 말했다. 옆에 선 남자가 순익에게 죽음의 토스쿠가 얼굴에 보인다며 액을 막아야 한다고 전했다. 순익은 할머니를 쳐다보며 고개를 젓고는 거만하게 목을 세웠다. 할머니가 빠르게 뭐라고 말을 잇고는 손을 쳐들면서 순익에게 다가서자 그는 두 걸음을 물러섰다. 그러고는 남자에게 말했다.

"가까이 오지 말라고 말해 주겠소?"

태성이 주연과 장욱의 돈을 보태어 아이에게 건네자 할머니는 손목에 끼고 있던 묵주 팔찌 한 쌍을 풀어 태성의 손목에 감아 주었다. 묵주는 질기고 탄력 있는 실로 꿰어져 있었는데 원래 지녔던 검은색에 붉은 염료가 진하게 발라져 있었다. 또 하나는 오래된 암회색의 열매로 엮은 물건이었다. 그러자 주위에서 일행을 숨죽여 지켜보던 주민들의 안도하는 숨소리가 들리는 것 같았다. 할머니는 중지로 태성의 이마 한가운데를 탁 짚으면서 카랑카랑하면서도 운율 있는 주문을 외웠다. 그러자 태성은 신기하게도 머리가 맑아지고 몸이 가벼워지는 느낌이 들었다.

　일행이 대합실을 지나가자 영어로 말을 건넸던 남자가 다가와 태성을 칭찬했다. 당신은 부두의 할머니에게서 큰 축복을 받았노라 설명했다. 태성은 고맙다고 대답했지만 속으로는 필리핀 내만의 이름도 알려지지 않은 주술사 할머니의 축복을 받아보았자 대수가 있을까, 하는 생각이 들었다. 그들은 독실한 가톨릭교도였지만 그들은 내면 깊숙이로는 예로부터 내려오는 섬사람 특유의 미신과 운명에 집착하고 있는지도 몰랐다.

　태성이 요트의 로프를 풀자 한 늙은 어민이 태성 일행에게 어디로 가는지 물었다. 노인은 이마에 주름살이 깊게 패고 손이 억셌다. 순익이 높은 산이 있는 휘어진 섬 지도를 꺼내 어민에게 보여주자 어민은 모르겠다며 고개를 흔들었다.

　"우리는 남쪽의 카가얀 제도로 갑니다."

　어민이 날씨가 좋지 않을 것 같다고 말했다.

　"예보는 그다지 나쁘지 않다고 나왔는데?"

　노인이 치아가 빠진 입을 벌려 히죽 웃었다.

　"기상예보를 믿나? 여기는 먼 섬이야. 바람과 파도가 변하고 있으니까."

　그가 핏줄이 튀어나온 마디 굵은 손으로 하늘을 가리켰다. 맑고 조각구름이 여유롭게 떠 있는 하늘의 동쪽으로 검은 구름이 몇 조각 나타났으나 표정이 사납지 않은 어린 구름이었다.

"일이 급한가?"

"무슨 말씀입니까?"

"반나절만 쉬었다 가면 어때?"

태성이 순익을 쳐다보았으나 그는 가볍게 말했다.

"주술사 할멈 다음에는 날씨 예언자군."

그는 바다가 사나워지면 처지를 봐서 피하면 되지 않느냐고 말했다.

"어쨌든 또 다른 섬으로 갈 수 있겠지."

노인이 더는 권하지 않고 담담한 얼굴로 요트를 향했다. 얼마 있다가 배가 튼튼해 보인다고 말하고서 노인은 뒤돌아섰다.

그들은 배를 띄워 바다로 나갔다. 하늘은 맑은 모습을 유지했다. 배가 남쪽으로 내려가자 바람은 습기를 머금었고 검은 구름이 무게를 더하며 자라났다.

순익은 시가를 태우고 있었다.

"마지막 시가야."

그는 태성에게 싱긋 웃으면서 바다로 시가를 던졌다. 아직 채 꺼지지 않은 붉은 빛이 멀어지더니 흔적도 없이 파도 속으로 사라졌다. 그가 태성의 어깨를 두드리며 주술사 할머니는 신경 쓸 필요가 없다고 말했다.

"할머니가 액운을 말하지만 그건 컴퓨터 프로그램의 버그와 같은 거야."

"버그요?"

"그래. 컴퓨터 작동을 방해하는 프로그램 오류에 불과하지."

"하지만 버그로 시스템이 엉겨 버리기도 하지 않습니까?"

"그럴 경우도 있어. 하지만 충분히 대처할 수 있고 또 늘 잘 대응해 왔으니까."

"해법을 항상 잘 찾은 건 아니지요. 많은 대가를 치르기도 했고."

"아쉽지만 대가를 치러야 할 땐 치러야 하지. 하지만 전체의 일부분에 불과하니까."

태성이 화제를 돌렸다.

"장 박사가 있다는 섬의 방향이 남쪽 맞습니까?"

"정확히 모르지만 좌우간 그쪽 방면인 것은 맞소."

"참 막연한 정보군요."

"만나는 섬마다 들러서 지도의 섬과 장 박사를 아느냐고 물어볼 참이야."

"하지만 그 지도란 게 너무나 어설퍼서……."

"맞아. 막연하고 뜬금없는 정보지. 우리도 꼭 그 섬을 찾을 거라고 믿지는 않아. 장 박사가 우리가 찾아오는 걸 반길지 알 수도 없고."

"그런데도 꼭 찾아가야 하는 이유라도?"

"장 박사는 우리를 떠받치는 일종의 기둥이지. 힘든 고비에서 도움을 받기도 했고."

"가족의 불행을 불러일으킨 건, 장 박사를 닮은 선생님의 소신이 아닐까요?"

"아픈 데를 찌르는군. 하지만 그것과 달라. 가족의 불행은 내가 사는 스타일에서 왔고, 우주와 사물의 작동방식에서 오지는 않았으니까."

"제 경험에 따르면 둘은 아무래도 연결이 된 것만 같은데요."

"그럼 선장은 이 마당에 내가 어떤 희망을 품어야 할 것 같소?"

"글쎄요. 전 현대 문명이, 아니 현대의 유일한 가치인 과학이 넘지 못하는 지점에 오히려 희망이 있지 않을까 봅니다만."

"흠. 선장, 아주 철학적인 답변이야. 그러고 보면 당신도 이미 어떤 희망을 설정하고 있지 않나? 가다가 막히면 해답은 지난 시대에 있을 거라는……. 그러나 그 지난 시대 역시 과학과 합리적인 정신으로 어려움을 뚫고 온 게 아닐까?"

동쪽에서 자라난 아기 구름이 하늘을 짓눌렀다. 먹구

름이 순식간에 몰려와서 소용돌이치며 후두두 빗방울을
휘날렸다. 돌풍이었다. 습기를 머금은 바람이 시시각각
드세져 돛을 접어버려 우뚝 솟은 기둥이 요동쳤다. 엔진
은 점점 힘을 더해가는 파도와 맞서서 요트를 겨우 앞으
로 밀어내었다.

평온했던 바다는 순식간에 얼굴을 바꿔서 포말을 날
리며 날뛰었다. 세찬 바람이 획획 하늘을 가로질러 배를
흔들었다. 바다에서 긴 놀이 달려와 배가 고꾸라졌다가
고개를 쳐들고 다시 앞으로 나아갔다. 거센 바람의 가운
데로 들어간 배는 파도를 맞고 방향을 잃어가며 조종 각
도가 틀어지기 시작했다. 오른쪽에서 커다란 파도가 일
어서더니 파도의 물결이 배 위로 올라탔다. 측면에서 올
라타는 파도에 꺾인 타륜이 틀어졌다. 태성이 순간적으
로 타륜을 놓치며 고꾸라져버리자 주연이 재빨리 타륜
을 붙잡아 왼쪽으로 틀고 배를 똑바로 세웠다. 뱃전에
부딪히는 파도가 조종실까지 덮쳤다. 폭풍의 중심에 들
었는지 거센 바람이 불고 백파가 솟구치면서 허연 이빨
을 드러냈다. 왼쪽 갑판이 기울면서 배가 파도에 잠겼다
가 반대쪽으로 일어섰다.

조타대의 손잡이를 잡고 몸을 버티던 순익이 태성에
게 말했다.

"운항하기 좋은 날씨가 아니군."

태성이 얼굴을 찡그리며 대답했다.

"반나절 일찍 나왔기도 하지요."

근육질의 파도가 선수를 강타했다. 선수를 때린 파도가 선미까지 치고 들어오면서 배는 물속으로 잠겨들었다. 바다는 으르렁대며 요트를 위협하고 있었다. 파도의 끝에 실렸다가 배가 밑으로 곤두박질치며 쏟아져 들어갔다. 주연은 난생처음 만나는 폭풍의 사나움에 놀란 얼굴로 조종실의 손잡이를 꽉 잡고서 버티다가 장욱과 함께 선실로 기다시피 들어가 버렸다. 사방에서 파도가 으르렁대며 배에 올라타려고 기승을 부렸다. 허공에 뜬 배가 내려앉으면서 선저가 울렸다. 요트 선체가 쥐어짜는 것 같은 섬뜩한 소리를 내며 파선을 알리는 신호를 보냈다.

높은 파도에 올랐다가 배가 아래로 내리박혔다. 그때마다 요트는 뒤집히지 않고 용케도 복원되었다. 선미가 들리면서 허공에 드러난 프로펠러가 공기를 가르고 엔진이 윙윙대며 헛돌았다. 엔진이 배겨낼까 싶었다. 선실은 사람들이 구르고 물건들이 뒤집히며 아수라장이 되었다. 높은 파도가 빳빳하게 닥쳐오자 태성은 눈을 감았다. 가까이서 받는 파도는 거대한 장막으로 덮는 것처럼 속수무책 당할 뿐이었다. 배는 깊숙이 가라앉았다가 다시 떠올랐다. 납으로 된 선저의 기다란 킬 복원력이 놀라웠다.

'남 사장이 배 하나는 잘 골랐어.'

태성은 비스듬히 파도의 옆면을 타면서 넘어갔다. 그는 자신도 모르게 염주를 쳐다보며 중얼거렸다.

'배는 전복되지 않는다. 전복되지 않아!'

돌풍이 천천히 물러나갔다. 구름이 움직이는 속도가 느려지면서 하늘이 평온해졌고 바다도 따라서 숨을 죽였다. 백파가 사라지면서 파도의 끝이 완만해졌다. 파도가 잦아들면서 요트의 요동이 줄어들고 안정을 되찾자 태성은 엔진을 저속에서 중속으로 바꿨다. 요트는 상처를 입었지만, 치명적인 부상을 당하지는 않았다. 엔진은 파도의 광란에도 무심하게 윙윙 돌아갔고 돛도 멀쩡했으며 선체에는 구멍이나 누수도 없었다. 빌지에서도 기특하게 물이 새어들지 않아 남 사장이 선택한 요트다웠다. 원해를 항해한 다부진 놈이라는 남 사장의 칭찬이 어느 모로 보나 틀리지 않았다. 파도가 잔잔해지면 태성은 업무를 마치고 돌아가면 된다. 선실을 채운 식수와 식량은 충분했고 배는 안정적인 궤도를 되찾았다. 태성이 그런 생각에 젖어 있는 사이에 해무가 슬그머니 퍼지기 시작했다. 조종실에 깔린 무거운 정적을 주연이 깨뜨렸다.

"장 박사를 만나기가 쉽지는 않네요."

태성이 말했다.

"필리핀의 바다는 넓은 데다 무려 태평양이야. 언제든지 뒤집힐 수 있죠."

6

오장욱이 진한 커피를 끓인 포트를 들고 선실에서 올라왔다. 그는 태성에게 듬뿍 한 잔을 부어주었다.

"죽는 줄 알았어요."

순익이 말했다.

"사람은 힘든 상황에서도 쉽게 죽지 않아."

"그럼 예상치 못한 곳에서 죽음이 찾아온다는 말씀인가요?"

"그렇지. 그게 죽음의 속성이니까. 놈은 인간의 뒤통수를 치기 좋아해."

일행들이 커피를 마시는 자리에서 주연이 장 박사를 찾는 일의 위험성을 새삼 깨달았다고 말했다.

"우린 솔직히 남국의 섬을 즐긴다는 마음이 없지 않았어요. 끔찍한 폭풍이 휩쓸 줄은 꿈에도 몰랐죠. 박순익 선생이 장 박사를 찾는 여정을 권할 때는 낭만적으로 보이기까지 했어요. 하지만 호된 여행이 되고 말았네요."

오장욱이 말했다.

"폭풍이 도사리는 줄 알았다면 오지 않았을지도 모르죠."

박순익은 은근한 비난에도 잠자코 커피를 마셨다. 그는 장 박사가 목공 제작소의 칠판에 쓴 수식을 떠올렸다. 미분과 적분, 벡터와 위상수학에 입력과 출력의 프로그램 기호로 찬 수식에는 번뜩이는 아이디어들이 자라고 있었다. 순익은 그가 수식을 쓰고 상념에 빠진 모습을 좋아했다. 수식은 완벽한 균형과 조화와 시작과 결말을 갖춘 완성체였다. 갈등과 분열과 미움과 전쟁이 없는 유토피아였다. 로봇 '후예'는 자신의 창조주 옆에서 칠판을 올려다보곤 했다. 그러다가 자신의 머리로는 이해 못할 수식에 싫증을 내고 몸을 돌려 목공소의 탐색으로 돌아갔다. 순익은 장 박사의 인공지능을 키우는 수식과 로봇을 완벽하게 조율한다는 그의 의지에 감탄하곤 했다. 장 박사는 가설을 세우고 검증과 수정을 거쳐 진실에 따르는 먼 길을 꾸준히 걸어왔다. 그런 의지력은 순익에게 없는, 비어 있는 틈이었다. 순익의 치료는 장 박사가 빈틈을 메워 줌으로써 가능했다. 우울증을 치료하는 프로작과 같은 약물은 응급 처치의 위안이 되었을 뿐이었다. 그런 그를 먼 섬의 오지에 순식간에 못 박아둔 것은 무엇일까? 순익에게 한 가지 생각이 끊임없이 맴돌았다. 그게 무엇이든 해결 가능한 실체일 것이다. 순익이 그렇게 다짐하면서 말을 꺼냈다.

"그래서 돌아가고 싶다는 말인가?"

주연이 꼭 그런 뜻은 아니라고, 예상치 않은 폭풍 한 번에 마음을 접을 만큼 나약하지는 않다고 대답했다. 그러면서 장 박사를 찾겠다는 마음이 박 선생님만큼은 절실하지 않은 점을 이해해 달라고 말했다.

박순익이 무뚝뚝하게 대답했다.

"만약 돌아가고 싶다면 언제든지 가도 좋아. 난 장 박사를 찾는 길을 멈추지는 않을 거야."

오장욱이 조타실의 측면 좌석에 앉아서 무거운 분위기를 가라앉히며 말했다.

"그러고 보니 우리는 목공소에서 자주 만났지만, 사적인 얘기는 별로 하지 않았군요. 괜찮다면 폭풍을 넘긴 기념으로 제가 최혜신 병원을 거쳐 장 박사의 목공 제작소에 가게 된 얘기를 할게요. 그리 지겹지는 않을 겁니다."

모두들 좋다고 말했다. 주연은 조종석의 좌석에 몸을 기대고 박순익은 선실 승강장 쪽에 앉아 이야기를 들었다.

오장욱은 정밀가공업체의 사무직원으로 일했다. 직장에서 치밀하게 일을 처리하지도 못했고, 윗사람을 잘 떠

95

받들지도 못하는 고만고만한 직원으로 늘 이직을 꿈꾸는 사람이었다. 그는 직장보다 방에 박혀서 희곡을 쓸 때가 살아 있는 것 같아 즐거웠다. 그러나 신춘문예에 응모를 하면 번번이 떨어지곤 했다. 그가 프로펠러에 동력을 전달하는 막대 모양의 샤프트를 자동차에 싣고 회사를 떠난 것은 그날의 자정 무렵이었다. 정밀하게 샤프트를 가공하고 차에 실은 공작실 직원은 막 퇴근했다.

그는 샤프트를 트렁크에서 뒷좌석 공간을 통해 앞좌석까지 연결해서 묶어 넣고는 길을 달렸다. 길고 차가운 바람이 자정의 도로를 가로질렀다. 달도 없는 초겨울의 밤이었다. 시들어 버려 변색된 낙엽 몇 장이 바람에 날려 차창 앞에 올라앉았다. 유리창에 낙엽이 앉아 잠깐을 버티고는 바람에 쓸려 뒤로 사라졌다. 오장우는 운전석의 열선이 들어간 시트 스위치를 눌러 온기를 올렸다. 자동차 안이 지나치게 따뜻하면 졸음이 올까 봐 히터는 발아래 쪽으로만 약하게 튼 상태였다. 부두까지는 먼 길이었다. 그는 대정시를 둘러서 가는 지름길을 택했다. 자동차의 내비게이션에도 나오지 않는 지름길로, 밤에 가기에 적당한 곳은 아니었다. 그러나 그는 빨리 샤프트를 배달하고는 손을 털고 싶었다. 그는 자동차에 뭔가를 싣고 배달한다는 일에 거부감마저 들었다. 이런 식으로 업무가 늘어나게 되면 그로서는 도저히 감당할 수가 없었다. 구두쇠인 사장이 퇴사한 총무과 직원의 인원 보충을 하지 않아 그는 그렇지 않아도 가외의 일을 짊어지고 있었다. 샤프트 운반은 총무과 직원인 그가 할 업무는 아니었다. 부두의 선박 수리업체가 요트의 출항날짜에 맞춰 다급히 샤프트를 주문했고 새벽에 샤프트를 장착해서 시험운전을 해야 한다고 배송을 독촉하는 바람에 빚어진 일이었다. 트럭이나 배송 전문업체가 운반해야 할 업무를 급하다는 이유로 사장이 그에게 지시한 것이다. 새벽 시간대에는 전문 배달업체도 움직이지 않아 달리 뾰족한 방법이 없기는 했다. 트렁크에 싣고 뒷좌석 공간 사이로 빼니, 길다 싶었던 샤프트는 사장의 바람대로 자동차 안에 딱 들어갔다.

그가 지름길을 빠져나와 출발한 지 50분쯤이 지나서 131번 지방도를 달릴 때였다. 자동차의 바퀴가 헛돌았다. 오장욱이 이상을 느꼈을 때는 이미 늦어 자동차는 허공에 잠시 떠 있는가 싶더니 몸을 숙이고 아래로 처박기 시작했다. 헤드라이트 불빛이 허우적거리며 아래를 향하자 입을 벌린 시커먼 구멍이 그를 막아섰다. 구멍에서 빛을 받는 곳 외에는 날카로운 절벽처럼 느껴져 오장욱은 본능적으로 핸들을 꽉 붙잡았다. 그건 지옥의 입구처럼도 보였고 자신을 빨아 당기는 커다란 배수관 구멍처럼도 보였다. 그의 몸 각도가 앞으로 굽어지면서 오랫동안 갈증에 시달린 것처럼 목이 타들어왔다. 곧 닥칠 충격에 대비해서 온몸의 근육이 차갑게 굳어졌다. 그의 머릿속에서 어떤 판단을 하려는 움직임이 잠깐 스쳐갔으나 의미 있는 아무것도 붙잡지 못했다. 머릿속이 텅비고 새하얗게 변해 버려 그는 섬광 속에 들어온 것만 같았다. 자동차가 구멍으로 추락하는 시간은 짧았지만 그에게 시간은 느릴 대로 느려져서 오랜 시간처럼 느껴졌다. 자동차는 도로에서 추락하는 중이었고 핸들을 꽉 끌어안고 있는 그로서는 추락을 막기 위해 할 수 있는 일이라고는 없었다.

자동차의 앞범퍼가 쿵 바닥에 처박히자 오히려 그는 안도감을 느꼈다. 에어백이 터지면서 그를 세차게 후려쳤지만 어쨌든 사동자는 익숙한 땅에 자리를 잡은 것이다. 이상한 일이었다. 바닥에 자동차를 고정하는 홈이라도 있는지 범퍼를 바닥에 대고 수직으로 선 자동차는 조금 흔들렸을 뿐 그대로 서 있었다. 그는 조심스레 몸을 뒤로 젖히면서 자동차가 바퀴를 땅에 대고 안착하기를 바랐다. 그러나 자동차는 그대로 멈춰 서 있었다.

먼저 든 생각은 그가 운반하는 샤프트가 괜찮은지 여부였다.

그는 뚱뚱한 몸을 감싼 에어백을 힘겹게 헤치고는 차문을 열었다. 허벅지가 쑤시면서 어깨에서도 통증이 솟구쳤다. 잠자코 있던 통증이 어둠 속에서 상체를 일으켜 세우는 것 같았다. 다행히 배달할 샤프트는 괜찮은 것 같았다.

자동차의 엔진이 멈춰 서고 헤드라이트도 박살이 나 버려 구멍은 조용하고 어두컴컴했다. 그는 낯선 행성에 도착한 기분으로 주위를 돌아보았다. 구멍의 너비는 크지 않았지만 제법 깊어 쉽게 탈출할 수 있을 것 같지는 않았다. 구멍에서 올려다본 하늘엔 두터운 구름이 잔뜩 찌푸리며 몇 겹씩 층이 져서 우울하게도 보이고 화가 난 것처럼도 보였다.

오장욱은 한숨을 쉬고는 자동차를 바로 세우려고 트렁크 쪽을 잡아당겼다. 손에 닿은 트렁크의 감촉이 섬뜩하게 차가웠다. 그러나 자동차는 앞쪽이 무언가에 끼인 것처럼 흔들리기만 할 뿐 제자리를 찾지는 못했다.

그는 휴대폰을 열고서는 119에 전화를 걸었다. 굵직한 남자 목소리가 응답하자 그는 금방 구조대가 도착한 것처럼 마음이 평안해졌다. 오장욱은 지금 닥친 상황을 밝히고 빠른 구조를 요청했다. 119구조대원은 지금 대정시의 연수원에 큰불이 나서 인력과 장비가 그쪽으로 모두 출동한 상태라고 말했다. 구조대원이 혹시 다친 곳이 없느냐고 묻자 오장욱은 다치지는 않았다고 대답했다. 그러자 화재 진압이 끝나는 대로 빨리 가겠으니 기다리라고 말하면서 저체온증을 대비해서 몸을 따뜻하게 하라고 덧붙였다.

오장욱은 전화를 끊고 구멍에 우두커니 서 있었다. 주위의 어둠이 더 짙어지고, 구름도 더 사나워졌으며 밤의 추위도 매서워진 것 같았다. 그는 옷을 얇게 입고 온 것을 후회했다. 자동차 안은 언제나 훈훈했기에 옷을 두껍게 입을 생각을 미처 못하고 출발해버린 것이다. 구조대원에게 몸을 따뜻하게 간수하라는 조언을 듣자 어떤 불길한 연상이 떠올랐고 갑자기 발이 시리고 몸에 한기가 들었다. 그는 수직으로 선 자동차의 트렁크를 애써 열었다. 앞쪽으로 우르르 몰린 트렁크 물건들을 뒤져 담요와 등산화를 찾아냈다. 그 물건들이 언제 어떤 이유로 그곳에 들어갔는지 알 수는 없었지만 구두를 등산화로 갈아 신고 담요를 두르자 한결 든든했다.

휴대폰의 배터리가 얼마 남지 않았다. 사무실에서 그는 깜빡 잊고 휴대폰을 충전해두지 않았고 자동차 안에서도 잭을 연결해두지 않았다. 자동차 엔진만 돌아가면 모두가 잘 풀리려만……. 오장욱은 자동차를 다시 밀었으나 수직으로 박힌 자동차는 움직이지 않았다. 그는 자동차가 1톤이 넘는 엄청난 무게의 물건임을 절감했다. 그는 회사 직원이나 친구에게 연락해볼까 생각하다가 아직은 괜찮으니 기다려보겠다고 마음을 고쳤다. 새벽

1시에 일어나서 이곳까지 차를 몰고 달려오는 건 예삿일이 아니다. 그들은 왜 119가 구조를 하지 않고 자신이 달려와야 하는지 화를 낼지도 모르고 관계가 틀어져버릴지도 모른다. 만약에 견인차가 제대로 자동차를 건져내면 그리고 자동차 엔진이 돌아가기만 하면 자신이 샤프트를 직접 배달하는 게 누구에게도 폐를 끼치지 않고 순조롭게 일을 푸는 방법이다.

'사람이 염치가 있어야지. 염치가.'

오장욱은 혼잣말을 하고는 트렁크를 뒤져 작은 삽을 찾아냈다. 그는 혹시라도 자동차가 자신에게 넘어오지 않을까 훔쳐보면서 삽으로 자동차의 범퍼 뒤쪽 흙을 조심스레 파내고는 몸을 일으켜 세워서 자동차의 지붕 쪽을 잡고 뒤로 밀었다. 자동차가 반동을 받아 이쪽으로 조금 넘어오자 겁이 났지만 힘차게 되밀자 서서히 뒤쪽으로 기울어지다가 쿵 소리를 내며 제자리를 잡았다.

그는 자동차에 들어가서 운전석에 앉았다. 아무래도 한데보다는 따뜻했고 뭔가를 성취해 낸 것 같아 가슴이 뿌듯했다. 시동을 켜보았으나 차는 끽끽 소리만 낼 뿐 시동이 걸리지를 않았다. 앞 유리창과 옆 유리창 모두 흉측하게 금이 쫙쫙 나가 운전석에서 바깥 풍경이 제대로 보이지를 않았다.

그는 119에 전화를 걸고는 최대한 정중하게 말했다.

"131번 지방도에서 싱크홀에 빠진 사람입니다. 구조대가 언제 올까요?"

구조대원이 말했다.

"알고 있습니다. 10분 전에 신고한 분이시죠."

오장욱은 처음 전화한 시각에서 10분밖에 지나지 않았다는 말을 듣자 깜짝 놀랐다. 싱크홀에 빠지고 나서 한 시간 정도 지난 것처럼 느껴졌으나 시간을 확인하니 겨우 10분밖에 지나지 않은 게 사실이었다.

"연수원 화재 진압이 다 끝나가고 있습니다."

"그럼 언제쯤 올 수 있을까요?"

"화재 진압이 끝나도 객실을 수색하고 투숙객의 생존을 확인해야 하니까 시간이 더 걸릴 겁니다. 지금 그곳에 주위 소방차량과 119구조대가 모두 집결해 있으니까요. 혹시 부상했거나 몸이 불편하지는 않습니까?"

오장욱은 그렇지는 않다고 대답했다. 구조대원이 말했다.

"야광 삼각대가 있으면 도로 앞쪽으로 던져 놓으세요. 도로를 달리는 차량이 구멍으로 뛰어드는 2차 사고를 막아야 하니까요."

오장욱은 삼각대가 트렁크에 있는지 알 수가 없다고 말했다.

"삼각대가 없으면 뭐라도 신호가 될 것을 도로 쪽에

던져요. 저희도 화재 진압만 끝나면 먼저 인원을 빼서 가겠습니다. 이미 현장에 출동 통보를 했습니다. 작은 도시이다 보니 저희 인력과 장비가 너무나 부족해서요. 그런 사정을 이해해주시면 고맙겠습니다."

"네. 제가 샤프트를 급히 배달해야 해서요."

"예? 뭐라고요. 뭘 배달해야 한다고요."

"샤프트 말입니다. 엔진과 프로펠러를 연결하는 장비 말입니다."

119에서는 잠시 말이 없었다. 오장욱은 괜히 샤프트 배달 얘기를 꺼냈다고 후회하면서 말했다.

"연락이 잘 안 될까 걱정입니다. 휴대폰 배터리가 다 되었는데 충전할 방법도 없다고요!"

"잘 알겠습니다. 빨리 구조를 못해 죄송합니다."

오장욱은 2차 사고를 조심하라는 119 구급대원의 말에 자동차 밖으로 나왔다. 갑자기 자동차 위로 트럭이 굴러 떨어지며 납작하게 깔리는 사고가 연상되었다. 그러자 그대로 앉아 있기가 힘들었다. 언론에서는 늘 도로에서 사고를 당하면 2차 사고를 조심하라고 보도하지 않았던가.

그가 트렁크를 뒤졌으나 삼각대를 찾을 수 없었다. 진눈깨비가 내리기 시작하면서 기온이 갑자기 뚝 떨어진 것만 같았다. 그는 뒷좌석을 뒤져서 우산을 찾아 펼쳤다.

바닥에 비가 고이면서 등산화 바닥이 차가워졌다. 그는 구멍을 따라 천천히 걷기로 했다. 바람이 휘익 구멍 위를 날카롭게 지나면서 구덩이에서 온기를 더 빼앗아가는 것 같았다. 오장욱은 누군가가 구멍에 함께 있어 주었으면 좋겠다고 생각했다. 조난에 대비한 장비를 잘 갖춘 사람이면 더욱 좋고 그렇지 않아도 상관 없었다. 넓은 구덩이의 자동차 옆에 텐트를 치고 냉기를 막는 자리를 깔고 누워서 고적을 즐기는 것이다. 버너를 피워 뜨끈한 커피를 한 잔 마시면 사람을 옥죄는 구덩이 속의 차가운 습기가 몰려나가고 속이 따뜻해지면서 졸음이 몰려올지도 몰랐다. 상상 속 커피 향에 취한 그는 우산을 잡은 손이 뻣뻣해서 다른 손으로 우산을 옮기려다가 그만 어깨를 감싼 담요를 떨어뜨리고 말았다. 바닥에 고인 물에 담요가 털썩 떨어져 담요가 젖어 버리고 말았다. 그는 칠칠치 못한 자신에게 화를 내며 담요를 들어 보고는 자동차 뒷좌석에 던져 넣었다. 한기가 오싹하게 밀려왔다. 진눈깨비는 여우비로 변했다가 조금 더 빗줄기가 강해졌다. 그는 오지 않는 119에 화가 났다. 휴대폰을 꺼내 119로 전화를 걸었다. 휴대폰의 배터리가 얼마 남지 않았다는 경고 표시가 빨갛게 떴다.

"여보세요. 대체 언제 구조할 겁니까?"

그의 노기가 서린 목소리에 대응해서 상대방 119 구

조대쪽의 목소리도 분노가 담긴 것 같았다.

"10분 전에 전화한 분입니까?"

오장욱은 또 10분밖에 지나지 않았다는 답변에 놀랐다.

"예, 저희가 막 그쪽으로 출동했는데 대정시 북쪽에 연쇄 충돌사고가 발생했어요. 갇힌 차에서 여러 명이 다쳤고 심각한 부상자도 생겨서요. 그쪽을 구조하는 대로 가겠습니다. 변동된 상황이 있습니까?"

오장욱은 체온이 떨어지고 하체가 비에 젖었으며 휴대폰 배터리가 다 되어간다고 말했다. 구조대원은 그 이야기를 듣고 저체온증을 조심해달라고 말했다. 오장욱이 언짢은 목소리로 빨리 구조해달라고 윽박을 지르며 전화를 끊었다. 구조가 늦어지는 건 119구조대원의 잘못만은 아니었다. 그는 점점 젖어들어 가는 신발을 신고, 물이 저벅저벅 차는 구멍을 돌아다녔다. 정신이 몽롱하고 몸이 점점 차가워지는 느낌이었다. 움직임이 둔해졌다. 그는 지나가는 차량이 위에서 덮치든지 말든지 될대로 되라는 심정으로 자동차 안에 들어갈까도 생각해보았다. 그렇지만 119 신고소에서 말한 2차 사고가 꺼림칙해서 그는 조금 더 구멍 안을 돌면서 걷기로 했다. 그는 자동차에 실은 샤프트가 상하지 않고 안전하게 있어서 안심이라는 생각이 들었다. 구조대에서 지금 출발하겠다는 전화가 걸려왔다. 구조대는 특이한 상황이 없는

지를 묻고 안전하게 있어달라고 오장욱에게 당부했다.

오장욱은 계속 구멍을 걷고 있었다. 빗줄기가 거세지면서 물이 차올라 철벅철벅 소리가 났다. 등산화는 가벼운 방수만 가능한 제품이라 발에 물이 들어와 시리고 불쾌했다. 그는 조금 전에 출발했다는 구조대가 곧 도착하기를 기대하면서 과연 그 전화를 받았는지 의심이 들었다. 언제쯤 전화를 받았을까? 그가 전화를 받기는 받은 걸까? 그는 차가운 몸을 흔들면서 휴대폰을 열어 발신자를 확인하려고 하자 휴대폰의 배터리가 나가면서 전화가 툭 끊겼다.

그는 물이 차오르는 구멍을 다시 걷기 시작했다. 땅위에서 흐르는 물의 물길이 구멍 쪽으로 났는지 물이 제법 흘러들어 왔다. 그는 발목까지 차오르는 구멍에서 혼란스럽고 의식이 흐려졌다. 제멋대로 편집해서 앞뒤가 뒤죽박죽인 영화를 보는 느낌이었다. 피부가 창백하고 차가워지고 몸 구석구석을 찌르는 통증으로 따가웠으며 몸이 아주 둔해진 느낌이었다. 몸이 더욱 떨리면서 그는 비틀거렸다. 전화가 울려대 받았으나 착각이었다. 이미 배터리가 다 된 전화였기 때문이다. 휴대폰은 왼쪽 주머니에 들어 있었으나 오른쪽 주머니에서 전화 벨소리가 들렸다. 그는 전화벨이 울리는 환청에 시달리며, 빌어먹을, 하고 분명치 않은 발음으로 중얼거렸다. 점점 걷기가 힘들어졌다. 그를 빠져나간 영혼이 허공에서 그를 내려다보고 있다는 생각이 들었다. 오장욱은 하늘을 올려다보았다. 뭔가 뿌연 것이 흔들리면서 그를 지켜보는 것 같았다. 그가 하늘을 향해 몇 마디 말을 중얼거리자 하늘에서도 그에게 응답해서 말을 걸어 주었다. 그는 응답에 기뻤고 외롭지 않다는 감정이 들어 감격했다. 이것에 이름을 붙인다면 토스쿠라고 불러도 좋으리라. 멀리서 구조대의 사이렌 소리가 들렸으나 그 소리는 가까워지는 것 같기도 했고, 구멍에서 더 멀어지는 것 같기도 했다.

그는 구멍 위를 쳐다보았다. 뭔가가 웅웅대며 가까이 오고 있었다. 그는 구멍을 덮는 커다란 그림자를 보았지만 그것이 뭔지를 가늠할 수가 없었다. 그는 처음에는 25톤 트럭이 구멍을 덮쳤다고 생각했으나 트럭치고는 그림자가 거대했다. 그는 하늘을 쳐다보고 그림자가 계속 짙어가는 걸 구경했다. 연한 어둠에서 짙은 어둠으로 마침내 캄캄한 어둠으로 그림자는 모습을 바꿔 나갔다. 오장욱은 캄캄한 어둠 속에서 중얼거렸다.

구조대는 언제 오는 것일까? 구조대가 그래도 가까이는 왔겠지.

오장욱이 어떻게 구멍을 빠져나왔는지는 그 자신도 몰랐다. 그는 몸의 불꽃이 꺼질 즈음에 마지막 힘을 뽑아 필사적으로 구멍을 기어올라 밖으로 나왔던 것 같다.

107

어쩌면 환각 속에서 구멍을 덮치는 트럭을 보고 피하려고 기어 나왔는지도 몰랐다. 비에 푹 젖어 유령 같은 모습으로 131번 지방도를 방황하는 그를 지나가는 자동차가 발견했다. 오장욱은 거의 의식이 없었으며 알아듣지 못할 헛소리를 중얼대고 있었다.

응급실로 이송된 오장욱은 공황장애와 망상에 시달렸다. 그는 밖으로 나서기를 무서워했고 건물이나 도로가 무너진다는 생각에 길을 걷지 못했다. 그가 최혜신 의사의 치료를 받고 장 박사의 목공제작소로 간 것은 싱크홀에 빠진 날로부터 5개월이 지나서였고 취미인 희곡 창작에 다시 손을 댄 것은 6개월이 더 지나서였다. 최혜신 의사의 치료는 뛰어났다. 장 박사가 창고의 벽에 걸어둔 화이트보드에 수식을 잔뜩 쓰고 생각에 잠기면 오장욱은 주눅이 들었지만, 그와의 만남도 나쁘지 않았다. '후예'라는 로봇도 맘에 들었고 놈이 마당을 움직이며 장애물을 만날 때마다 겁에 질리거나 갈등하는 모습에 많은 위로를 받았다. 놈은 태양을 쏘기는커녕 계단도 제대로 오르내리지 못했다. 장 박사와 같은 뛰어난 공학자도 저 정도 물건밖에 못 만들다니 아주 유쾌했다.

주연이 오장욱에게 물었다.

"구조대가 오기는 했나요?"

"아. 구조대 말이죠. 지름길로 달려오다가 부근에서

길을 헤매고 있었지요."

"기가 막히네요."

"뭐, 그쪽도 고의로 그런 건 아니니까요. 서로 운이 좋지 않았던 거죠."

"공황장애였는데 바다가 무섭지는 않고?"

"바다는 탁 트여 있어서 그런지 두렵지 않아요. 도로나 건물을 지나면 지금도 긴장하지만 말이에요."

태성은 자신이 트럭을 몰 때 바퀴 아래의 땅이 갑자기 꺼진다고 상상하자 막막하기 그지없었다. 자신을 지탱하는 도로가 사라지다니, 절대적인 불안이었다. 그러나 태성의 삶 곳곳에도 자신을 버린 어머니를 비롯한 인생의 싱크홀이 숨어 있었다. 자신이 어쩌지 못하는 불가항력적인 힘 안으로 빠져드는 것, 장 박사와 토스쿠를 찾는 이 여정도 그런 싱크홀의 하나일까? 태성이 그런 상념에 젖은 사이에 약하게 깔려 있던 해무가 무럭무럭 자라났다.

순익이 바다를 가리켰다.

"봐, 흰색 거인이 우리를 포옹하는 것 같아."

안개는 서서히 배를 감싸기 시작했다. 얼마 지나지 않아 안개는 승객들의 숨소리도 새 나가지 않을 촘촘함으로 헌터 35호를 완강하게 감아버리고 말았다. 마치 수십 겹의 흰 그물을 쳐놓은 것 같은 안개를 요트가 뚫고 나아갈 성싶지 않았다. 눈앞의 선수조차 안개에 둘러싸여 모습을 잃었고 배의 하체마저 사라져 그들은 조종실 바닥을 딛고 둥실 떠 있었다.

주연이 놀라서 질린 얼굴로 주위를 둘러보았다.

"이렇게 짙다니. 놀랍네요. 마치 안개가 우리를 사냥한 것 같아요."

폭풍을 얻어맞고도 오장욱은 여전히 기가 죽지 않았다. 오히려 생존자의 여유까지 갖춰 조종실을 이리저리 돌아다녔다. 그는 감개무량한 표정으로 안개를 돌아보면서 입을 열었다.

"사냥꾼 명칭을 단 요트가 도리어 안개에 사냥을 당하다니. 하지만 나는 안개를 긍정해요. 안갯속에서 우리는 고독을 지렛대 삼아 진정으로 새로운 길을 모색할 수 있으니까요."

요트는 안개를 뒤집어쓰고 흔들리면서 앞으로 나갔다. 그러나 요트가 앞으로 나간다는 것은 탑승자들의 착각일지도 몰랐다. 동과 서를 가리키는 표식이 없었기 때문이었다. 자이로스코프는 작동하면서 남쪽으로 방향을 잡고 있었으나 안개에 휩싸이면 전자기기가 정확한지 알기가 힘들었다. 인간은 자신의 감각 잣대가 사라지면, 시각과 청각 어디서도 물리적 신호가 연결되지 않으면 무력증에 빠져버리고 마는 존재였다. 어쩌면 나침반도 안개를 헤매면서 자신을 의심하고 있는지도 몰랐다. 헌터호는 지독한 안개를 들이마시며 낯선 세계를 맴돌 작정처럼 보였다. 그처럼 요트는 미지의 시간으로 흘러들어 가 휘청대며 방황했다.

헌터호에는 레이더가 장착되지 않았으나 있다 한들 짙은 안개와 낮은 구름에 오작동했을 터이니 별 도움이 되지 않았을 것이었다. 내일의 해가 빨리 떠올라야 안개를 걷을 텐데. 태성은 생각에 잠겨서 밀림과도 같은 안개를 꼼짝 못 하고 들여다보았다.

조종실에 앉아서 압도하는 안개에 젖은 승객들도 바다를 몽땅 삼키려 드는 해무에 질려버린 모양이었다. 주연이 구명조끼를 휘저어서 해무를 날려 보내려고 했지만, 주연의 손을 슬며시 빠져나간 해무는 여지없이 다시 휘감겨 들었다.

"해무가 언제 걷힐까요."

주연이 답답한 나머지 태성에게 물었다.

"모르겠어요."

"해무에 갇혀 빠져나가지 못하는 건가요."

주연은 태성이 해무의 운명을 쥔 자인 것처럼 물었다.

"그럴 리는 없지요. 그보다 다른 선박과 충돌하는 것을 방지해야 합니다. 여기를 선박이 지나닌다면 말이죠. 대형 선박의 눈에 우리 배는 떠도는 나무토막으로밖에 안 보일 테니까."

주연이 말했다.

"안개는 이상도 하지요. 사물과 사람을 몽땅 녹여 마셔버릴 것처럼 덤벼드니까요. 어릴 적부터 이 속에 갇히는 게 무척 두려웠어요."

장욱이 말했다.

"그럴 만도 해요. 안개는 풍경의 아름다움을 몽땅 가려버리니 말입니다. 안갯속에서야 대체 누구에게 자신의 아름다움을 자랑할 수 있겠어요?"

"아, 무슨 말을. 안개가 풀어내는 불확실성이 힘들지요. 우리가 가는지 오는지, 아니 서 있는지조차 모를 만큼 잣대를 없애버리잖아요. 안개 스스로가 자신의 잣대일 뿐이에요."

"그렇지요."

장욱은 흔쾌하게 동의했다.

"항해하기는 아주 좋지 않은 날씨죠. 안개가 내 몸을 뚝뚝 썰어서 먹어버린다는 상상이 들지 않나요."

주연이 얼굴을 찡그리며 몸서리를 쳤다.

"그런 말 마세요. 끔찍한 예언 같지 않나요."

순익이 안개를 뚫고 앞으로 나가 메인세일의 기둥을 붙잡고 앞을 바라보았다. 요트가 한 겹 짙은 안개를 헤치고 나가면 실타래가 풀리는 것처럼 길이 뚫렸다가 또 다른 장막에 갇혀 들었다. 안개는 암회색 통로를 만들어 보여주었다가는 금세 싫증을 내면서 통로를 지워버렸다. 배는 변덕스러운 거인이 뿜어내는 젖빛 마법 지대를 떠돌아다녔다. 드세었던 파도마저 안개에 기가 죽어 가슴을 펴지 못했다. 그는 영원한 강물처럼 흘러다니는 안개의 전방을 주시했다. 시간은 느리게 맥박을 돌렸다. 하지만 한편으로는 긴 시간이 흐른 것처럼도 느껴졌다. 안개는 모든 것을 엉망으로 만들고 재미있게 지켜보는 개구쟁이로 변신한 것 같았다.

7

안갯속에 묻힌 박순익이 갑자기 소리쳤다.

"불빛이다!"

불빛이 멀리서 잠깐 비쳤다가 안개에 가려 모습을 지우고는 은은하게 비치는 자국만을 남겨놓았다. 바다에서 보이는 불빛은 대개 등대와 항해등이었다. 만일 항해등이라면 선박의 행로를 알아야 요트를 비킬 수 있었다. 그러나 다시 나타난 불빛은 움직이지 않는 외눈박이 거인의 눈처럼 허공에 박혀서 희미하게 빛나고 있을 뿐이었다. 불빛이 회전하지도 번쩍거리지도 않아 암초를 경고하는 등대는 아니었다. 태성이 엔진을 끄자 배는 관성으로 천천히 나아가기 시작했다.

눈앞에 검은 벽이 어슴푸레하게 나타났다. 그러다가 바람이 안개를 걷어냈는지 획 시야가 뚫려 훤한 공간이 드러났다. 어슴푸레하게 보였던 형체는 놀랍도록 가까이에 있었다. 윗부분이 안개에 가려진 거대한 몸체를 보자 모두가 동시에 외쳤다.

"절벽이다! 절벽이야!"

태성이 시동을 급하게 걸어 요트를 후진시켰다. 요트가 파도를 받아서 왼쪽으로 몸을 틀면서 뒤로 물러나자 절벽의 실체가 드러났다. 흩어진 안갯속에서 자신의 생김새를 제대로 보여주었다. 대형 선박의 측면으로 보이는 곳 상부에 페인트로 칠한 긴 무늬가 보였다. 자세히 보면 무늬는 글자였지만 안개로 가려져 비틀어지고 의미 없는 괴상한 모양으로 변해버린 상태였다. 주연이 뒤돌아보며 말했다.

"앞쪽 선체에 푸른 띠가 그어져 있어요."

뚜, 하며 절벽 쪽에서 울린 무적이 뭔가를 호소하는 울부짖음처럼 들렸다. 무적과 함께 절벽에서 누군가가 바다를 향해 신호등을 흔들었다.

태성은 절벽으로 착각했던, 정박한 배로 요트를 몰았다. 해무가 교묘하게 가렸던 선박의 갑판에서 사람이 고함을 질렀다. 검은 절벽 위에서 빛과 함께 태초의 목소리가 터져 나오는 것 같았다.

"거기 누구요?"

"요트 승객입니다."

"어디로 가는 거요?"

태성은 뭐라고 답해야 할지 망설였다.

"무인도를 찾아다닙니다."

"거 팔자 좋구려. 바쁘지 않으면 쉬다가 가시오."

박순익이 태성에게 좋다며 고개를 끄덕였다. 태성이 갑판을 향해 고맙다며 소리치자 측면에 바짝 배를 붙이라고 주문했다. 선원은 고개를 내밀어 요트를 고정시킬 로프를 내리고 충격을 막는 어선용 원형 펜더를 늘어뜨렸다. 태성은 주연과 함께 요트의 측면에 펜더를 내리고 선박에서 내려온 로프를 요트의 고정 장치에 묶었다. 갑판에서 내려보낸 줄사다리가 흔들거리면서 아래로 내려왔다. 주연이 앞장서서 흔들대는 줄사다리를 놀라운 속도로 올라가고 뒤따라 순익도 날렵하게 줄을 탔다. 장욱은 줄에 올린 뚱뚱한 몸을 휘청대면서 발걸음을 겨우 떼다가 줄사다리의 중간쯤에서 멈춰 서버렸다. 그는 올라갈수록 느려졌고 태성이 밑에서 아래를 보지 말라고 외칠 때마다 아래로 시선을 돌리고는 줄사다리에 몸을 착달라 붙인 채로 움직이지 않았다. 선원이 난간 가까이 접근한 장욱의 목덜미를 붙잡아 끌어올려서 갑판에 굴리다시피 내려놓았다.

허리에 손을 올린 선장이 그들을 맞이했다. 정장을 입은 선장은 옷과 어울리지 않는 네이비블루의 모자를 눌러쓰고 있었다. 얼굴이 길고 큰 눈에 눈썹이 짙었고 후리후리했다. 50대 초반으로 보이는 나이에 흰 머리가 보기 좋게 섞여 무게감이 있어 보였다. 선장 옆에서 몸을 꼿꼿이 세우고 지시를 기다리는 필리피노처럼 보이는 까무잡잡한 피부의 선원은 단단한 몸과 어울리지 않는 부드럽고 선량한 눈매였다.

선장이 운항 책임자인 태성에게 휴게실인 살롱으로 먼저 들어가기를 권했다. 선장은 필리핀 해역에서 한국 여행객을 만났는데도 놀라지 않고 능숙하면서도 세련된 매너로 안내를 했다. 갑판에 붙은 선실로 들어가서 좁은 복도를 지나자 살롱이 나왔다. 갑판에서 살롱까지 가는 동안 배의 규모에 걸맞지 않게 아무도 보이지 않아 태성은 의아했다. 선장이 태성 일행에게 자리를 권했다. 살롱의 바닥에 고정된 철제 의자는 군데군데 페인트가 벗겨진 자리를 따라서 녹이 슬어 육지라면 거리에 내놓아도 아무도 가져가지 않을 것처럼 보였다. 살롱의 벽에 붙은 현창은 워낙 두툼해 폭풍이 몰아쳐도 끄떡없을 것 같았다. 갑판과 복도와 살롱 모두 실용적으로 설계되어 튼튼해 보였다. 마치 고유한 목적에 봉사하는 감옥이나 정신병원이 연상되었다. 태성은 잠깐 이곳이 바다에 뜬 정신병원이 아닐까 상상했다. 그렇지만 선박은 정신병원의 광기 대신에 피로에 지친 냄새를 풍겼고 자신을 갉아 들어오는 적막과 고독에 둘러싸여 우울해 보였다.

선장이 선반에서 위스키를 꺼내서 한 잔씩 따르고 무

사 항해를 기원하며 건배했다. 그는 단숨에 잔을 들이켜고 바닥에 내려놓았다. 선장이 두 번째 잔을 따르면서 태성에게 출발지를 물었다. 보라카이라고 말하자 선장은 보라카이가 고적했던 시절에 머무른 적이 있다고 말했다.

"그 옛날 보라카이는 낙원이었지. 가늘고 고운 모래가 그득한 화이트비치가 눈에 선하군. 그래, 어디에서 정박했소?"

"두 곳에서 정박했습니다."

"거, 우리보다 형편이 괜찮아. 우린 출발은 했으나 아직 도착을 못 했으니까."

선장이 위스키 잔을 손에 들고 물었다.

"그런데 하필 무인도요? 필리핀에는 섬도 많은데."

태성이 망설이자 순익이 자신 있게 대답했다.

"우린 섬으로 사라진 어떤 사람을 찾고 있습니다."

"그럼 무인도가 아니지?"

"무인도의 새나 식물을 찾는 것보다 훨씬 어려운 여정이죠. 정보가 그다지 없으니까요."

"흠. 아주 소중한 사람인 모양입니다. 뭐든 목적할 대상이 있다는 것 자체가 기쁜 일이지요. 우리 꼴을 보시오. 정처 없이 유랑할 뿐이니."

"입항할 곳이 없습니까?"

"어디든지 들어가고 싶지만 아무 곳도 받아 주지를 않는 신세요."

별난 대답이었으나 극심한 안개를 뚫고 만난 배라서 그런지 태성 일행에게는 이상하게 들리지 않았다.

필리핀 선원이 안주를 내려놓았다. 땅콩과 생선튀김, 그리고 육포였다.

태성이 질긴 육포를 씹으면서 물었다.

"여기가 어디쯤이죠?"

"투바타하 리프 아래쪽이야. 더 내려가면 말레이시아, 인도네시아의 해역과 연결되지."

"그럼 우리가 술루 해로 들어왔네요."

"그렇지. 여기가 술루 해요."

폭풍과 안개가 태성 일행을 예상보다 멀리 남쪽으로 밀어내었다. 태성은 해협과 군도가 깔린 항로를 머리에서 그리며 난파와 좌초를 피했다는 사실에 안도했다.

"선원이 몇 명입니까?"

"한 명이야."

"한 명이라뇨?"

"금방 본 선원 한 사람뿐이야. 아, 출항할 당시에는 열다섯 명으로 1, 2항해사와 갑판장과 갑판원에, 기관장과 기관원까지 다 갖춰져 있었지."

"다른 선원들은 어디 있어요?"

순익이 물었다.

선장은 냉장고에서 얼음을 담은 통을 들고 왔다. 그는 얼음을 채운 잔에 위스키를 따르더니 다른 사람에게도 권했다.

"선원들이 어디로 갔느냐보다 우리 둘이 여기를 왜 지키고 있느냐가 더 흥미로울 거요."

박순익이 되물었다.

"선장은 왜 이 배를 지키고 계신 겁니까?"

"그야 선장이니까. 나까지 떠나면 이놈은 선장의 영혼을 찾아 떠돌며 고철 덩어리 유령선으로 전락하고 마는 거지. 지금도 거의 반은 유령선 꼴이지만 말이오."

"배가 단단해서 유령선이 될 것처럼 보이지는 않네요."

"액운 때문에 머지않아 그렇게 되겠지. 나도 불운하지만 배는 더 불운한 놈이오."

"어떤 액운인지 궁금합니다."

"그렇지. 누구라도 궁금할 거야. 배는 평범한 화물선이지만 튼튼하게 설계되었거든. 이 배를 용선한 선박회사가 화물을 실으면 우리는 지정된 항구까지 가서 짐을 부리고 다시 그 항구에서 짐을 받아서 싣고 왔지. 사람으로 말하면 평탄하고 안정된 삶을 보낸 거지. 그러다가 우리는 중국 닝보 항에서 화물을 싣고 출항하게 되었소.

철제함에 실린 화물은 송장에 잡화로 되어 있어 그런 줄 알았을 뿐이오. 어떤 화물인지는 특별히 관심을 두지 않았지만 보기 드물게 단단하게 포장을 해놓아서 조금은 알고 싶었지. 그런데 이렇게 얘기를 늘어도 괜찮을까?"

태성 일행은 모두 괜찮노라 답했다.

"우리는 하역항인 인도네시아의 섬으로 항해해 갔소. 여기서 그다지 멀지 않은 곳이요. 인도네시아의 섬에는 하역시설이 정비되어 있지 않은 곳도 많지. 그래서 우리는 짐을 내리는 사이에 그곳 항구에서 며칠 푹 쉴 생각에 들떠 있었지. 우리가 항구 입구로 들어서기만 하면 예쁜 언니들을 태운 목선이 선박 옆구리에 붙어서 환대를 하니까 말이야. 입항신고를 하고 항구에 들어오는 사이에 항만관리소 배가 다가와서 배에 실은 게 뭐냐고 묻더군. 화물이라고 그랬더니 어떤 화물인지 검사를 해 보겠다는 거야. 우리는 밀수품을 조사한다는 핑계로 돈을 뜯어내려는 줄로만 알았지. 그래서 트집을 잡는 검사원에게 관례적인 돈을 건넸는데 놈이 돈을 챙긴 후에도 검사를 해야만 한다며 고집을 부리는 거야. 윗사람의 지시를 단단히 받아서 마음대로 뺴 줄 수 없다는 핑계였소."

태성은 선장이 시작한 간단치 않은 사연에 얼떨떨했다. 주술사 할머니에, 폭풍을 만나고, 안개에 휩싸이는 악운에 시달린 터라 선장의 이야기가 더욱 심상찮게 들렸다.

"자, 화물을 보면 실감이 날 거야."

선장이 일어나서 태성 일행을 화물칸으로 안내했다. 일행은 가파른 계단을 통해서 화물칸으로 내려갔다. 화물칸에 설치된 크레인 아래로 가지런히 정렬한 직사각형 화물박스가 보였다. 선장이 맨 앞의 뜯어져 있는 박스로 태성 일행을 이끌었다.

"한 번 봅시다. 손님에게 이따위 것이나 보여줘서 미안하지만."

장욱이 박스 앞에 놓인 주황색 드럼통이 유별나게 화려하다고 말했다.

"드럼통이 빛깔 선명한 독버섯처럼 보인다는 말이오? 그렇다면 제대로 봤어."

장욱이 화물박스를 손으로 두들겨 보았다. 화물박스는 도금한 철제함으로 그 안쪽은 수지 칠을 해놓았고 다시 플라스틱으로 감쌌다. 5층 높이의 화물칸은 한 박스에 드럼통이 아홉 개가 들어 있는 화물박스로 가득 차 있었다.

"화물을 싼 박스가 아마도 몇만 년은 족히 갈 재질이지. 플라스틱을 먹어치우는 미생물이 급작스레 나타나지 않는다면 말이야. 도금 철제 박스가 뚫리면 다음은 에폭시 수지고 다시 플라스틱이 감싸고 있으니 대단해.

드럼통에 뭘 넣었기에 이렇게 오래가도록 만들었겠어?"

"유독한 물질이군요."

"맞아. 폐기된 맹독성 화학물질이야. 드럼통을 채운
유독성분이 만 년은 넉넉히 간다고 하니, 신석기 시대로
돌아가는 세월이야. 인도네시아의 섬 오지에 허접스런
창고를 짓고는 이걸 무작정 쌓아놓기로 한 게지."

선장이 일행을 살롱으로 다시 안내해 그간의 경과를
말했다. 입항 거절을 당할 위기에 놓이자 용선회사는 선
장에게 뇌물을 쓰라고 연락을 했다. 항만관리소 간부와
는 거래가 잘되었지만 관리소 소장이 여간한 사람이 아
니었다. 그는 선장이 내놓겠다는 엄청난 돈에도 눈 하나
깜짝하지 않고 서류에 '입항 절대 불가'라고 서명해서
돌려보냈다. 그 작자가 조금만 부패했어도 선박이 이 꼴
이 되지는 않았을 거였다. 입항거절을 당하자 용선회사
는 베트남의 항구로 가라고 지시했고 베트남의 항만 간
부와 이야기가 되었는지 며칠을 항구 안에서 머무르면
서 하역준비를 하기도 했다. 그런데 어디서 정보를 받았
는지 한 언론에서 배가 인도네시아에서 입항 거절을 당
했다고 폭로를 해 버린 것이다. 인도네시아가 받지 못
하는 물건을 어떻게 베트남에 내려놓겠느냐는 기사였
고 화물선의 운명이 그것으로 끝장이 났다. 선박은 태국
과 캄보디아, 그리고 빙 돌아서 필리핀의 작은 섬에 들

렀다. 그런데 불운하게도, 어떤 항구도 화물선을 받아들이지 않아 선박은 부두에 들어가지 못하고 육지를 멀리서 바라보기만 했다. 육지를 위해서는 다행이리라. 그러고는 머물 수 있는 항구를 찾아 떠돌기 시작했지만, 소문이 퍼져 항구의 방파제 안으로도 배를 넣어 주지 않았다. 안식할 쉼터는 열리지 않았고, 방파제 너머의 평온한 물결도 허용되지 않아 거센 파도를 피해서 쉴 수 있는 항구는 사라지고 만 것이다.

선장은 정박할 가능성이 있었던 항구들을 생각하면서 미소를 지었다. 그의 얼굴에는 그리운 항구를 회상하는 따뜻하면서도 아쉬운 표정이 어렸다.

주연이 식수와 식량이 떨어지지 않는가 묻자, 선장은 배가 부두 가까이 다가가면 용선회사에서 보낸 보급선이 와서 필요한 물품을 채워준다고 말했다. 그리고는 감시선이 화물선을 역병을 싣고 온 선박이나 되는 것처럼 쫓아내면서 배가 부두 가까이에서 머물 수 있는 공간도 점점 멀어지게 되었다. 처음에는 내항에 들어가기도 했는데 외항에 머물게 되었고 아예 배의 정체가 알려지면서 외항 근처에도 들어오지 못하게 막아버리고는 더 멀리서 보급선을 보내주곤 했다. 혹시라도 육지 가까이에서 사고로 침몰할까 두려웠던 것이다.

선장이 말을 쉬고 태성에게 물었다.

"그런데 배고프지는 않아? 이른 저녁이지만 뭘 좀 들어야 할 텐데."

태성 일행은 선장을 따라 식당으로 들어갔다. 식탁에는 먹음직스러운 식사가 차려져 있었다. 식탁의 중앙은 돼지고기를 식초와 후추, 마늘, 소금으로 졸여서 볶은 요리가 차지했다. 생선튀김과 구이가 가득했다. 생선은 비늘까지 통째로 튀겨놓았으며, 소고기를 푹 끓여 야채, 고추, 마늘로 양념한 갈비탕을 닮은 요리도 있었다. 태성의 눈에 익은 요리들은 개성적인 풍미를 자랑했고 승객들의 입맛에도 맞았다. 장욱은 목숨을 잃을 뻔했던 폭풍은 벌써 잊어먹은 것 같았다. 그는 접시에 돼지고기 볶음을 가득 담아 주연에게 건네주고는 선장이 숟가락을 들기도 전에 흐뭇한 표정으로 튀긴 생선을 입에 가져갔다. 주연도 고기와 채소와 새우에다 얇은 면발이 들어간 필리핀식 잡채에 반한 모양이었다. 필리핀인 선원은 세 걸음 떨어진 벽에 붙어서 일행의 폭식을 좋아서 어쩔 줄 모르겠다는 얼굴로 지켜보고 있었다.

선장이 필리핀 선원을 가리키며 말했다.

"우리 선박의 보석인 후안이야. 시작은 평범한 갑판원이었지만 지금은 찬란히 빛을 내고 있지. 선박이 항구에서 입항 거절을 당하고 보급선이 올 때마다 선원들이 하나씩 떠나갔어. 조리사가 먼저 보급선을 타고 사라졌고

그다음에 기관원이 떠났지. 기관장이 옮겨가고 마지막
으로 1항해사가 배를 떠났소. 1항해사는 보급선을 기다
리며 내게도 이 선박을 떠날 것을 권유했지.

"이 놈의 화물선은 희망이 없습니다."

난 딱 잘라 거절했어. 갑판원인 후안은 남아 있는 선
원에게 업무를 계속 배워 조리사가 떠나자 대신해서 조
리를 했고 그다음은 기관사에다 이제는 항해사 역할까
지 도맡아 하고 있지. 한국 선박을 오래 타서 어눌하게
나마 한국어도 구사하고."

주연이 후안에게 물었다.

"배를 왜 떠나지 않았나요."

후안이 공손하게 대답했다.

"선장님이 배를 지키는데 어떻게 제가 떠나겠습니
까?"

그의 어설픈 한국어 발음은 혀 짧은 어린애가 말하는
소리처럼 귀엽게 들렸다.

후안은 눈이 크고 웃음을 담은 얼굴에 쳐다만 봐도 기
분이 좋아지는 행복감에 찬 인상이었다. 그는 분에 넘치
는 칭찬을 들어 황송하다는 표정으로 조심스럽게 식탁
주위를 움직였다.

8

선장은 손태성을 비롯해서 차례로 음식을 권했다.

"많이 드시오. 후안의 음식 솜씨가 괜찮은 편이야."

후안은 접시의 요리가 줄어들면 조리실에서 재빨리 음식을 들고 나와 채워 놓았다.

화물선이 운이 없다며 선장이 말을 꺼냈다. 바다에 오염 물질을 합법적으로 버린 놈들도 많았다는 말이었다.

"분뇨, 폐수, 하수 오니, 광물성 폐기물 온갖 종류를 다 버렸어. 독성 물질도 가득 섞여 들어갔고 말이야."

해양투기는 오랜 기간 합법이었다.

"쓰레기 처리선에 싣고 가는 폐기물을 누가 조사하겠어? 한국에서 해양 폐기물을 버린 좌표를 우리는 알고 있지. 동해는 두 곳이야. 포항 동방 125킬로미터 수심 1500미터, 울산 남동방 63킬로미터 수심 150미터, 서해는 군산 서방 200킬로미터 수심 80미터. 투하 용량이 정해져 있다지만 누가 그걸 지키겠어? 먼바다 한가운데에서 누가 조사를 하겠느냐 말이야. 출항하면서 감독관만 눈감아주면 끝이야. 시퍼런 바다에 투하하면 오니가 희뿌옇게 번져나가며 역겨운 냄새가 부글부글 솟아 나오는데 마귀 수만 마리가 구역질을 해대는 것 같아. 물고기들이 퍼붓는 재앙에서 기를 쓰고 도망을 가버려 해역은 생명이 텅 비어버리지. 처리 선박은 바다가 구토를 하건 고열에 시달리든 알 바 아니야. 바다 한쪽에서는 그렇게 퍼붓고 있는데 이 배는 공공의 적이 되어서 떠도는 게지."

오장욱이 돼지고기 조림을 입에 가득 넣으면서 가족을 보고 싶지 않느냐고 선장에게 물었다.

"누구? 육지의 가족들. 아, 물론 보고 싶지. 하지만 그들은 나만큼 보고 싶어 할까? 우리 두 사람은 떠다니는 화학물 덩어리를 침몰시키지 않는 대가로 정해진 봉급의 세 배를 받고 있어. 많다고 생각하오? 용선 회사가 우리에게 군말 없이 내 주는 봉급에도 약간의 비밀이야 있지만 어쨌든 봉급은 몽땅 육지의 가족 계좌로 들어가지. 용선회사에 아내에게 오분의 삼, 두 아이에게 각각 오분의 일씩을 보내 달라고 요청했는데 가족들로서는 횡재한 셈이야. 난 돈 쓸 곳이 없으니까 지급금액이 작은 연금복권에 당첨된 거나 진배없어. 선박에 창녀를 부를 수도 없고, 멋들어진 물건을 산들 택배도 오지 못하니까 말이야. 고급 호텔에서 숙박하는 건 꿈도 못 꾸고, 관광을 다니며 헛돈을 쓰지도 못하니까. 내가 보고 싶다거나 고생이 많다는 전갈이야 오지만 그건 그냥 시늉을 하는 것뿐이지. 그들은 나의 만수무강을 기원하고 있을 거야. 백 세까지, 아니 선박이 고철로 가라앉을 때까지 살아 있기를 바라마지않을 거요. 난 세계에서 가장 이상적인 남자일 테니까. 후안은 필리핀에 아내와 네 명의 자녀가 있는데 그들도 꼬박꼬박 돈을 챙기지만 내 가족보다는 훌륭해. 아내가 방카를 타고 이 배에 온 적도 몇 번이나 있고."

태성이 물었다.

"방카를 타고 온다고요?"

"그렇지. 방카."

태성은 잠시 다른 종류의 방카인가 하고 헷갈려 했다. 보라카이에서 관광객들은 방카를 타고 가까운 섬을 다니는 호핑 투어를 즐겼다. 배 양쪽에 날개처럼 지지대를 달아놓은 작은 요트에 불과한 방카로 원해까지 나온다는 말이었다. 선장은 태성이 놀라는 모습을 알아채고 말했다.

"필리핀의 섬에서 흔한 방카가 맞다니까. 바람과 날씨를 보는 노련한 항해사가 있으면 충분히 가능해. 어쨌든 엔진이 붙어 있으니까. 곧 여기를 온다고 했으니까 볼 수도 있을 거야."

태성은 또 한 번 놀랐다.

"이곳까지?"

선장이 뭘 그렇게 놀라느냐는 얼굴로 태연하게 말했다.

"그렇다니까. 우리가 앉은 이 배까지."

선장이 후안에게 최근의 가족 소식을 물어보자 후안은 쑥스러워하면서도 얼굴이 달아올랐다. 선장이 말을 이었다.

"후안의 아내는 여기 도착하면 조리실을 점령해 요리를 가득 만들지. 맛있지만 괴롭기도 한 게 내게도 신물이 나게 먹이니까. 한 번 오면 보름씩은 머무는데 그동안은 후안이 아니라 아내가 조리사가 되는 거지. 아내가 아이들 사진과 영상을 잔뜩 들고 오는데 후안은 거기에 빠져서 헤어나지를 못해. 때로는 장남이 같이 올 때도 있는데 어린애인데도 바다의 악령에서 어머니를 보호해야 한다고 어찌나 고집을 세우던지! 아내는 보급선을 타고 여기를 떠나면서 바다로 뛰어들까 걱정스러울 정도로 슬퍼했어. 그런 아내와 자식을 두고 있으면 선상생활도 견딜 만할 거야. 후안은 언젠가 배를 떠나 필리핀으로 돌아갈 예정이야. 이 배가 유령선인지는 모르겠지만 나는 유령 선장이 확실해. 감감무소식으로 통장에 돈만 넣어주는 역할을 충실히 해내면 끝이니까. 삶의 가치니,

행복이니 떠들어대도 육지에선 돈이 으뜸이지. 가족들은 내가 오래오래 살아서 돈만 부쳐주면 최고라고 생각하는 것 같아. 내가 죽으면 다른 선장이 배로 부임할 테고 그 선장이 죽으면 후임 선장이 오겠지. 그 선장들도 아내와 자식들에게 돈을 부쳐주면서 연명할 거야."

성주연이 외쳤다.

"바다를 어떻게 끝없이 떠도나요. 가족들도 그렇게나 무심하다니. 그럼 가족이 한 번도 이 배를 찾아오지 않았다는 말이에요?"

선장은 상아 파이프에 담배를 담아서 입으로 가져갔다. 파이프 담배에 네이비블루의 헌팅 모자를 쓴 선장은 오래된 영화에서 튀어나온 선장 역할의 배우처럼 보이기도 했다. 태성은 영화에서 보았던, 제복을 갖춰 입고 배가 침몰하기 직전까지 조타실에서 자세를 흩트리지 않았던 억센 선장이 기억났다.

"찾아오지 않았어. 말했잖소. 통장에 돈이 제대로 꽂히는 동안 난 잊힌 존재야. 입금이 되지 않으면 그제야 나를 궁금해하겠지."

"그럼 이 배를 방문하는 사람도 없다는 말이에요."

"아니야. 최근에는 신혼여행을 겸해서 요트로 세계를 일주한다는 프랑스인 신혼부부가 들렀어. 내가 물고 있는 상아 파이프를 선물로 주고 갔지. 그 부부는 흔들리는 배에서 벌이는 섹스가 제일이라고 하더군. 바닥이 움직이지 않는 육지에서의 짓거리는 시시하다는 거야. 태평양을 건너오면서 그들의 벌거벗은 몸을 훔쳐보는 것이라고는 날치와 구름과 별들밖에 없는 바다에서 매일섹스판을 벌였다는군. 신혼부부는 매일 매시간 매분 섹스 이야기만을 늘어놓았지. 부부가 똑같이 섹스광으로관절이 닳기 전에 최대로 가동해 보자는 마음가짐이었을 거야. 이 큰 배에 우리 둘만 있다는 소식을 듣자 아주좋아하더군. 우리 선박의 갑판에서도 흐드러진 육체판을 벌여놓았지. 하늘은 만월이었고 구름 몇 조각만이 애를 쓰며 하늘을 가렸어. 바닷속 생물들이 온갖 씨를 뿌려대는 생명의 잔치를 벌이는 그날이었소. 푸르기도 하고 하얗기도 한 색을 갑판에 마구 뿌려놓은 달빛에 맞추어 프랑스 젊은것들이 얼마나 엉덩이를 흔들어 댔는지배가 뒤뚱거렸을 정도였어. 우리보고도 같이 참여하자고 어찌나 권하던지 거절하느라 혼이 났지."

장욱과 주연은 입을 막고 웃었다.

"찾아온 또 다른 사람은 없었나요?"

"아, 많지, 어떤 순서로 말해줄까. 하늘에서 동아줄을타고 내려 온 사람만 빼고는 다 있으니까. 치명적인 암에 걸린 사실을 알고서 죽음의 여행을 떠나온 남자가 생각나는군. 개 한 마리와 소설만을 들고 있었어. 시간을 잃어버렸다는 그런 소설이었는데 제목이 괜찮아. 시간을 잃어버리면 되찾지 못하니 처음에 보관을 잘해 두어야지. 밀항자들, 경찰의 추적을 피해서 떠나온 사기꾼. 사기꾼이 우리 배에 몸을 숨기도록 허락해 준다면 가방째로 돈을 주겠다고 제안했는데 호통을 쳐서 쫓아 보냈지. 선장을 호락호락하게 보는 망나니 같은 놈이야. 청부살인업자. 애인을 죽인 놈, 가족을 몽땅 죽이고 탈출한 자. 보스를 죽인 조직 행동대장."

주연이 톤이 높은 목소리로 물었다.

"청부살인업자까지요?"

"왔었지. 이틀을 묵고서는 떠났는데 한눈에 봐도 쫓기는 자인 줄 뻔히 드러나서 표정관리를 좀 하라고 했어. 내가 신고할까 봐 벌벌 떨더군. 왜 내가 신고하겠어? 이 배는 유령이 운항하는 해방구인데 말이야."

"그 사람은 어디로 떠났나요?"

선장이 그런 어리석은 질문이 어디 있냐는 목소리로 대답했다.

"바다로. 그러니까 동, 서, 남, 북 방향으로 제멋대로 떠나버렸지."

주연이 캐물으려 덤벼들자 선장이 손을 가로저었다.

"떠난 사람을 더 묻지 말게. 나는 그와 당신들을 공평하게 대우하고 싶으니까."

선장은 손님의 명단을 이어갔다.

"시리우스의 외계인을 만나기 위해 바다로 나온 사람도 있었어. 그 이야기는 살롱에 올라가서 하지. 후안, 후식을 살롱으로 가져오게."

후식은 깡통에서 꺼낸 복숭아와 절여서 말린 과일이었다. 후안이 다르질링 홍차를 내놓아 태성 일행은 향긋한 홍차 향을 맡으며 선장과 마주 앉았다.

선장이 후안을 불렀다.

"후안, 가족들 사진을 갖고 와보게."

그는 자신의 가족을 알릴 자랑스러운 기회에 흐뭇한 표정으로 앨범 세 권을 가져왔다. 후안이 은근히 뽐내는 동작으로 사진첩을 펼쳤다. 그는 먼저 젊은 여자를 가리켰다.

"제 아내입니다."

태성 일행은 앨범의 사진으로 고개를 모았다. 아내는 젊었고 사진으로도 주위를 환하게 밝히는 쾌활함이 넘쳤다. 앨범을 넘기자 사진의 아내보다 키가 작은 후안을 닮은 장남이 나타났다. 아들 두 명에 딸이 두 명이었다. 어린 막내딸은 이제 막 걸음마를 시작한 나이로 보였다.

"아내도 예쁘고 자식들도 멋있어요."

후안이 고맙다고 웃으면서 사진을 넘겼다. 가족들의 사진 배경이 판자를 얽어 만든 허름한 집에서 신축한 붉은 벽돌집으로 바꿨다. 판잣집 앞의 어린 야자수가 벽돌집에선 높이 자라났고 낡은 승용차도 한 대 서 있었다. 벽돌집 앞에서 찍은 아내와 자녀들의 가족사진은 행복과 다정함이 넘쳐 보였다 태성은 이런 가족을 위해서라면 자신도 선박에서의 유배생활을 견뎌낼 것도 같았다.

"결혼을 일찍 하신 모양이네요."

후안은 존댓말로 한국어를 배웠는지 또박또박 높임말을 썼다.

"열아홉 살에 결혼했습니다. 아내는 열여덟이었습니다."

후안은 아내가 열여덟이었던 시절을 떠올렸는지 입을 활짝 벌리고 웃음을 가득 피워 올렸다. 그가 보인 활기찬 표정과 몸짓이 워낙 인상적이어서 태성 일행은 같이 둥실 떠오르는 기분이었다.

주연은 왠지 울컥한 얼굴이었다.

"아내와 자식들이 보고 싶지 않으세요?"

"보고 싶습니다. 하지만 우리는 가까이 있지요."

주연이 물었다.

"가까이 있다니요. 대체 어디에요?"

후안이 손을 들어 자기의 옆구리를 가리켰다.

"여기에요. 바로 제 옆에 있습니다. 가족들이 기뻐하면 생생하게 느껴집니다."

"멀리 떨어져 있는 데도요?"

"우리들의 마음은 튼튼한 줄로 연결되어 있습니다. 줄을 당기면 그들이 내 옆에 나타납니다. 멀지 않습니다."

"그래도 아이들을 직접 보고 싶지 않을까요?"

후안은 희망에 부푼 목소리로 말했다.

"3년 지나면 고향으로 돌아갑니다."

그는 고향을 눈앞에 둔 것처럼 환한 표정을 지었다.

현창의 바깥은 그칠 줄 모르는 짙은 안개였다. 후안의 가족사진을 보자 이상하게도 태성은 안개가 두렵지 않았다. 후안과 그의 가족은 짙은 안개뿐 아니라 그 어떤 폭풍에도 맞서 나가지 않을까 태성은 믿었다. 선박이 그런 확신에 응답하는 소리처럼 무적을 부웅 하고 울렸다. 규칙적으로 울려대는 무적은 해무를 헤집으며 사방으로 달려 나갔다. 태성은 GPS와 레이더로 선박의 위치를 확인하는 시대에 울리는 예스러운 무적에 귀 기울였다. 그것은 오래전에 떠나온 고향에서 황혼 무렵에 퍼지는 황소의 울음소리 같았다.

"참, 시리우스 이야기를 잊어먹을 뻔했군. 그날도 오늘처럼 안개가 짙은 날이었지. 작은 배를 탄 몇 명의 사람이 우리 배에 승선하기를 원했소. 그들이 시리우스에서 온 신호가 우리 배 근처에서 나타났다고 말해 나는 그게 어디에 있느냐고 물었어. 큰개자리의 가장 밝은 청

백색의 별이니 아주 멀더군. 그들은 십자가 모양의 장치로 시리우스에서 온 신호를 잡았는데 그들 말에 따르면 우리 배의 갑판에 그들이 오겠다는 신호를 보내왔다는 거요. 다섯 명인 외계인 추적자들이 갑판에서 뇌파를 증폭시킨다며 며칠 동안 명상에 빠져들었어. 자리를 깔고 허리를 죽 펴고 편안하게 앉아서 그들은 시리우스의 외계인을 만날 특별한 날이 머지않다고 하더군. 나는 웃어넘겼지만 실은 외계인에 대한 터무니없는 여러 가지 얘기를 들은 터라 한편으로는 그 황당한 얘기에 기대감도 있었어. 인간이란 평소에는 똑똑한 척하지만 실은 나약하기 짝이 없는 존재거든. 난 시리우스 외계인을 만나면 지긋지긋한 드럼통들을 처리할 수 있느냐고 물어볼 작정이었으니까. 뛰어난 기술을 통해 외계인들이 폐기물을 맑은 이슬방울로 바꾸어놓지 않을까 한참 기대를 했지. 그들은 외계인과 통신하는 방사선 측정기 비슷한 장비를 가졌더라고. 장비의 바늘이 정말로 붉은 선까지 가 있었어. 그들 말로 이 바다 근처에는 지구의 삶과 다른 여러 개의 신세계가 있어 비누거품처럼 우리 주변에 엉켜 있는데, 엄청난 크기로 시간과 공간을 차지하고 있음에도 우리에게 발견되지 않는다는군. 마치 까치와 비둘기, 참새 정도의 새만 아는 사람이 아마존 오지에서 멸종 위기에 처한 희귀종 새를 알아보지 못하는 것과도 같다는 거야. 하지만 조류학자라면 새를 보는 순간 흥분해서 쓰러졌겠지. 그처럼 우리는 새로운 세계가 우리 옆에 멀쩡하게 있는데도 눈치조차 못 챈다는 거요."

"재미있습니다. 믿으면 보이리라, 네요."

"딱 맞는 말이야. 볼 뿐만 아니라 대화하고 만져서 촉감을 느끼기도 한다니까. 흥미로운 발상이지. 어찌 되었든 그들은 우리 배에서 닷새를 머물렀지만 시리우스인을 만나지 못했고 새로운 신호나 다음에 접촉할 장소를 찾지도 못했어."

장욱이 우리 옆에 떠다니는 또 다른 세계를 붙잡으려는 것처럼 허공으로 손을 몇 번 휘저었다. 주연이 그의 손을 매몰차게 쳐서 떨어뜨렸다. 선장이 아픈 손을 감싸는 장욱을 보며 웃었다.

"자, 이야기를 그만 접고 여기서 하루를 주무시는 게 어떻겠소. 1인용과 2인용 선실이 여러 개 있으니 고르시면 되오. 우리는 언제든지 손님이 오실 것을 대비해 깔끔하게 관리를 하고 있지. 후안, 손님이 주무실 선실을 보여드리게."

선장은 밤을 즐길 선물로 코냑을 한 병 태성에게 건네주었다.

1인실은 배라는 한정된 공간을 생각하면 넓은 편이었다. 1인용 침대에 책상과 소파, 캐비닛에다 세면대까지 붙어 있고 두껍고 둥근 현창이 침대 위쪽에 거만하게 매달려 있었다. 2인실은 1인실 크기의 방에 이층침대를 올린 점만이 달랐다. 주연이 2인실에서 혼자 지내고 오장욱도 태성과 같이 지내기로 하면서 세 사람은 나란히 붙은 2인실에 묵게 되었다. 박순익은 1인실에 머물렀다.

주연이 태성의 선실로 찾아 들어왔다.

"준비된 유령선에 오신 것을 환영합니다."

장욱이 두 손을 번쩍 쳐들더니 유령의 목소리를 음산하게 흉내 내었다. 그는 혼자 있는 순익의 방문을 두들겨 한잔하자며 모두가 모인 방으로 데리고 왔다. 오장욱이 말했다.

"선장이 거짓말을 하는 것 같아. 화물선을 그냥 끌고 다니면 회사에서 보수를 준다는 게 말이나 돼? 아마도 깊은 바다를 지나며 남의 눈에 띄지 않게 드럼통을 바다에 처넣고 있을 거야."

박순익이 말했다.

"선장이 그럴 사람처럼 보이지는 않는데."

"사람 속을 어떻게 알겠어요. 하루에 세 박스만 던져도 어디에요."

주연이 그럴지도 모른다며 태성 방의 시계를 유심히 쳐다보았다.

"이상한 일이에요. 여기 시계는 왜 시간이 각각 다른

139

지 모르겠어요. 선실 복도와 살롱의 시계, 그리고 내 방과 이 방의 시간이 모두 다르네요. 시계는 파란색 원형 벽걸이로 똑같은데 말이야."

오장욱은 시계 따위에는 별 관심이 없었다.

"어디에도 기항을 못 하는 배니까 시계를 맞추는 데 관심이 없었겠지."

"그렇다기보다 시계들이 다른 세계의 시간을 가리킨다는 생각이 드네요."

"다른 시간이라면 한쪽은 서울, 다른 쪽은 뉴욕, 하나는 방콕 뭐 이런 식으로? 가지도 못할 곳의 시계를 뭐하러 맞춰 놓겠어?"

"우리가 아는 그런 나라가 아니라 알지 못하는 세계 말이에요. 그런 세계들이 이 배에 뭉쳐서 모여 있다는 그런 예감이 들어요."

장욱이 호탕하게 웃었다.

"시리우스 외계인 이야기를 심각하게 들으신 모양이네. 이 큰 배에 달랑 두 사람만 타고 있으니 그게 더 이상하지 않나? 어느 항에도 정박하지도 못하고……, 결국 그게 유령선 아니겠어? 어쩌면 우리는 아직도 안갯속에 갇혀서 모두가 같은 꿈을 꾸는지도 모르지요."

주연이 쏘아붙였다.

"꿈이라도 좋고 유령선이래도 괜찮아요. 우리가 출발

한 목적을 잊지만 않으면 돼요. 우린 결국 장 박사를 찾지 못할지도 모르지만, 빈손으로 돌아가서도 안 되잖아요."

장욱이 코냥을 따며 씩씩하게 맞받았다.

"장 박사의 소식을 듣지 못한대도 무슨 걱정일까. 그는 과거의 우리에게 도움이 되었을 뿐이야. 어차피 그와 우리의 연계는 끊어져 버려 장 박사는 그의 삶을 살고, 우리는 우리 각자의 삶을 사는 것이지. 그렇지 않나요?"

박순익이 음울하게 말했다.

"우리와 장 박사가 관계가 끊어졌다고? 그렇게 본다고?"

장욱이 대답이 없자 순익이 단호하게 말했다.

"난 장 박사의 목공 제작소에서 우울증과 악몽에서 벗어났어. 우울증만큼이나 내가 겪은 악몽도 힘들었지만 나를 괴롭힌 악몽이 사라졌다고는 생각지 않아. 멈춘 것이야. 왜 그를 만난 이후에 악몽이 멈췄을까? 그는 목표를 향한 직선의 인간이야. 그에게 악몽에 시달릴 시간조차 쓸데없는 여유나 호사겠지. 그의 강인한 기운이 안개처럼 내 몸과 혼에 스며들어 온 거야. 그러니 나는 장 박사에게 큰 빚을 진 셈이오."

주연이 말했다.

"장 박사는 카리스마가 넘치지요. 그런 그에게 도대체

무슨 일이 일어났을까요?"

그녀가 긴 한숨을 쉬자 일행은 갑자기 차가운 파도에 강타당한 것처럼 침묵했다.

"좋은 분으로 기대고 싶었죠. 실제로도 알게 모르게 많은 도움이 되었어요."

"인생의 조언을 구하고 싶었다?"

주연이 말했다.

"듣기만 좋은 조언이라면 무슨 도움이 되었겠어요? 그분은 때로는 침묵으로, 때론 행동으로 나를 이끌어 주었어요. 그런데 보라카이로 휴가를 가서는 이유도 모르게 사라졌다니 말이에요. 박순익 선생님이 받은 연락은 어떤 내용이었지요?"

박순익이 말했다.

"그가 겪은 기묘한 경험을 말하기는 쉽지 않아. 한마디로 말하면 장 박사는 두려움에 떨고 있었어."

승객 모두가 놀라 소리쳤다.

"장 박사가 두려워한다고요! 말도 안 돼요."

"하긴 나도 믿어지지가 않았으니까. 장 박사는 살아온 경험과 사고방식이 완전히 뒤집히는 충격에 빠져 있었지요. 발가벗겨진 채로 사람 하나 없는 눈 덮힌 벌판에 내쫓긴 상태라 할까. 그래서 어디로도 가지 못하는 공황 상태였어. 그는 스스로의 힘으로는 섬을 빠져나오지를 못했지만 동시에 뭔가를 밝혀내겠다는 결의를 다지고 있었어요."

"세상에. 그렇게나 의지가 강인한 분이. 자세하게 말씀해 주세요."

박순익이 말했다.

"나는 장 박사의 메일을 받았고, 그와 통화도 했어요. 요트의 위성전화인지 잡음이 심하게 섞여 들었지요. 장 박사는 보라카이의 바에서 한 남자를 만났지. 운명은 우연이라는 가면을 쓰고 사람을 공격한다지만 장 박사가 바로 그런 경우지."

"바에서 만난 남자가 장 박사를 섬으로 데려간 거네요."

"그렇지요."

"장 박사가 그 남자에게 유혹되었다는 말인가요."

"맞아."

박순익이 일행을 둘러보고서는 보라카이에서 일어난 사건에 대해 말하기 시작했다.

9

장공진 박사는 보라카이의 스테이션 2에 있는 찰스 바에 앉아 있었다. 쇠파이프와 나무를 엮어 지붕과 벽을 만든 바의 시설은 볼품없었다. 빈약한 시설에 비해 통기타를 치면서 노래를 하는 남자 가수의 달콤한 목소리는 일품이었다. 바의 창문 밖으로 보이는 백사장에서 부서지는 흰 파도도 아름다웠다. 그는 산미구엘 맥주를 두 병 마시고 블랙 러시안을 주문했다. '후예'와 같이 왔다면 놈이 벽을 탐색하는 모습을 지켜볼 수 있었으리라. 놈의 빛 지각 시스템은 진홍의 조명을 위험한 화재 신호로 착각하지는 않을까? 놈을 자유롭게 놔두면 붉은 빛에 놀라 비상신호음을 내며 우왕좌왕 출구를 찾을지도 몰랐다. '후예'의 운동과 지각 시스템은 끝도 없이 몰려드는 파도를 닮아 하나를 해결하노라면 바로 다음 과제를 진행할 정도였다.

장식 없이 길게 놓은 나무 의자에 말총머리를 한 건장

한 남자가 앉아 무심히 음악을 듣고 있었다. 혼혈로 보이는 그의 피부는 검은 편이었고, 팔목에 푸른색으로 큰 뱀인지 용인지 모를 그림을 새겨놓았다. 남자가 한 곳에 시선을 두고 있어 장 박사는 자신도 모르게 그의 시선을 따라서 눈길을 돌렸다. 그곳에 남자가 관심을 둔 누군가가 있으리라 예상했지만 붉은 조명의 사각지대에 놓인 어둠이 도사리고 있을 뿐이었다.

어둠을 지켜보던 남자가 맥주병을 들더니 장 박사를 비롯한 손님을 향해 '섬을 위하여' 하고 외치며 건배를 올렸다. 장 박사는 자신도 모르게 건배에 호응해서 칵테일 잔을 들어 올렸다. 장 박사는 그가 말을 걸면 가벼운 인사만으로 잘라야지 마음먹었지만 남자는 다시 시선을 고정해서 어둠을 지켜보고 있을 뿐이었다. 장 박사는 남자가 들여다보는 어둠에 무엇이 존재하는가 생각하며 붉은 조명 사이로 어두운 곳을 다시 바라보았으나 아무것도 없을 뿐이었다. 남자가 장 박사를 향해 고개를 돌렸다.

"역시 아무것도 없군요."

그는 장 박사가 자신을 지켜보고 있음을 안 모양이었다. 남자는 영어 모음을 입속에서 우물대며 뭉개서 발음을 했다.

"원래 아무것도 없지 않았나요?"

"그렇죠. 하지만 어떨 때는 어둠에서 무언가가 나를 응시해 머리칼이 바짝 서지요."

남자는 건장한 체격에 어울리지 않게 심약한 포즈로 어둠의 존재를 밀어내기라도 하는 양, 세차게 팔을 흔들었다. 장 박사가 그의 두려움이 착각에 불과함을 말해주었다.

"아마도 어둠을 틈타 우리의 먼 조상들을 공격하는 야수들이 있었을 겁니다. 그래서 야수가 사라진 문명의 오늘날에도 어둠을 바라보면 나를 물어뜯으려 덤비는 허상이 보이기도 하죠."

"어둠 속에 미지의 생물이나 혼령이 살 가능성이 없다는 말이죠?"

"전혀. 팔을 탁자에 올려놓고 뚫어지게 바라보면 팔뚝에서 뭔가 기어 다니는 감각이 느껴지고 심지어 움직이는 벌레를 보기조차 합니다. 실제로는 아무것도 없지요."

"실제로는 없다니 안심입니다."

"인공지능을 지닌 로봇이라면 그런 환각을 전혀 보지 않지요."

사내는 의외의 복병을 만난 병사처럼 놀라서 되물었다.

"로봇이라고요?"

사내가 로봇이라면 아직 도마뱀만큼도 움직이지 못한

다고 말했다.

"나는 그렇게 알고 있어요. 혹시 최근에 로봇 기술이 많이 발전했나요?"

"아니요. 난관들이 여전히 많아요. 그러나 인간의 정신활동이 네트워크로 연결된 신경세포들 사이의 전기신호 패턴이라면 머지않아 그 활동은 인공지능으로 구성되겠죠."

장 박사는 대화가 곧 끝나리라고 생각했다. 아름다운 백사장의 바에서 인공지능이나 로봇 관절은 호의를 부르는 대화 소재가 아니었다. 찰스 바는 로봇 공학의 최신 동향을 발표하는 국제 심포지엄을 마치고 열린 화기애애한 칵테일파티 장소가 아니라, 그저 즐거운 음악에 유쾌한 일상을 나누는 곳이었다. 그러나 사내는 로봇이라는 말에 깊은 호기심을 나타냈다.

"인공지능을 지닌 로봇이 인간의 마음과 비슷하게 작동할까요?"

"마음은 들어온 감각과 정보를 처리하는 체계죠. 컴퓨터 프로그램 역시 기호를 조작하는 시스템이니 가능하지 않을까요."

"하지만 그게 언제쯤일까요. 로봇은 아직껏 빠르게 달리지도 못하지 않나요? 더군다나 저는 최신 로봇도 방문과 창문을 제대로 구별 못하고 심지어 사람의 그림자를 장애물로 봐서 피해 간다고 들었습니다."

남자는 최신 과학 동향에 관심이 많았다. 장 박사가 남자의 말을 반박하면서 자신의 논리를 폈다. 아마도 보라카이의 부드럽고 따뜻한 바람과 내일 꼭 해야 할 과제가 없는 이국에서의 휴가라는 상황이 가져온 여유 때문인지도 몰랐다.

"로봇을 주변 환경에 정확하고 빠르게 반응하도록 제작하는 것은 어려운 과제에요. 하지만 학습과 시행착오를 통해 배우고 활용하는 신경망을 만들면 가능할 겁니다."

"그건 인간이 수십만 년, 아니 수백만 년의 고된 경험을 통해 하나씩 익혀온 능력 아닙니까?"

"그렇죠. 인간의 특성을 하나씩 연구해서 통합하면 인간이라는 개체를 완전히 모방한 단계에 도달할 수 있지요."

남자는 잠시 생각하더니 반론을 폈다.

"그건 가능하다는 결론을 먼저 내리고 연구를 전개하는 게 아닐까요?"

"인간처럼 말하고 표현하고 반응하는 알고리즘을 만들 수 있습니다. 불과 200년 전의 사람에게 비행기가 도시를 연결하고 인공위성이 떠다니는 오늘의 세상을 보여주면 믿었을까요?"

남자가 점점 심각해졌다. 그는 장 박사에게 뭘 좋아하느냐 물어보고는 웨이터에게 마티니 두 잔과 감자튀김을 시켰다.

"저는 로봇이 인간의 마음을 가질 수 없다고 봅니다. 그들의 프로그램은 결국 0과 1의 두 가지 숫자로 운영되지 않습니까? 하지만 세상에는 0과 1뿐만 아니라 3과 5도 있고, 우리가 지금 보는 해변의 흰 모래와 바다, 그리고 거대한 화산과 교회와 절과 미술관도 있지요. 로봇이 그런 복잡 미묘한 종교적이고 예술적인 상징을 이해할까요? 로봇이 베토벤의 합창 교향악에 눈물을 흘리는 게 가능할까요?"

남자가 장 박사를 반박하기 위해 열성적으로 말했다. 장 박사는 붉은 조명과 이국적인 분위기와 알코올의 힘에 의지해서 자신이 좀체 드러내지 않던 말을 꺼냈다.

"인간을 구성하는 요소를 뇌과학 그리고 화학과 생물학으로 밝혀낼 수 있습니다. 머지않아 인간에게 감춰지거나 알려지지 않은 요소들을 해명해 내고 뜻대로 배열할 수 있겠지요. 그러니 인간이란 다양한 요소로 구성된 기계가 아닐까요?"

"인간이 기계라고요!"

사내는 불에라도 덴 것처럼 놀라 소리쳤다.

"하지만 선생님도 느끼다시피 인간은 기계가 아니에

요. 인간은 지구를 통틀어, 아니 우주에서도 찾기 드문 뭔가 특별한 존재예요. 비록 선보다 악한 부분이 더 많지 않을까 고민이 되지만요."

"그건 인간이 자연에서 남다른 존재로 인정받고자 하는 뿌리 깊은 욕망이죠. 인간은 우리가 깔보기도 하는 다른 생물들과 마찬가지로 보잘것없는 존재가 아닐까 합니다만."

"하지만 기계는 슬퍼하고 분노하는 감정을 지니지 못하지요."

"기계가 감정을 과연 지니지 못할까요. 그건 인간의 편견과 오만이지 싶은데요."

사내는 곰곰이 생각에 잠기더니 화제를 돌리면서 자기를 소개했다. 그는 호주에서 태어났는데 아버지는 호주 원주민인 애보리진이고 어머니가 백인인 혼혈이었다.

"제 친할아버지는 자동차와 비행기와 같은 기계들을 무척 싫어했어요. 윙윙 기분 나쁜 소리를 내며 불쾌한 냄새를 뿜는 기계들이 사막과 호수에서 정령을 몰아내 버렸고 그래서 깊은 곳으로 정령이 숨어버려 더 이상 우리에게 모습을 드러내지 않는다고 말씀하셨죠."

"정령이라고요!"

이번에는 장 박사가 되물었다.

"나무와 바위와 들소에 숨어 있다는 혼령 말인가요?"

"그렇습니다. 저희 증조할아버지는 사막에서 해가 뜨기 전과 석양 무렵에 자주 정령을 보았다고 하더군요. 할아버지 대에는 전 세대보다 드물게 나타났고, 아버지 대부터 정령이 나타나지 않았지요. 현대인들이 정령을 몰아서 모두 쫓아버린 겁니다."

장 박사가 그건 원시적인 믿음에 불과하다며 다소 결례가 될 만큼 상대방을 반박하고 나섰다.

"정령은 뇌가 만들어낸 유령일 뿐이에요. 인간이 자연 법칙을 이해하고 과학이 발전하면 죽을 운명이었지요. 그들은 호수와 숲에 사는 불사의 존재가 아니라 인류의 여명기에 우리의 삶을 풍족하게 한 전설에 지나지 않아요. 정령의 시대는 떠났고 다시는 돌아오지 못해요."

"저도 정령의 시절은 가버렸다고 동의하죠. 그러나 정령의 시대는 인간의 바탕에 지울 수 없는 무늬를 새겨놓았지요. 인간의 두뇌와 몸에는 우리가 밝혀 내지 못하는 어떤 힘이 작용하고 있지 않을까요. 그런 점에서 로봇이 인간과 같아지는 현실은 상상하기 어렵네요."

"난 우리가 사람의 몸과 두뇌 속에서 일어나는 화학과 생물학을 충분히 밝혀 내지 못했다는 입장이지요."

"정령의 시절이 가버렸다고 해서 로봇의 시대가 오지는 않을 겁니다. 인간의 두뇌는 매우 복잡하고 모방하기 어려워 인공 시스템으로 재현하는 게 거의 불가능하지요."

사내의 얘기는 장 박사가 로봇의 시대에 관해 많은 사람에게서 들었던 반론의 일종이었다. 그런 말을 들으면 장 박사는 최신 과학에 대한 무지를 탓하며 그런 주장들이 옳지 못함을 역설하곤 했다.

"인간은 자신을 닮은 로봇의 출현을 무척 두려워하지요. 그러나 수레바퀴가 기차와 자동차, 그리고 비행기의 착륙 바퀴로까지 진화했듯이 로봇은 이미 인간의 길을 걷고 있어요. 그걸 막을 수는 없어요."

사내가 장 박사의 말에 설득될 기미는 없었다. 그는 오히려 상대방의 논리를 분석해서 장 박사에게 예기치 않은 타격을 날릴 기회를 엿보고 있었다.

"뭐라고 하든 로봇은 좀비를 넘지 못해요."

"좀비라니!"

장 박사는 외쳤다.

"로봇을 살아 있는 시체에 비교한단 말이오!"

"로봇은 주체성도 자율성도 지니지 못할 겁니다. 설령 지닌다고 해도, 절대로 로봇은 인간이 되지는 못해요. 절대로."

사내가 자신의 말을 확신하면서 이래도 대화에서 이기겠냐며 의기양양하게 덧붙였다.

"로봇은 토스쿠를 만나지 못하니까요."

"뭘 만나지 못한다고요?"

"또 다른 세계에서 다른 삶을 영위하는 자기 자신이지요. 또 다른 문이라고도 합니다."

장 박사가 허무맹랑한 사내의 주장에 헛웃음을 쳤다.

"또 다른 세계란 게 뭔가요? 우리가 사는 세상에 있기는 하나요?"

"또 다른 세계는 지구에 있기도 하고, 없기도 하지요. 만나지 못하는 사람에게는 없고, 만나는 사람에게는 존재하는 것이에요."

"일종의 주술이군요."

"오늘의 첨단 기술을 동원한 의료도 900년 후의 사람이 조사하면 주술에 불과하겠지요. 미래의 인류는 우리의 미개하기 짝이 없는 암 방사선 치료와 뇌출혈 수술을 혀를 차며 원시 주술로 소개할 겁니다."

"그럼 토스쿠가 살아 있다는 말인가요?"

"그럼요. 토스쿠는 다른 세계에서 살아서 움직이는 존재에요. 더구나 나 자신의 토스쿠를 나뿐 아니라 다른 사람도 보고 만지며 대화도 나눌 수 있어요."

"아무래도 개인의 망상이거나 측두엽 이상으로 생긴 환각에 불과한 것 같은데요."

"토스쿠는 절대 그렇지 않습니다. 그건 단순히 살아 있을 뿐 아니라 인간을 구원하는 문이기도 하지요. 마치신의 손처럼요."

장 박사는 사내가 목소리를 낮추어 기묘한 말을 하지 않았으면 자리를 떠날 뻔했다. 밤이 깊어가고 슬슬 피곤해지기 시작했기 때문이다. 지금까지의 대화도 장 박사가 열대의 휴양지에서 마음의 긴장을 늦추지 않았다면 진행되기 어려웠으리라. 그가 대화할 마음을 접을 즈음 사내가 의외의 이야기를 꺼냈다.

"토스쿠를 만난 사람이 실제로 있어요."

"실제로 있다? 어디에 있는가요?"

사내가 엄숙하게 말했다.

"납니다. 바로 내가 만났죠."

장 박사는 사내가 신흥종교에 빠진 광신도이거나 혹은 마약에 취하지 않았는지 살펴보았다. 겉으로는 사내가 이상해 보이지는 않았으나 감춰진 속을 알 수는 없었다. 그는 최대한의 경계심을 발휘하며 사내에게 물었다.

"토스쿠를 어디서 만났지요?"

"토스쿠가 모습을 드러내는 정해진 장소가 몇 곳 있어요. 제가 만났던 곳은 필리핀 남쪽의 섬입니다."

장 박사는 호기심에 조심스럽게 대화를 끌었다.

"옛날 무녀가 신탁을 전한 델피의 신전 같은 곳이군요."

"가톨릭 신자들이 성모를 뵈었다는 기적의 장소도 그

런 곳이지요."

장 박사는 그때까지만 해도 토스쿠를 원시종족이나 종교인들의 신비로운 체험 정도로만 보고 있었다.

"약물이나 환각을 일으키는 식물을 사용하는 것 아닙니까?"

사내는 단호하게 부정했다.

"그건 금기입니다. 술도 마시면 안 됩니다. 맑고 또렷이 깬 정신으로 만나야 하지요."

"오호. 만나는 비밀스러운 방법이 있습니까?"

사내는 무엇보다 첫째로, 하며 의외의 시각을 말했다.

"겸손해야 합니다. 토스쿠는 다른 세계의 또 다른 자신인데 그가 뭘 하는지, 어떤 모습으로 다가올지에 대해 우선은 마음을 비워야 해요."

그는 토스쿠를 만나기 전에 치러야 할 몇 가지 절차가 있지만 그건 중요하지 않다고 강조했다.

"토스쿠를 만지거나 대화를 했다는 말입니까?"

"토스쿠를 볼 수는 있지만 바로 마주하거나 대화하기란 힘들어요. 그러나 상대방이 통로를 열어주면 가능하죠. 문은 안으로 잠겨 있어 우리가 바깥에서 열지를 못하니까요."

장 박사는 사내의 수수께끼 같은 답변이 흥미로웠다. 어쩌면 미래의 로봇이 토스쿠가 아닐까? 미래에는 자신의 신체 특성과 뇌를 복사한 로봇을 만들어 자신의 대행으로 쓰지도 않을까? 먼 훗날에 인간은 기억을 저장한 뇌를 복사하고 재생해서 새로운 나로 만들 수도 있을 것이다. 그렇다면 나가 여러 개 만들어질 수도 있을 것이다. 그 나가 각자의 삶을 살고 공유하는 것도 가능하리라. 인간은 그렇게 해서 영원히 사는 인간의 오랜 꿈을 해결할지도 모른다. 사내가 하는 말이 신비주의자의 넋두리라고 해도 장 박사의 삶에 상상력을 채워주니 위협이나 손해가 될 건 없었다. 그 즈음에서 장 박사는 멈춰야 했다. 그쯤에서 장 박사는 토스쿠 현상 앞에서는 겸손해야 한다는 사내의 경고를 이미 무시하고 있었는지도 모른다.

"토스쿠를 만나 좋았나요?"

"좋고 즐겁기도 했지만 무섭고 슬프기도 했지요."

"무슨 그런 말씀이?"

"토스쿠를 만나 보면 제 말이 이해가 되실 겁니다."

그날 밤, 장 박사는 사내가 머무는 요트를 방문했다. 사내의 이름은 크레이보였다. 카그반 부두의 끝머리에 머문 요트는 날렵한 디자인의 최신 요트로 레이더와 풍력과 태양열을 이용하는 발전기를 장착했고, 비상시를 대비한 구명정까지 실려 있었다. 요트에는 금발 머리를 늘어뜨린 푸른 눈의 젊은 여자가 크레이보를 기다렸다.

북유럽인으로 보이는 여자는 크레이보와 장 박사의 대화를 흥미롭게 들으며 함께 맥주를 마셨다. 신비로운 분위기를 풍기는 여자는 거의 말이 없었고 가볍게 짓는 미소와 눈썹의 움직임, 몸짓으로 자신의 뜻을 대부분 전달했다.

장 박사는 토스쿠를 만나러 가자는 크레이보의 제안에 응하고 말았다. 최고 속도로 하루 밤낮에 몇 시간을 더 달리면 남쪽의 섬에 도착한다고 말했다. 어차피 휴가는 며칠 더 남아 있었고 그다지 할 일도 없었다. 장 박사는 휴가를 맞으면 업무를 마감하고 세상 모든 일에 관한 상상을 자유롭게 펼치는 방식으로 휴가를 보냈다. 그는 몇 권의 책과 고전 음악을 휴가지로 가져갔고 음악을 들으면서 해변을 산책했다. 해변을 거닐며 그는 로봇과 인공지능에 관한 가설을 세웠다가 이것저것 검토를 하고는 지워버리곤 했다.

토스쿠에 대한 호기심이 그가 남행을 결심하게 된 동기였다. 호기심만으로는 그의 행동을 선뜻 설명하기는 어려워 구태여 말한다면 그를 잡아당기는 뭔가에 끌린 것이라 말할 수도 있을 것이다. 그는 토스쿠에 대한 크레이보의 말을 그다지 신뢰하지는 않았다. 장 박사는 섬에서 흑마술을 펼치는 주술사나 환각 식물이나 마취 독을 이용해 접신한 샤먼을 만나리라 짐작했다. 토스쿠를

만나지 못해도 필리핀의 남쪽 바다와 섬을 구경하는 일
정도 나쁘지 않았다. 아름다운 여자와 함께하는 여행이
남쪽의 섬에 대한 경계심을 누그러뜨린 점도 있었을 것
이다. 어쩌면 진척되지 못하는 로봇과 인공지능 연구에
그는 회의하고 있었고 그 틈새를 마침 누군가가 비집고
들어왔는지도 모른다. 여행지에서 오늘은 무슨 사건이
생겨도 좋다는 마음가짐이 들며 허술해지는 날이 있다.
장 박사가 미지의 섬으로 내려가기로 결심한 날이 그런
날이었다.

"사실 난 로봇 전문가예요. 로봇을 인간처럼 만들어보
려고 평생을 바친 학자랍니다. 그런데……."

"아, 어쩐지……."

크레이보는 장 박사를 새삼스러운 눈으로 다시 바라
보았다. 마치 장 박사에게서 로봇의 정체를 밝히려는 의
도가 깔린 묘한 시선이었다. 장 박사는 그런 사내의 시
선을 뿌리치고 쓸쓸한 웃음을 띠고 말했다.

"요즘 와서 내가 하고 있는 일이 터무니없는 만용이
아닌가 하는 회의에 빠진 것도 사실입니다."

"만용이라기보다 창조에 따르는 고통이 아닐까요. 자
연이 수백, 수천만 년의 세월에 걸쳐 이룩한 것을 인간
은 너무 빨리 성취하려고 바라니까요. 인간은 자신이 살
아 있는 당대에 뭔가를 이루기를 갈망하죠."

"그럴지도 모르죠."

이튿날 새벽에 출발한 요트는 빠른 속도로 남으로 내려갔다. 대략 10노트를 넘는 속도로 세일을 펴지 않고 달렸다. 크레이보와 여자가 몇 시간씩 교대로 타륜을 잡았다. 장 박사는 베토벤의 피아노 협주곡을 듣다가 선실에서 쉬기도 하며 여유롭게 그들의 운행을 지켜보았다. 오른편으로는 팔라완 섬, 그리고 왼쪽으로는 파나이 섬과 네그로스 섬, 민다나오 섬이 지나가리라 예측을 했지만 실제로는 아무 섬도 보이지 않았다. 필리핀의 내해는 태평양의 가운데를 뚝 잘라 빠뜨려놓은 것 같은 망망한 바다였다. 크레이보는 목적지까지 최단거리로 가되, 중간에서 만나는 모든 섬을 지나치기로 작심한 모양이었다.

하루 밤낮과 몇 시간을 쉬지 않고 달려 배는 아침 무렵 안개가 깔린 섬으로 들어갔다. 안개를 뚫고 들어와서 섬의 크기를 짐작하기 어려웠다. 장 박사는 한적하다 못해 원시적인 부두를 예상했으나 예상과 달리 선착장은 현대적인 시설로 정비가 잘 되어 있었고 부두 뒤의 집들은 깔끔했다. 거기에다 휘어진 해안의 끝에 자연적으로 쌓인 바위들이 외항의 모습으로 자연스럽게 파도를 막아주고 있었다.

선착장 앞에는 관리사무소 건물이 있었고 그곳 주민들은 크레이보와 친근했다. 섬에 도착한 장 박사는 크레이보가 어민과 아이들에게 줄 선물을 가득 싣고 온 사실을 알게 되었다. 선물 상자에는 아이들과 어른들을 위한 연필과 노트를 비롯한 학용품, 축구공과 옷, 신발이 가득했고 냄비와 칼과 그릇, 낚시 도구들도 담겨 있었다.

어민은 금발 머리의 여자를 어려워했다. 크레이보와는 웃기도 하고 장난도 쳤지만 어른들부터 아이들까지 여자와 이야기를 나누는 사람은 없었다. 그녀는 가까이하기 어려운 사람으로 낙인되어 섬 주민들에게는 기피 대상인 것 같았다. 그들은 장 박사를 크레이보와 여자의 중간쯤에 속한 사람으로 매기고 조금씩 마음을 열기 시작했다.

점심 즈음에 어른들 몇이 당나귀에 상자를 싣고 산으로 올랐다. 인간의 손이 닿지 않은 열대의 숲이었다. 울창한 숲은 사람들이 밟고 지나간 좁은 길을 벗어나면 침입을 허락하지 않는 완강한 모습이었고, 숲이 인간에게 허락한 길에도 새로운 풀들이 자라나고 있었다. 숲은 풀과 관목과 꽃, 막 뻗어 오르는 중간 크기의 나무, 그리고 하늘을 가리는 줄기와 가지로 빽빽했다. 온갖 새 소리가 귀를 울렸고, 숲이 풍기는 짙고 혼란스런 냄새가 코를 덮쳤다. 장 박사는 길을 따라 오르면서 문명의 세계에 젖은 청각과 후각이 마비되고 새로운 감각으로 대체됨을 느꼈다. 장 박사에게 스며드는 감각은 그를 두렵게

하거나 불안하게 만들지는 않았고, 어떤 새로운 세계를 들어가기 전에 그를 훈련하고 다듬는 것 같았다. 그들이 한참을 올라가자 길이 조금 넓어졌고 고무나무로 만든 울타리가 그들을 막아섰다. 모습을 드러내지 않은 파수병이 그들에게 거친 소리로 물었다.

"호트 아베?"

"호트 아베 시호쿠, 성스러운 이빨이여!"

그들을 이끌고 가는 촌장이 엄중하게 대답했다. 좁은 길을 한 줄로 올라가다 그들은 두 번째 보초병들을 만나게 되었다. 장총을 둘러멘 세 명이 나무 방벽으로 길을 막고 있었다. 그중 상체가 듬직한 책임자가 물었다.

"누구냐?"

"일곱 번째 섬에서 온 사람이오."

"그 섬에는 뭐가 있지?"

"이빨 두 개 달린 짐승, 발 하나인 독수리."

"어떻게 왔나?"

"안개를 타고, 다섯 개의 반달과 함께."

보초병은 낯선 사람이 섞인 일행에게 방벽을 열지 않고 크레이보와 촌장에게 몇 가지 질문을 더 던졌다. 길고 팽팽한 대화가 오가고 책임자가 보초병을 윗길로 올려 보냈다. 어디에서도 북이나 피리 소리 같은 의식을 알리는 음은 들리지 않았다. 시끄러운 새 소리가 귀에

익은 바람에 새 울음이 그친 방벽이 거대한 침묵에 휩싸인 것 같았다. 장 박사는 불편한 침묵을 서서 견뎠다. 열대의 산은 눅눅했고 울창한 숲 사이로 바람조차 불지 않았다. 그는 흐르는 땀을 이마에서 훔쳤다. 한참 후에야 돌아온 보초병이 책임자에게 보고를 올리자 그는 언짢은 얼굴로 통과를 허락했다.

목적지에 도착하기 전에 마지막 검문을 받았다. 알아듣지 못할 묻고 답하는 대화가 오간 후에 오르막이 끝나면서 장 박사는 목적지에 도착했다. 산 중턱에 있는 그곳은 산봉우리들이 에워싼 분지였다. 첫눈에 사람을 놀라게 하는 아름다운 호수가 중앙을 차지했다. 분지에서 호수를 보리라고는 생각지 않아 장 박사는 갑작스러운 호수의 출현에 놀랐다. 흰색이 섞인 호수는 너무나 맑아 주위의 산들과 나무들이 물에 고스란히 비쳐들었다. 마치 또 다른 생명을 누리는 것만 같았다. 호수의 바닥은 흰색 바위가 깔려 푸른 물색이 더욱 도드라졌다. 물색은 깔린 바위 색의 짙고 옅음과 물에 녹아든 광물 성분으로 연두에서 짙은 파랑으로 나뉘어 몇 개의 작은 호수를 합쳐 놓은 것 같았다. 15분이면 둘레를 한 바퀴 돌 정도로 크지는 않았다. 장 박사는 호수를 보는 순간에 몇억 년의 시간을 거슬러 올라가 어떤 기원의 장소에 도달한 감흥에 사로잡혔다. 호수에는 넘어진 나무가 박혀 있지도

않았고 수상식물이 살지도 않았다. 호수는 큰 돌의 가장
자리를 수직으로 깎아 만든 욕조처럼 바로 깊어졌고 물
이 들어오는 곳도 빠져나가는 통로도 보이지 않았다.

호수의 중앙 부근 땅에 일곱 채의 오두막이 세워져 있
었고 거기서 서른 걸음 떨어진 장소에 대칭으로 똑같은
오두막이 서 있었다. 이쪽과 저쪽을 가르는 오두막의 경
계선은 없고 집 모양도 같았지만 두 곳의 오두막은 명
백히 다른 용도였다. 오두막 마을은 주민들로 구성된 경
비대가 지키고 있었다. 장 박사는 올라온 길에서 가까
운 이쪽의 오두막에 묵었다. 크레이보가 저쪽의 오두막
으로는 넘어가서는 안 된다고 일렀다. 부질없는 충고였
다. 밤에 오두막 마을의 책임자가 장 박사에게 저쪽으로
넘어가는 길을 허락했다. 장 박사가 저기서 무얼 만나든
흔들리지 않을 거라 장담하는 바람에 책임자가 일찍 보
내기로 결정을 해 버렸다. 마을의 책임자는 장공진 박사
의 조심스럽지만 토스쿠를 깎아내리는 말에 그가 장담
한 확신을 빨리 깨뜨리고 싶었는지도 모른다. 책임자의
속마음을 알 수는 없지만, 그는 장 박사가 저쪽 오두막
으로 넘어가도 된다고 선선히 허락을 하면서 토스쿠를
만나는 모든 과정과 결과는 온전히 장 박사 개인의 책
임이라는 사실을 알렸다. 그날 밤에 장 박사는 토스쿠를
만났다. 그리고 이튿날 장 박사는 자신의 경험을 박순익

에게 메일로 보냈다.

왜 동료 연구자가 아닌 박순익에게 연락을 보냈을까? 이상한 일이었다. 그가 목공 팀의, 박순익을 비롯한 신경 정신과를 거쳐 온 환자들이 겪었던 위기만큼 극심한 혼란을 겪었기 때문이 아니었을까?

10

　박순익 선생, 나 장공진 박사요. 난 필리핀 섬의 부두 건물에 혼자 앉아 있습니다. 산 중턱에서 내려와 막 도착한 부두는 칠흑의 어둠이고 비바람이 거세게 불고 있네요. 바깥의 폭풍은 두렵지 않아요. 내 어두운 마음에는 그 무엇과도 비교되지 않는 광막한 비바람이 닥쳐 정신은 무시무시한 속도로 찢기고 떠내려가 어디서 헤매는지 알 길이 없습니다.

　난 보라카이로 휴가를 와서 크레이보라는 호주인을 만났습니다. 그는 내게 이상한 정령이 출몰한다는 남쪽의 섬을 소개했고 난 호기심에 따라나섰지요. 물론 그가 말한 토스쿠라는 괴상한 존재가 실재한다고는 믿지도 않았어요. 재미있는 모험이나 신비로운 주술 체험을 기대하고서 따라나선 게 솔직한 속마음이었으니까요.

　난 섬의 산 중턱, 호수 옆에서 토스쿠를 만났습니다. 토스쿠는 또 다른 문, 또는 다른 세계에서 살아가는 나의 분신으로, 적어도 크레이보와 이곳의 사람들은 그렇게 말하고 있습니다. 호수의 옆에는 오두막이 나란히 일곱 채가 서 있었고 토스쿠를 만나는 방법이 너무나 간단해서 지금도 믿어지지가 않아요. 밤에 이쪽 오두막에서 저쪽 오두막으로 건너가면 될 뿐입니다. 나무로 만들어진 오두막은 기둥을 세워 바닥이 땅에서 조금 높게 위치해 있는데 저쪽 오두막 한 채에 단 한 사람이 들어갈 수 있지요. 오두막과 오두막 사이에 눈에 보이지 않는 이쪽 세계와 저쪽 세계를 가르는 선이 있는 것 같습니다. 저쪽 오두막에 도착해서 다섯 계단을 올라가 문을 열고 들어가서는 반대쪽 문을 열고 역시 나무 계단을 내려오면 끝이지요. 미리 마셔야 하는 약이나 식물의 즙은 없고 요란하게 사람의 마음을 달구는 북소리도 없으며 주술사의 주문이나 비밀스러운 의식도 없었죠. 오두막과 호수를 지키는 사람들도 기괴한 복장이 아니라 우리와 같은 옷과 신발을 착용하고 있을 뿐이에요.

　너무나 평범해서 신비로운 호수만 아니었다면 나는 바로 돌아서 내려왔을지도 모릅니다. 처음으로 오두막으로 들어가 반대쪽 계단을 내려서자 어처구니가 없어 헛웃음이 나왔지요. 이게 뭐야? 그나마 지녔던 기대감이 한꺼번에 터져서 허공으로 날아가 버린 거지요. 눈앞에 딴 세계가 펼쳐진 것도 아니고 주위의 나무나 산봉우리나 호수가 달라진 것도 아니었고 신비로운 안개가 덮치거나 사람을 혹하는 향기도 없었습니다. 주위의 모두가 똑같았지요. 먼바다를 힘들게 달려와서 사기를 당한 셈이었죠. 내가 아주 만만했군. 내가 손해를 본 건 없었지만 상한 자존심에 크레이보에게 단단히 항의를 하리라 마음먹고는 뒤돌아보니 어이없게도 맞은편으로 일곱 채의 오두막까지도 그대로 보였지요. 세 사람이 하나씩 오두막으로 들어갔는데 문을 열고 밖으로 나온 사람이 나 하나뿐이라는 사실이 이상하기는 했지요. 아마도 오두막에서 쉬다가 나올 셈인 모양이야. 아니면 내가 일찍 나왔는지도 모르지. 그렇게 생각하며 난 화가 가득 쌓인 기분으로 호수를 바라보았습니다. 호수는 괴기스럽거나 잡스러운 기운이라고는 하나 없이 맑고 투명하고 고요해 귀한 호수를 구경하는 기분도 나쁘지는 않았어요. 밤에 불빛도 없이 이런 호수 옆에 서면 호수에서 뭔가가 튀어나와 사람을 끌고 갈 것 같은 두려움이 들기도 하는 법이지만 이 호수는 그런 불길한 느낌이라고는 전혀 없이 그냥 청정할 뿐이었지요.

나는 짜증스러운 마음을 다스리고 잠깐 호수를 들여다보고는 나왔던 오두막으로 들어가서 돌아가려고 마음먹었지요. 이쪽 오두막에서 저쪽 오두막까지 고작 서른 걸음밖에 안 되는 거리니까 먼바다를 내려온 대가로 다닌 산책치고는 아주 비싸게 친 셈입니다. 그런 상념에 젖어 멍하게 호수를 바라본 그때, 호수에서 올라오는 사람을 보았습니다. 호수에서 사람이 나오다니! 마치 호수 아래로 마련된 계단을 밟는 것처럼 머리에서 어깨, 다리까지 솟아 나온 그는 너무나 자연스러운 모습으로 터벅터벅 호수의 가장자리로 걸어 나오더니 내 앞으로 왔어요. 그는 주위를 둘러보고 자신의 앞에 마련된 작은 책상에 앉았지요.

나는 그를 놀랍고 어지러운 마음으로 지켜보았습니다. 몸이 다소 마르고 어두운 얼굴이었지만 그는 내가 분명했지요. 내가 나를 알아보지 못한다면 누가 알아본단 말입니까? 나는 놀라서 비명을 질렀지만 그는 내 소리를 전혀 듣지 못하고 나를 보지도 못하는 것 같았어요. 그는 책상에서 뭔가를 쓰다가 멈추고 걱정스러운 눈초리로 주위를 돌아보았지요. 그는 죽도록 먼 길을 걸어오거나 어딘가를 탈출해서 겨우 휴식을 얻은 몰골이었습니다. 글도 힘들게 끄는 꼴이 역력해 몇 줄을 쓰다가 지우고는 한숨을 쉬고, 인상을 찡그리고 불안해하면서 자신이 쓴 글을 들여다보곤 했지요. 나는 커다란 입체 텔레비전으로 누군가의 일상생활을 지켜보는 염탐꾼의 눈초리로 자세히 그를 뜯어보았어요. 그러나 그가 하는 행동은 뻔했고 극적인 행동을 할 여지도 없어 보였죠. 그는 연극배우가 아니고 일상을 살아가는 평범한 사람에 불과하니까요.

그를 자세히 보려고 다가서니 얇고 투명하며 탄력성 있는 막이 나를 막아섰습니다. 내가 손을 깊이 찔러 넣었으나 막은 안으로 휘어질 뿐 열리지는 않았지요. 나는 그를 향해 소리를 질렀지만 막 때문인지 그가 듣지 못해 나와 눈을 맞추지 않았어요. 나는 갑자기 극심한 자폐증에 빠져 고독하게 있는 것 같은 그와 대화를 하고픈 열망에 사로잡혔지요. 나는 그에게 물어보고 싶은 게 너무 많았지요. 도대체 그는 나의 대학 시절의 모습인지, 아니면 독일 유학 시절에 독일 처녀에게 푹 빠져 정신을 못 차리고 있던 시절의 나인지, 아니면 연구소에서 몇 달 날밤을 새우며 로봇 시제품을 만들어 기뻐하던 날의 모습인지 말입니다. 막 속의 그는 그 시절의 모습을 조금씩 지니고 있었고 나이조차도 종잡기 어려웠으니까요. 아니면 그는 나와는 별개인 또 다른 삶에 찌들어 있는지도 모르지요.

마침내 나는 오두막을 거쳐 현실로 돌아왔습니다. 토스쿠가 사라지자 나는 끊이지 않는 번민, 불타는 의문에 휩싸여 견딜 수가 없었지요. 나의 영혼을 갉아먹는 진정한 고민은 토스쿠가 사라지면서 시작되었죠. 저건 도대체 어디서 온 것일까? 미지의 차원에서? 숨겨진 양자의 공간에서? 이 세상을 떠돌아다닌다는 또 다른 거품의 우주에서? 논리로, 물리와 생물로, 수학에서 양자역학으로, 화학으로 내가 아는 모든 지식을 끌어모았지만 그 어디에도 해답이 나오지 않았어요. 유효한, 적절한, 그럴듯해 보이는 가설도 만들지 못했지요. 난 가설과 실험과 검증의 인간입니다. 나의 지식으로 그 물체의 정체를 밝혀내지 못한다면 난 몰락할 거예요. 먼저 믿어라. 믿는 자에게 실체가 온전하게 주어질 것이다. 절대로 안 될 말이오. 나는 라그랑지 운동 방정식과 피드백 제어와 벡터의 입력과 출력으로 조종하는 로봇 연구자요. 로봇에 장착된 인공지능이 돌발적인 상황까지도 판단하고 대응하게 될 날이 머지않아 로봇은 날이 갈수록 인간을 향한 자유를 얻고 있지요. 그는 하루하루 창조주가 불어넣는 숨에 고양되어 하늘로 올라가고 있고 마침내는 인간이 만들어낸 천사로 기억될 겁니다.

난 과학기술의 최고가 결합한 로봇의 정체와 그가 겪을 미래의 고난을 자신 있게 말할 수 있습니다. 난 그렇게 믿어 왔고 실천해왔어요. 하지만 토스쿠를 만나면서 로봇이 시시해져 버렸어요. 입력과 출력, 산식이 정확하면 그에 맞게 관절과 몸체를 움직이는 로봇이 뭐란 말이야? 토스쿠에 비하면 로봇은 얼마나 하찮은 존재인가? 한편으로 토스쿠가 나를 복제한 로봇이 아닐까 하는 의

문도 가져 봅니다. 그럴 가능성도 없지는 않겠지요. 그럴 때면 난 아직도 로봇에 집착하고 있구나 하며 나를 되돌아보죠. 어쨌든 난 당면한 과제인 토스쿠의 정체를 알아내지를 못했고 크레이보나 촌장, 얼굴에 파도와 새의 날개를 닮은 기묘한 문양을 새긴 오두막을 지키는 대장의 정체도 몰라요. 저들은 진실을 감추고 있는 것 같아요. 그들은 단지 '저기에 토스쿠가 존재하고 있다'라는 의미 없는 말만 되풀이해 전달하고 있으니까요. 그들은 '존재하니까 존재한다', '우리가 있어 토스쿠가 존재한다'는 동어반복으로 만족하고 있어요. 어쩌면 그들도 정체를 모르는 것도 같고 엄청난 진실이 두려워 회피하는 것도 같습니다. 나는 궁금해, 해명하지 못해 미칠 지경이요. 선입견 없이 마음을 내려놓고 먼저 믿어 보면 어떨까? 절대로 용납 못 할 엉터리 주문입니다. 저것의 정체를 밝혀내지 못한다면 건물 안의 기둥들에 장치한 폭약들이 터져 단번에 폭삭 주저앉은 철거건물처럼 나는 무너지고 말 것입니다. 그런 꼴로는 난 결코 육지로 돌아가지 않을 겁니다. 난 한국으로 돌아가지 않을 거요. 아니, 돌아갈 수가 없어요.

박순익 선생. 아내와 아들을 잃고 절망과 죽음의 위기를 겪고 빠져나온 선생은 나의 마음을 알아주리라 믿습니다. 내가 성공할지 실패할지는 나 자신도 알 수 없으

나 난 도전하고 또 마땅히 도전해야만 합니다. 그것만이
나의 존재 이유니까요.

11

　박순익의 얘기가 끝나자 선실은 적막했다. 승객들은
장 박사의 실종 뒤에 감춰진 고민을 이제야 알게 된 모
양이었다. 장 박사가 스스로 돌아오지 않는 길을 택했다
는 것도. 장 박사의 육체가 사라진 단순한 실종에서 깊
은 의미가 더해진 복잡한 실종으로 변해버린 것이다. 박
순익이 말했다.

　"장 박사를 만나서 데려와야 해."

　주연이 물었다.

　"우리가 한국을 떠난 뒤 연락이 되었나요?"

　"지금은 연락이 끊겼어."

　"도대체 토스쿠가 뭔가요?"

　주연이 의기소침하게 물었다.

　"왜 강인한 장 박사가 그토록 혼란에 빠졌을까요?"

　"뭔가 협잡이 있는 거야."

　박순익이 단정했다.

"하지만 주술사 할머니가……."

박순익이 말을 가로막으며 목소리를 올렸다.

"주술사 때문에 난 토스쿠의 허위를 더 확신하게 됐어. 그 치졸한 구걸이라니!"

태성이 부드럽게 이의를 제기했다.

"그걸 구걸이라고 하기는…… 섬에서 내려오는 풍습으로 봐야……."

"내 말이 그 말이야. 그놈의 미신에 얽힌 미개한 풍습!"

주연이 조심스럽게 앞으로 닥칠지도 모를 사건을 물었다.

"만약에 장 박사를 만나지 못하면요? 장 박사를 만나도 돌아가지 않겠다고 하면요?"

순익이 그런 고민을 깊이 생각해봤다는 표정으로 재빨리 답했다.

"그럴 리는 없지요. 뭔가 착오나 버그가 생긴 겁니다. 장 박사는 반드시 우리와 돌아갈 거요."

그는 당당하게 덧붙였다.

"우리가 장 박사에게 진 빚을 생각하면 그를 이렇게 버려둘 수는 도저히 없지."

그야 그렇지만, 하고 말하면서 오장욱이 무거운 분위기를 바꾸기 위해 소리쳤다.

"장 박사는 장 박사고, 주연의 목공 제작소 인연도 재미있을 것 같습니다."

주연이 미소를 지으며 말했다.

"모르고 지나가면 더 좋지 않을까요?"

"장 박사와 로봇 '후예'를 봐서도 그럴 수 없죠!"

"왜 갑자기 나를?"

"장 박사를 찾으면 좋겠지만 운이 따라야겠지요. 또 찾지 못하면 어때요? 우린 최선을 다할 뿐이에요. 밤은 기니까 주연의 이야기를 들어봅시다."

주연은 쉽사리 말을 꺼내지 않았다.

"신경정신과로 간 얘기는 맨정신으로 풀기 어려워요."

"다들 그렇지요."

"내 경우가 유별나다는 건 아니에요. 상처를 들춰보는 일은 힘겹죠."

"이 먼바다에서도요?"

"북극점에서 더 나아간 곳에서도 그래요."

"하지만 안개가 모두를 가린 곳에서는 가능하겠죠."

"어쩌면 그럴지도. 이제는 옛날을 얘기해도 되려나."

장욱은 주연에게 코냑을 따르고 '이곳으로 데려온 안개를 위해서'라며 건배사를 외쳤다. 주연은 연달아 두 잔을 마셨다. 그리고 선창을 휘감은 안개를 가리키며 안개에 몸을 감추고 싶었다는 이야기를 시작했다.

"안개를 만나면 오히려 설레죠. 내 인생의 마지막이 도착해야 할 목적지라고나 할까요. 나는 내 삶을 조각내서 안개에 묻어버리고는 내 자신 안개처럼 사라지고 싶었죠. 나를 옥쥔 족쇄가 너무나 단단해서 나를 감출 다른 세상이 있다면 그곳으로 빠져나가고도 싶었어요."

성주연은 기획사에 소속된 연기자였다. 대학의 연기학과와 연기학원이 해마다 연기자를 쏟아내는 데 반해 그들이 출연하고 밥벌이를 할 촬영공간은 늘 모자랐다. 세트와 의상과 장비가 필요한 영상예술은 자본이 들어가야만 돌아갔고 적자가 나면 투자자와 방송사는 사정없이 촬영을 접었다. 주연은 몇 년을 단역으로만 뛰었다. 연기자로 나선 첫해에 조역 자리를 잡지 못하고, 두 번째 해에 고정 배역을 받지 못하고, 세 번째 해에 뜨지 못하면 연기자의 길은 가시밭길이다. 도약하고픈 싱싱한 후배는 파도처럼 밀려들었다. 집에서 든든하게 받쳐주지 못하거나 인맥이 부실하면 치고 올라오는 후배들에게 순식간에 하류로 떠밀려 갔다. 날씬한 몸매와 맑은 피부와 유행에 맞는 옷차림은 끝도 없는 돈으로만 지탱되었다. 연기자의 길로 들어선 기쁨은 잠시였고 길고 완만한 몰락의 경사가 그녀를 기다렸다. 경사를 내려갈수록 다시 올라가야 할 가파른 길이 두려웠다. 아니, 오르막은 나타나지도, 기다리지 않는지도 몰랐다. 다시 올라가지 못할 직각의 벼랑만이 시퍼렇게 버티고 기다리는 지도 몰랐다.

"예술은 말이야."

선배 연기자가 주연에게 말했다.

"정상에 우뚝 선 1퍼센트의 예술가만을 원한다고, 10퍼센트는 조역이나 배경 역할로 살려두지. 나머지 90퍼센트는 몽땅 죽음이야. 단지 교수대에서 목을 매달지 않을 뿐이야. 우린 올무에 조여서 서서히 죽어가는 90퍼센트에 속해. 1퍼센트를 위한 거름이지. 그러니 네 꼴과 위치를 잘 알아 둬."

선배는 숨이 완전히 끊어지기 전에 그 바닥을 떠났다. 바닥을 떠나도 길이 딱히 보이는 건 아니었지만 대부분은 헛된 희망을 버리지 못하고 너무 늦게 바닥을 벗어나려고 시도했다. 그녀도 마침내 막다른 골목에 몰려서 5년의 세월을 연기자의 세계에서 보내고 수렁에 처박힌 자신의 꼴을 인정하기로 마음먹었다.

소속사 매니저는 절묘한 순간에 제안을 했다. 그녀는 자포자기의 심정으로 매니저의 제안을 받아들였다. 하늘에서 내려온 동아줄. 줄이 썩지 않았기만을 바랐다. 아니, 줄은 이미 썩어 있었다.

주연이 매니저로부터 호텔 출입카드를 받아 들었다.

"밤 9시부터 3시간이야. 어른께서 모임에서 주연을 본 적이 있어. 맘에 들어 하지. 그분 눈에 들기가 쉽지 않아."

매니저는 주연이 선택당했으니 기뻐하라는 표정이었다.

"시급이 세. 그분께서 직접 전해줄 거야. 직접 전하는 걸 좋아하니까."

매니저는 조금도 망설이는 기색 없이 유쾌해 했고 주연의 등을 두드리며 격려했다.

밖으로 나온 그녀는 카페에 들어가 조심스레 출입카드를 꺼내서 날이 선 흉기처럼 손에 올렸다. 9시까지는 아직 1시간이 남아 있었다. 싫다면 포기하거나 거절하고 원래의 생활로 돌아가면 된다. 이전 생활이 어땠지? 궁녀나 주인공의 비중 없는 친구와 동창생 같은 단역이 이어지는 세계였다. 보수는 방값과 식대와 교통비와 약간의 화장품을 사면 몽땅 사라지며 옷값이 만만찮지만 의류업체의 스폰서는 꿈도 꿀 수 없다. 바뀌는 계절마다 기본은 입어야 하며 카메라를 잘 받아서 인물의 역할을 살리는 출연 의상도 주연의 몫이었다. 기본으로, 남들에게 처지지 않게, 유행을 조금이라도 따라서 코디를 하려면 지갑은 탈탈 털려 너덜해졌다. 그녀의 지갑은 이제는 감당 못할 지출에 지쳐서 상처투성인데다 삐쩍 말라 뼈까지 튀어나올 정도였다.

그녀는 출입카드를 다시 지갑에 넣었다. 지갑이 닫히는 소리가 화장장의 소각로 문이 쿵 하고 닫히는 소리처럼 들렸다. 그녀는 호텔 앞까지 걸어갔다. "단 1분이라도 늦으면 끝장이야. 기다리는 법은 없어." 매니저의 목소리가 귀에 울렸다.

호텔 로비에 들어서자 붉은 대리석을 내딛는 하이힐의 또각대는 소음이 신경을 거슬렀다. 하이힐 소리는 그녀를 따라다니며 오늘 벌어질 사건을 각인시켜 그녀는 치미는 허탈감과 짜증에 구두를 벗어 던질 뻔했다. 호텔의 아무도 타지 않은 엘리베이터를 골랐다. 7층에서 멈춘 승강기로 들어선 외국인 남자가 스카이라운지를 누르고는 주연을 흘낏 살펴보았다. 그녀는 무심하게 엘리베이터 문을 장식한 화사한 무늬만 바라보다가 문이 열리자 카펫이 깔린 복도를 걸어 나갔다. 푹신한 카펫을 조용하게 밟는 하이힐에선 아무런 소리가 나지 않았다.

호텔의 보안요원은 층과 객장마다 깔린 감시카메라에서 특이하고 불안한 움직임을 잡아낸다. 주연은 침착하게 카드를 출입문의 손잡이에 밀어 넣었다. 여기서 우물쭈물하는 모습만큼 바보스러운 몰골은 없다고 결심을 세웠다. 그녀는 호텔의 방문을 열어 미지의 남자를 맞는 배역을 맡았고 충실하게 연기해내야 했다. 딸깍, 출입문이 열리자 그녀는 힘차게 문을 열었다.

179

창가의 갈색 탁자에서 창밖 도시의 풍만한 야경을 바라보는 그는 뒤도 돌아보지 않았다. 그는 뒤돌아 앉은 채로 주연에게 탁자로 오라고 손짓했다. 주연이 탁자에 다가가자 그는 천천히 돌아앉아 주연의 얼굴을 응시했다. 주연이 예상보다 젊은 그에게 고개를 숙이자 그가 병의 마개를 따서 잔에 와인을 부었다.

"와인, 마시지?"

묻는 건지, 독백하는 건지 모를 조용한 소리로 그가 말했다.

그녀는 자리에 앉으며 말했다.

"소개받은 성주연입니다."

"알고 있어."

건방지고 오만한 목소리였다.

"나를 모를 거라 생각해. 나를 알든 모르든 상관없지만 앞으로도 내가 누구인지 관심 가지지 마. 나를 K로 불러. 나는 받은 만큼은 돌려주고 약속한 거래는 꼭 지키지. 신용이 나의 표어니까."

그는 와인 잔을 부딪친 다음에 볼을 부풀리며 와인을 입속에서 굴렸다. 그리고 두 번에 나눠서 와인을 삼켰다.

"우리가 맺을 거래를 설명하지. 성주연, 당신 시급은 100이야. 대한민국에 한 시간에 100만 원을 받는 직업은 흔하지 않아. 적어도 한 달에 두 번, 6시간을 나와 보내야 하며 선불로 3개월치를 먼저 드리지. 때로 과도한 노동을 하게 되면 더블이야."

그는 과로의 내용을 말하지는 않았다.

"최소계약은 1년이고 양쪽에서 계약을 종료하면 서로가 볼일은 없어. 아. 당신은 계약종료권이 없어. 물론 영원히 묶는 건 아니야. 내가 원하면 3년은 지속해야 하고 3년이 지나면 내가 아무리 당신을 그리워해도 당신은 자유야."

그는 종이가방에서 5만 원짜리 세 다발을 탁자에 올렸다.

"선불 3개월치야."

그는 주연에게 두툼한 돈뭉치 위에 손을 올리도록 말했다. 그의 손을 그녀 손에 덮어 올리고는 수치심과 굴욕감을 담은 그녀의 눈을 똑바로 바라보았다. 그녀는 흡족하게 화인을 찍는 눈길을 피할 수 없었다.

"계약이 성립했어. 계약 증빙서가 있어야겠지."

그는 스마트폰을 꺼내 호텔 침대를 배경으로 그녀가 돈 묶음에 손을 얹은 사진을 찍었다. 그는 카메라의 화면을 보고는 건조하게 말했다.

"윗옷을 벗어."

그녀가 머뭇거리자 그는 화를 냈다.

"내 말, 못 들었어?"

그녀가 블라우스와 브래지어를 풀자 그는 뒤돌아서 앉으라고 말했다. 그는 주연의 뒷모습을 찍었다.

"계약 증빙서류야."

그는 카메라를 조작해서 그녀에게 사진 두 장을 보여주었다. 한 장은 옷을 입은 그녀의 정면 얼굴, 또 하나는 벌거벗은 상체 뒷모습이었다. 두 장의 사진은 그녀를 성격과 행실이 다른 둘로 나누어 따로따로 보여주는 것 같았다. 그녀의 손 아래로 웅크린 돈뭉치가 보였다.

3개월이 흐르자 주연은 연극의 조역을 얻었고 또 3개월이 지나서 드라마와 영화의 조역을 하나씩 챙겼다. 그러나 아직 자리를 잡는 것과는 거리가 먼 가벼운 조역일 뿐이었다. 9개월이 지나서 그녀는 드라마에서 비중 있는 조역을 처음으로 얻었다. 매니저는 건조하게 캐스팅 사실을 그녀에게 알렸고 친구들과 연기학과 동기들이 그녀에게 축하 전화를 했다. 동기들은 그녀가 출연할 드라마의 작가와 피디의 스타일을 귀가 따갑게 떠들면서 담당 피디가 키워 낸 배우들의 이름을 줄줄이 읊었다. 그리고 그날이 왔다.

K의 연락이 왔다.

"내일 노동은 과해. 내 그룹 멤버들이 맞을 테니까."

주연은 밤 10시에 그가 지정한 곳 주위에 도착했다. 밝고 번화한 상업 중심가에서 조금 떨어진 곳으로 이면

도로를 지나자 거리가 어두워지고 소음이 줄어들었다. 그녀를 태운 매니저의 승용차는 문을 닫은 7층 빌딩의 지하 주차장으로 들어갔다. 바깥에서는 안을 들여다보지 못할 진한 유리 선팅에 그녀는 마음을 놓았다. 지하 주차장과 엘리베이터에는 아무도 없었다. 그가 7층으로 올라가서 둔중한 철문의 비밀번호를 누르고 안으로 들어서자 중문이 나왔다. 대문보다 더 육중한 철갑인 중문에 달린 인터폰의 비밀번호를 누르고 벨을 누르자 안에서 현관에 선 사람의 모습을 확인하는 것 같았다.

문이 열리고 그녀는 안으로 들어섰다. 천장이 높아서 확 트인 느낌의 고급 빌라였다. 그녀는 거실용 신발을 신었다. 감촉이 좋은 벨기에산 카펫이 대리석 마루에 깔려 있었다. 어디선가 본 기억이 나는 흰색과 회색, 검은색의 물결무늬가 배치된 모던하고 세련된 디자인이었다. 거실은 솜씨 좋게 그려진 컬러 추상화 같았다. 탁자와 소파와 벽면에 맞춤형으로 짜 넣은 비비드톤 거실장은 무채색의 나무 벽과 조화를 이루고 있었다. 단순하면서 우아한 디자인의 샹들리에가 거실의 무게중심을 차지했고 벽에 걸린 몇 점의 추상화가 부드럽게 빛을 던졌다. 두 사람의 남자와 한 명의 여자가 그녀를 맞았다.

남자는 연한 줄무늬가 쳐진 블랙 슈트를 입고 있었다. 흰 와이셔츠에 붉은색 도트 넥타이를 맨 그는 즐겁고 풍족한 생활이 주는 나른한 분위기에 싸여 있었다. 다른 한 명은 훤칠한 키에 캐주얼한 옷차림으로 커다란 안경이 인상적이었다. 밤색 가죽소파에 앉은 여자는 주연도 이름을 알았다. 최근 드라마의 주연을 맡기로 발표된 신인 여배우, 황서은이었다.

그녀는 까딱 고개를 숙여 주연에게 인사를 하고 거실장의 장식으로 시선을 돌렸다. 주연은 동지를 만나 반갑기도 하고 두려운 마음에 그녀 옆으로 앉았다. 먼저 자리를 잡은 남자가 뭘 마시겠느냐고 묻자 주연은 황서은과 같은 칵테일을 요청했다.

남자 둘은 칵테일을 들고 그림 옆에서 서로 이야기를 나누었다. 오랜만에 절친한 친구를 만나 밀린 소식을 나누는 광경이었다. 서은이 칵테일 잔을 들어 주연과 눈을 맞추며 불쾌하다는 듯 말했다.

"쟤들은 꼭 사업 이야기를 먼저 한다니까."

서은은 잔을 손에서 빙글빙글 돌리며 무심하게 주연에게 말을 던졌다.

"계약한 지 얼마 됐어."

"1년이 다 되어가요."

"재선하려면 멀었네."

서은은 잠자코 있는 주연을 향해 다정하게 웃었다.

"3년이 지나면 재계약을 하지. 여기 그룹은 그걸 재선이라고 불러."

"재선을 거부하면 어떻게 되나요."

"재선을 거부해?"

서은이 아름다운 이마를 찡그리며 주연에게 말했다.

"여태 재선을 거부한 사람은 없어. 재선 되려 발버둥을 치지. 재선이면 그들 그룹의 정식 멤버가 되는 신뢰의 대가로 보너스에다 출연 대우가 확 달라지거든. 재선 파티가 괴롭지만 말이야."

주연이 고개를 끄덕였다.

"재선 파티에 들어오는 그룹은 몇 명인가요."

"남자들은 6명이야. 모두가 영향력이 쟁쟁한 집안들이고. 여자 멤버는 알기 어려워. 알아봤자 뭐하겠어?"

황서은이 일어섰다.

"오늘은 힘든 날이야. 저 남자 둘이 우리 둘을 공유하는데 그들 그룹은 모두 여자를 공유해. 질투도 없으니 아름답지."

그녀는 자신의 매력이 가득 실린 요염한 미소를 남자에게 던지고는 주연의 손을 잡고 침실로 끌었다.

"침실은 두 곳이야. 여기가 큰 곳."

킹사이즈를 두 개 붙인, 놀랄 만큼 큰 침대가 놓였고 벽한 면은 화려하게 테를 두른 통거울이 비치되어 있었다.

"긍정적으로 생각해. 우리 둘이 저 남자들을 공유한다

고 마음먹어. 나는 그렇게 생각하며 스트레스를 견뎌내거든. 때때로 격심한 과로도 있지만 나쁘진 않다고 생각해. 초과 근무에 특별한 배역까지 덤으로 얹어주니까."

그 뒤로 주연은 황서은을 몇 번 보았다. 별장의 과중한 노동 현장에서도 보고, 촬영장에서도 만났다. 공개적인 장소에서 만나면 그녀는 주연에게 눈길조차 주지 않았고 영화제의 만찬 파티에서 누군가 그녀에게 주연을 소개하자 황서은은 차갑고 의례적인 동작으로 악수를 했다. 그러고는 주연에게 가까이 다가오지 않았다. 그녀에게 주연은 유령에 불과해 아무도 없는 복도를 서로가 스쳐 지나가도 고개조차 돌리지 않았다. 별장의 파티에서 만나면 그녀는 살갑게 주연을 대하며 격려했다.

"우린 저 남자들을 이용해먹는 거야. 철저한 교환경제니까. 준 것보다 더 챙기면 그만일 뿐이야."

그녀는 마침내 괜찮은 평을 받는 영화제의 여우조연상을 받았다. 그녀가 환하게 웃으며 트로피를 들어 올리는 모습에는 어떤 승리감조차 느껴졌다.

주연이 긴 숨을 내쉬었다.

"정상은 멀지만 일단 산등성이까지라도 오르면 주위 경치를 조망하고 비교할 산들도 보이죠."

주연은 여러 번의 과중한 노동을 치렀지만 견디고 견뎌냈다. 아직 재선은 아니었다. 그때쯤 이미 황서은은 스타급 배우가 되어 있었다. 그녀가 말했다.

"재계약 파티는 그들 멤버에 정회원으로 들어가는 거야. 만만하지 않아. 그날 하루는 모두를 딱 잊어버리는 거야. 두꺼운 가면을 쓴다 생각하고, 너를 몇 시간만 죽이면 돼."

그녀는 주연의 어깨를 두드렸다.

"마취 해본 적 있어? 척추마취를 해보았다고? 그럼 알겠네. 누가 내 다리를 떼 내고 대신에 마네킹을 붙여놓은 것 같지 않았어? 누가 하반신을 훔쳐갔다가 몇 시간 후에 돌려주는 느낌 말야. 그거랑 같은 거야. 네 영혼을 하루 맡겨두고 다시 찾아오면 되지. 영혼은 닳지 않으니 넌 이득만 챙겨서 주머니에 넣어 오면 돼. 넌 변하지 않아. 달라지거나 망가지는 건 아무것도 없어."

배우란 누군가가 불러주어야만 쓰임이 있는 직업이었다. 없다고 해서 불편해할 사람도 없는 배우라는 직업은 자동차 정비사나 보일러 기사, 간호사와는 아주 다른 직종이었다. 아무 데서도 자신을 불러주지 않는 고통. 성주연은 무명의 설움을 충분히 겪었고 기억하기 싫은 아픔에서 벗어나고 싶었다. 그녀가 별장과 밀실이 친 울타리에 들어 있는 동안, 매니저는 그녀를 따뜻하게 대했다. 매니저의 가는 눈은 웃음으로 더 가늘어졌고 두툼한 입술은 욕망으로 반짝거렸다. 그녀는 점점 더 많은 조역을 안았고 출연 스케줄에 여백이 나면 연극에 출연했다. 3주 공연 일정이었지만 그녀는 가까이서 바라보는 관객과 호흡했고 그들의 시선을 받으면서 손과 몸과 얼굴 표정과 발성의 기본을 다졌다. 무대에서 개성적인 동작도 시험해 보았다. 수입이 늘어 그녀는 깜찍한 외제승용차를 사들였고 유행을 한발 앞서는 옷으로 치장하면서 잡지 표지의 모델로도 올라갔다. 매니저의 기획사에서 주연이 이름만 아는 여자 두 명이 주연급으로 발탁되었지만 그녀는 베일에 가려진 그녀들의 성장 배경이 궁금하지는 않았다. 성주연은 계단을 하나씩 올라갔고, 머지않아 전망대에 오르면 눈 아래로 펼쳐진 풍경을 감상하며 다리를 쭉 뻗어 쉴 여유를 부릴 것이다.

재선의 날이 다가왔다. 호수별장은 댐을 세워 건설된 호수에 붙어 있었다. 호수를 따라 구불구불 난 길을 접어들어 별장에 들어왔다. 별장도 이중문으로 대문을 통과하면 중문이 기다렸다. 관목과 키 큰 나무가 앞을 가리는 별장의 도로 쪽은 감시 카메라가 많이도 설치되어 있었다.

주연이 그날의 모욕을 참았다면, 그들 패거리에 입성하는 통과의례를 무사히 치러냈다면, 그녀는 지금쯤 느긋하게 조망대에서 쉬고 있을 터였다. 그날 주연의 상대자는 그녀를 공유하는 멤버가 아니었다. 여섯 명의 멤버는 친구들을 한 명씩 초청했다. 두 명의 여자를 포함한 멤버의 친구들이 주연을 차지했다. 눈 주변만을 가리는 가면과 빨간 초커와 앞과 뒤가 확 트인 보라색 드레스가 주연에게 주어진 차림이었다. 친구들은 주연의 목에 채워진 초커의 기다란 끈을 개 줄처럼 끌고 다니며 그들끼리 주연을 넘겨주었다. 목줄을 넘기는 것. 그것이 주연을 차지하는 방식의 중요한 기준이었다. 네 명의 남자들보다 두 명의 여자들이 그녀를 괴롭혔다. 여섯 명의 정규 멤버들은 어디로 사라졌는지 보이지도 않았다. 호화로운 가죽소파가 놓인 그곳에는 재선 목적의 주연 외에도 갓 입실한 신참들이 보였다. 신참은 놀랍게도 남자였다. 그의 조련된 근육은 호수별장에 적응해서 다소곳하게 풀려 있었다. 멤버의 친구들은 신참 남자에게도 관심을 보였으나 그날 밤의 주된 먹이는 주연이었다. 주연이 당했던 여러 일을 상세하게 말할 필요는 없으리라. 그녀는 끽소리도 못 내고 고개를 쳐들어 주인의 심기만을 살피는 한 마리 애완동물에 불과했다. 그녀가 거부하는 기색을 잠시라도 비치면 누군가가 쥔 그녀의 목줄이 당겨지며 그녀에게 선택을 강요했다. 그들은 그녀의 반응을 예상하고 따져보며 즐겼다. 전망대와 정상에서의 삶과 아무도 모르게 망각되는 생존이 앞에 놓였다. 신참들은 술을 마셨고 비틀댔으나 주연에겐 한 방울의 술도 주어지지 않았다. 그녀가 술에 흠뻑 취했더라면 견디기가 수월했을 것이나 주연은 멀쩡한 정신으로 그 모든 자세와 행위를 견뎌야 했다. 그녀의 정신은 마취되지 않았다. 척추마취도, 부분마취도 없이 그녀의 생살은 찢어지고 근막은 열리고 인대가 끊겨나갔다. 그녀의 목을 단단히 채운 초커는 마음의 마지막 한 조각까지 텅 비울 것을 요구했다. 그녀는 형편없이 바닥까지 굴복하고 망가져야만 했다.

새벽에 주연은 별장을 빠져나왔다. 선착장으로 향하는 작은 문은 안으로만 자물쇠가 걸려 있었다. 그녀는 선착장으로 나와서 검은 안개가 차지한 호수의 흐릿한 물결 옆에 주저앉았다. 가슴이 울컥했다. 호수 쪽의 선착장에 모터보트가 두 대 쉬고 있었고 모터보트 옆에 나무보트가 한 척 매여 있었다. 보트로 다가가 노를 건드리자 잔물결에 가볍게 흔들리는 보트가 그녀에게 아무 곳이나, 되는 대로, 흘러가 보자고 말을 건넸다. 너무도 오래 선착장의 기둥에 매여 있었다고 보트가 부르짖는 것 같았다.

주연은 나무보트에 올라 선착장에 묶은 로프를 붙잡고 잠깐 망설였다. 로프를 걸어내면 다시 돌아오지 못할 길이었다. 그녀의 가슴에서 치밀어 오르는 무엇이 로프의 매듭을 풀게 했다. 왜 주연이 별장으로 돌아가지 않았을까? 별장과 보트를 선택한 감정의 선은 미묘해서 종이 한 장을 올려놔도 무게중심이 변해 반대편으로 넘어갔을지도 모른다. 그래서 주연은 그날 밤을 회상하면 자신의 선택 이유를 똑 부러지게 밝히지 못했다. 지긋지긋하다는 느낌이 온몸을 기어 다녔지만 진저리나는 삶은 이미 몇 년째 이어져오고 있었다. 갑자기 정상의 전망대가 아무런 매력이 없는 하찮은 장소로 보이기도 했다.

오랜 시간 열렬한 연애를 이어온 커플이 사소한 다툼으로 결별로 치닫는 경우가 있다. 무공훈장을 여럿 받은 용감한 병사가 난데없이 탈영하는 것처럼, 성공해서 모두가 찬양하는 거물 음악가가 새벽에 목을 매단 시체로 발견되는 것처럼 그녀는 불쑥 튀어나온 감정을 막을 수 없었다. 모두가 귀찮았고 부질없었다. 호숫가를 찰싹이는 물결과 먹빛 물색에 그녀는 충동적인 우울감을 느꼈고, 감정이 지속될 수록 심장과 폐가 점점 무거워져서 숨쉬기도 힘들었다. 자신의 가슴에서 뛰쳐나온 거부감을 억지로 잡아서 누른다면 그녀는 얼마 지나지 않아 호수에서 몸을 던질지도 모르는 일이었다. 정식 멤버들이 그녀를 차지했더라면 그녀는 계속해서 그 길을 걸어갔을지도 몰랐다. 그러나 그녀가 익숙했던 멤버들은 단 한 번도 나타나지 않았고 그녀를 사자 우리 속에 던져두고 별장의 어딘가로 사라졌을 뿐이다. 주연이 보트를 탄 이유라면 그런 것들이었다. 그러나 그것도 억지로 지어낸 핑계였을 것이다. 그녀는 정상에 발을 디디기 몇 걸음 전에 닥치는 지독한 허무감에 무너지고 만 것이다. 정상 가까이 올라간 사람만이 몇 발짝 멀지 않은 정상이 동네의 언덕만도 못하다는 자괴감의 공포를 홀로 맛볼 수 있으리라. 어쩌면 그때 그녀는 또 다른 나라고 하는 토스쿠로 이미 변한 것인지도 몰랐다. 그녀는 홀로 이 세상을 떠나 또 다른 문으로 넘어가고 있는지도 모른다. 장 박사가 섬에서 만났다는 토스쿠도 그런 고통에 허덕대는 존재가 아니었을까?

주연은 밤의 장막으로 보트를 내밀었다. 건너편 저 멀리에 가로등의 희뿌연 빛이 걸려 있었다. 그녀는 보트의 노를 몇 번 젓고는 물의 흐름에 몸을 맡겨두었다. 호수 맞은편 도로에서 자동차의 가느다란 빛줄기가 달려가고, 짙은 구름 뒤에 갇힌 달이 호수로 내려가는 희미한 빛을 겨우 짜내고 있었다. 주연은 뱃전에 찰랑찰랑 부딪히는 물소리를 들으며 간간이 노를 저었다. 주연은 영혼을 별장에 두고 와 이미 넋이 죽은 상태였다. 흔들리는 보트 바닥에 누운 그녀는 좁고도 어두운 하늘을 지켜보았다. 보트는 죽음과 수치와 탐욕이 가득한 물 위를 영원처럼 맴돌았다.

주연이 맞은편 호숫가에 닿은 것은 밤의 자락이 조금

씩 후퇴할 즈음이었다. 그녀가 무턱대고 도로에서 손을 흔들자 낡은 승용차 한 대가 놀라 멈춰 섰다. 머리와 수염까지 은빛으로 센 노인이었다. 어깨가 구부정한 노인은 뒷자리에 그녀를 태우고 아무 말을 하지 않았다. 차는 굽이굽이 호숫가를 돌았고 한참을 지나서야 차량 한 대가 마주 지나가며 불빛을 쏘고는 사라졌다. 노인이 자신의 목을 툭툭 치면서 말했다.

"거 뭐라고 하는지, 목에 걸려 있는 것 말이오."

주연이 손을 올리고는 목줄이 매여 있는 것을 깨달았다. 주연은 줄을 풀어 살그머니 자리에 내려놓았다. 그녀는 노출이 심한 보라색 드레스 차림 그대로였다. 노인이 말했다.

"괜찮다면, 할멈이 텃밭에서 입는 옷이 있소."

주연이 고개를 끄덕이자 노인이 트렁크에서 흙이 달라붙은 헐렁한 바지와 티셔츠를 꺼냈다. 그녀는 화려한 보라색 드레스를 벗고 작업복으로 갈아입었다. 공들여 틀어 올린 머리와 진주 귀걸이 한 쌍, 하이힐이 치욕을 담은 허물로 그녀의 옆에 놓인 드레스를 지켜보았다.

자동차는 덜그럭대며 길을 돌아 나갔다. 호수는 검은 물빛이 사라지고 희뿌옇게 아침을 향해 떠오르고 있었다.

"돈은 있어?"

주연이 고개를 가로젓자 노인은 낡은 지갑에서 지폐

석 장을 꺼내 주연의 작업바지에 달린 주머니에 쑤셔 넣었다. 노인이 시외버스 정류소 앞에 차를 세웠다.

"오래전에 호수에 여자 시체가 떠올랐어. 붉은 드레스에 목걸이와 귀걸이가 대단했지."

노인이 가래가 끓는 목소리로 말했다.

"바보 같은 짓이었어. 아무도 기억하거나 알아주지도 않고 말야."

노인은 주연의 팔을 한 번 쳤다. 그건 어떤 다짐을 요구하는 동작 같았다.

"서울행은 첫차가 곧 떠나."

주연이 고개를 숙이고 차에서 벗어났다. 출발을 기다리는 시외버스는 텅 비었고 운전사가 검표를 겸했다. 그는 성주연의 작업복과 새빨간 하이힐의 이상한 조합을 보고도 습관적으로 표를 확인하고는 운전석으로 돌아가서야 뭔가 미심쩍은지 몸을 돌려 주연의 얼굴을 슬쩍 훔쳐보았다. 그녀는 눈을 내리깔고 뒷좌석으로 가서는 안전벨트를 채우고 몸을 웅송그려 눈을 감았다.

그녀는 연락을 끊고 하루를 집에 처박혀 있었다. 이틀이 지나 매니저의 전화가 울렸다.

"왜 그랬어?"

그는 껌을 질겅질겅 씹고 있었다. 주연은 대답하지 않았다. 그때의 얽히고 층층이 쌓인 감정을 전달할 말이 떠오르지 않았다. 복잡 미묘한 느낌을 자신에겐들 제대로 밝힐 수 있을까.

"그냥."

그건 이유가 되지 못했다.

"멍청한 년!"

매니저는 화가 나면 빠르게 말을 이었다.

"결벽한 척하지 마. 순수한 척 위장하지도 마. 세상의 어느 돈 버는 직장이든 네 일과 똑같아. 강도가 세거나 약한 차이가 있을 뿐이야. 넌 재선되지 못했어. 그걸로 끝이야."

내정된 영화 배역이 취소되었다. 출연 차례를 기다리는 배우는 그녀 말고도 줄을 섰다. 그녀는 지하로 가는 계단에서 아래로 떠밀리며 순식간에 잊혀졌다. 모아두었던 돈은 손가락 사이로 술술 빠져나가 감당이 되지 않았다. 돈을 아껴 써도 꼭 나가야 할 지출을 막을 방법이 없었다. 어느 날 친구가 주연에게 전화를 했다.

"너를 가리키는 기사 같기도 한데. 검색창을 쳐봐."

주연은 각오하고 있었다. 무엇을 각오했는지는 그녀도 몰랐지만 그들의 충실한 앞잡이인 매니저가 그냥 물러나지는 않을 것이었다. 제목이 자극적이었다.

'연예계 고급 콜걸 소문.'

최근 배역에서 사라진 뜨지 못했던 모모에 관한, 눈여

겨볼 것도 없는 기사였다. 인물과 뒷거래와 쾌락을 은밀하게 암시하며 행간을 흐르는 모호함이 상상력을 자극했다. 인턴기자가 지면을 때우려 창작한 알맹이 없는 기사처럼도 보였다. 대중은 그녀인 줄을 알아채지 못하겠지만, 업계에서는 그녀임을 추측하고 확정하리라. 업계도 공개적으로 그녀 이름을 거론하지 않고, 그녀가 나온 대학의 연극영화과도 그녀 이름을 드러내지는 않는다. 그러나 그들 모두는 내밀하게 안다. 기사가 어떤 의미인지를.

주연은 깜박거리는 마우스 커서를 멍하니 바라보았다. 인터넷에 오른 기사는 삭제되지 않아 서버에 도사리다 누군가 불러내면 송곳니를 세우고 튀어나온다. 영원한 주홍글씨였다. 기사를 통한 은밀한 복수는 한 번 더 이어졌다. 성주연, 그녀는 불면과 우울증으로 침대에 못 박혔다. 두 달 동안 폭풍이 몰아치는 세상 속 하나뿐인 구명정인 침대에서 기어코 떨어지지 못했다. 그곳을 벗어나면 주연에게 침을 뱉을 군상들이 우글대는 것 같았다. 침대를 벗어나 방문을 열면 웅성대며 기다리던 군중들이 그녀를 광장의 화형주로 끌고 가 발가벗겨서는 기쁨에 넘쳐 불태우는 모습이 그려졌다. 살이 타는 구역질나는 냄새가 그녀의 코를 괴롭혔다. 그녀는 문밖으로 나서지 못했다. 방문 앞에는 눈과 팔다리가 수십 개씩 달

린 동물과 길이가 몇 미터는 되는 통통한 기생충이 그
녀를 먹어치우기 위해 기다렸다. 그녀는 매일 같은 망상
에 시달렸다. 시간이 더디고 느리게 가서 두 달이 몇 년
의 세월로 그녀를 짓눌렀다. 여러 차례 자신의 장례식을
치르고 관을 묻었으며 힘들게 들었던 잠에서 깨면 장례
식이 반복되었다. 우울증의 리듬은 낮에는 호전되었다
가 아침이면 심해졌다. 망상 속 괴물은 그녀를 마구 끌
고 다니며 내동댕이치고 납으로 만든 독방에 홀로 가두
는가 하면, 손가락 하나 꼼짝 못 하게 무기력하고 허탈
하게 만들었다. 머리를 감고, 이를 닦고, 물을 한 잔 마시
는 일상에도 우주적 차원의 에너지가 필요했다.

그녀는 마침내 침대에서 최혜신 신경정신과 의원에게
전화를 걸고 의사와 직접 통화를 부탁했다. 간호사는 망
설이다가 예약을 해서 방문하기를 권했다.

"제가 그럴 형편이면 전화를 걸지는 않겠죠."

간호사는 주연의 전화번호를 받아서는 의사에게 전
해주겠다고 말했다. 얼마 지나지 않아 최 의사는 그녀와
통화하면서 치료를 하기 위해서는 문을 나서 병원으로
와야만 한다고 말했다.

"전 그럴 형편이 아니에요. 문이 호텔의 문, 제가 있었
던 별장의 문처럼 여겨져 열고 나갈 수가 없어요."

"알겠습니다."

의사가 그녀의 방을 찾아와서 직접 약을 처방해 주었
다. 주연은 의사의 손에 의지해 문밖으로 나가는 걸음마
를 시작했고 차도를 보이다가 마침내 장 박사의 목공 제
작소로 나가 심리치료를 이어가게 되었다. 그녀가 직소
로 나무를 재단하는 모습을 보고 기웃대는 '후예'에게
미소를 보내게 된 것은 한참 후였다. 주연이 우울증에
걸린 후에 처음으로 미소를 보낸 대상은 사람이 아니라
로봇이었다. '후예'는 기분이 좋으면, 그녀에게 손을 흔
들고 몸을 끄떡대며 자신의 감정을 알렸다. 적어도 지금
까지의 '후예'는 한편으로는 손을 흔들면서 교묘한 음모
로 그녀의 뒤통수를 후려치거나 그녀가 구렁텅이로 빠
지는 모습을 즐기는 두 얼굴을 지니지는 않았다. 그녀는
장 박사와 대화를 나누면서 그가 존재 자체만으로도, 몇
번의 대화만으로도 사람을 안심시키는 묵직하고 신뢰할
만한 사람임을 알았다. 장 박사에게도 그가 창조한 '후
예'와 닮은 점이 있었다. 그녀에게 필요한 믿을 만한, 알
게 모르게 의지할 만한 사람이었다.

　　태성이 물었다.

　　"목공이 걷기나 배드민턴보다 좋았던 모양이죠?"

　　"아뇨. 그보다 내 손으로 흔들의자를 만들고 싶었어
요. 불면증에 걸린 사람의 생활을 낫게 할 물건으로 볕
좋은 곳에 내놓고 흔들어대며 졸고 싶었거든요. 장 박사

도 로봇 '후예'가 흔들의자를 만들기를 고대한다고 했지요."

"흔들의자 제작이 희망이었다?"

"목공소에서 꿈이 그랬지요. 더 큰 꿈은 나를 완전히 모르는 세상으로 떠나는 거였지요. 내 이름과 과거를 싹 지워버리고 새로 탄생하는 장소. 그런 곳이 어딘가에 있겠지요."

12

 성주연의 얘기를 들은 모두는 조용했다. 박순익이
말했다.

"장합니다."

 오장욱이 코냑을 주연에게 따랐다.

"한 잔 마셔요. 당신은 의사를 찾을 이유가 충분해요.
난 점수가 모자라지 않는가 가끔 고민합니다만⋯⋯."

 주연이 가볍게 입을 대고 장욱 혼자만이 잔을 비웠다.

"내가 「재기」라는 희곡을 썼지요. 번번이 실패하는 사
람이 우여곡절 끝에 다시 성공하는 내용이에요."

 주연이 쓸쓸하게 웃었다.

"현실에선 조역배우의 종말과 재기에 아무도 관심을
쏟지 않아. 시간은 모든 것을 쓸어 담아 제멋대로 던지
며 지나가고 우리는 빠르게 달리는 시간에 떠밀려서 가
까운 몇 사람의 얼굴을 간수하기에도 바빠요."

 폭풍과 안개에 이어 찾아온 기이한 밤이었다. 얼마 전

까지 헌터호를 덮친 재난에 비하면 이곳은 편안하기 짝이 없었으나 화물선에 탄 네 사람은 그다지 안락하지 않았다. 화물선을 덮친 안타까운 운명이 험악한 항해를 마친 그들을 맘 편하게 쉬도록 놓아두지 않았다. 그들이 화물선과 장 박사, 그리고 각자의 운명에 관한 상념에 빠진 사이에도 들들대는 기계음이 끊이지 않고 선실을 울렸다.

주연이 물었다.

"무슨 소리에요? 불쾌해요."

태성이 벽에 손을 대보았다.

"전기를 공급하는 발전기가 도는 소리야."

방랑하는 선박은 기계음으로 자신이 살아 있음을 알렸다. 태성 일행이 대화를 나누면 그 소리는 의식에서 사라졌다가 말이 끊기는 사이를 파고들어 왔다. 주연이 관자놀이를 누르며 말했다.

"짜증 나요. 없앨 수는 없나요?"

태성이 말했다.

"배에 머무르면 선박의 맥박과 같은 저 소리에서 벗어날 수가 없어."

주연이 벽에 손을 대자 진동음이 손을 타고 전해지며 그녀의 피를 따라 돌았다. 그녀는 한숨을 쉬었다.

"우리가 배를 떠나야만 저 소리에서 해방되는 거네요.

아니면 배가 고철 덩어리로 바뀌거나 침몰해야만 되겠네요."

장욱이 말했다.

"배가 금방 침몰할 것 같지는 않은데."

발전기는 끊임없이 소음을 뱉어내었다. 주연은 배의 바닥과 벽면을 타고 흐르는 우울하고 단조로운 소리에 지쳤다. 소음은 귀만이 아니라 온몸으로 파고들어 두개골에서 폐와 위장까지 흔들어놓았다. 태성이 제안했다.

"갑판이라도 한번 돌고 오지요. 파도 소리를 들으면 나아질 겁니다. 아무래도 기계음보다는 듣기 좋은 자연의 소리니까요."

태성은 주연을 안내해 선실 복도를 따라 측면의 묵직한 철문을 열었다. 철문을 붙잡은 손을 놓자 문이 끼익 소리를 내며 천천히 닫혔다. 밖으로 나서자 안개가 이미 물러나 파도의 오르내림이 눈에 보였다. 선박은 내려진 닻을 중심으로 조류의 흐름에 올라타 방향을 바꾸는 것 같았다. 바다는 자신의 몸 위에 뜬 물체를 흔들어버려 묵직한 닻도 선박을 바다에 고정시키지 못했다. 그들은 배의 측면 통로를 지나 갑판으로 나갔다. 갑판에서 주연이 닻을 내린 구멍을 들여다보았다. 컴컴한 구멍은 깊고 깊어 주연을 음울하게 마주 보는 것 같았다.

배는 항구에 닿을 때까지 움직여야만 하는 존재였다.

출항은 했지만 어느 항구로도 들어가지 못하는 배라니, 주연은 갑자기 선박이 해무가 만들어낸 환영처럼 느껴졌다. 이 순간이 꿈이 아닐까도 의심했다. 그러나 선창 유리는 두꺼웠고 그들이 딛고 있는 갑판도 강철이었다. 그녀는 철판에 분명히 발을 디뎌 몸을 세웠고 추락하지 않았다. 그래도 마음이 놓이지 않아 그녀는 발을 한 번 쿵 굴려보았다.

발전기가 돌아가는 소리는 갑판으로 나오자 사라졌다. 먼 구름 사이로 밀려나는 번개가 홀로 번쩍이다가 다시 안개가 밀려왔다. 태성은 조심스럽게 선수로 갔다. 갑판 바닥의 철판에서 발을 헛디디며 주연이 넘어질 뻔하자 태성은 조심스럽게 주연의 손을 잡아 세웠다. 그들은 바람에 사라지는 안개 사이로 선수가 희끗희끗 보이는 지점까지 올라왔다.

주연이 말했다.

"어제 잠깐 졸면서 이상한 꿈을 만났어요."

"이상한 곳에서 이상한 꿈을 만났네요."

"그러게 말이에요."

꿈에서 주연은 낯선 배의 갑판에 서 있었다. 갑판에 어느 건물에서나 흔한 문틀과 둥근 손잡이가 붙은 회갈색 철문이 서 있었다. 낡은 문은 평범하고 자연스러워 선박을 건조할 때부터 그곳에 붙어 있는 것 같았다. 주연이 문손잡이를 잡아 돌려서 살그머니 밀었다. 문은 천천히 열리더니 뒤쪽에서 누가 문을 잡아당기는 것처럼 활짝 젖혀졌다. 문으로 보여야 할 배의 구조물은 사라지고 회색 빈 공간만이 그 자리를 차지했다. 문으로 보이는 공간은 진회색의 허공이었으나 따뜻하면서 밝아 보였다. 이질적인 존재이면서 화사한 기운을 퍼뜨리는 문은 새로운 공간으로 초대하는 느낌을 물씬 풍겼다. 주연이 목을 빼서 문을 쳐다보자 문 역시 그녀를 유심히 관찰하는 것처럼 느껴졌다. 거리낌 없이 주연이 문 안으로 들어서자 잿빛 공간이 그녀를 맞이했다. 주위가 뿌옇게 변하면서 어두워졌다가 먼 곳에서 흰 빛이 들어오기 시작했다. 주연은 똑바로 서 있었다. 그녀는 자신이 디디고 선 곳을 조심스럽게 살펴보았다. 발걸음을 앞으로 디뎌 보고 허리를 숙여서 모래를 손에 쥐었다가 손가락 사이로 흘려보았다. 그리고는 당황스러운 동작으로 발을 힘차게 차보았다. 파도 소리가 들려오는 바다 한가운데의 섬이었다.

그녀는 심호흡을 하고 몸을 반대편으로 돌려 자신의 예감을 확인했다. 하늘이 흐려 햇살은 희미하고 바다의 청색도 선명하지 않았지만 똑같은 곳이었다. 모래를 집어 획 하고 뿌리자 바닥으로 떨어졌다. 그녀가 걷자 땅이 그에게 묵직한 촉감을 전했다. 꿈속에서도 주연은 다른 사람은 어디에 있을까 찾으며 주위를 둘러보았다. 아무도 없었다. 주연은 떨리는 몸을 재촉해서 경사를 따라 언덕 꼭대기에 놓인 연못으로 향했다. 그녀는 자신의 다리근육을 움직여 걷고는 있었지만 실재의 세계에 있다고는 믿지 않았다. 보고 듣고 만지는 감각이 실재로 보여 혼란스럽고 정신없지만 그녀는 냉정하고 침착하게 눈앞에 보이는 사건을 판단하려 애썼다. 이건 꿈인 줄 알면서 꾸는 꿈인지도 모를 일이었다. 꿈에서는 자신의 뜻대로 하늘을 나르고 단숨에 높은 바위를 넘지만 언젠가 깨어나야만 했다. 그녀의 예상대로 다른 사람들은 종전에 그들이 머물렀던 연못 옆에 쓰러져서 자고 있었다. 어디에서도 그들을 부르는 소리가 들리지 않았고 어떤 선박도 보이지 않았다. 사람이라고는 없는 텅 빈 공간의 공포감이 날카롭게 주연의 몸을 뚫고 지나갔다.

주연이 말했다.

"얘기를 계속할까요?"

"그렇게 꿈이 자세하다니 재미있네요."

주연이 연못의 맞은편을 바라보자 흐릿한 이미지로 여자가 나타났다. 주연이 놀라서 뚫어지게 그 여자를 지켜보았다.

그림을 그리고 있는 여자는 흐린 날의 빛을 통해 이미지가 흐릿하기는 했지만 아무리 봐도 턱선과 얼굴 윤곽이 주연을 닮지는 않았다. 의자에 앉아서 풍경을 스케치하던 그녀는 그림이 맘에 들지 않는지 일어나서 화실을 천천히 걸었다. 그러더니 화실의 열린 창을 통해 바깥을 내다보았다. 창 바깥으로 나타난 해변은 날씨가 화창해 수면에 반사된 햇빛이 주연의 눈을 찔렀다. 깔끔한 줄무늬 원피스에 붉은 튤립 모양의 장식이 달린 금목걸이를 걸친 여자는 골똘하게 생각에 잠긴 모양으로 돌아서서 책상 앞으로 갔다. 그러다가 뭔가를 기억해낸 듯 고개를 돌려 주연과 정면으로 얼굴을 마주쳤다. 하지만 흐릿한 이미지의 여자는 주연이 자신을 뚫어지게 쳐다보는 걸 모르는 모양이었다. 주연은 여자의 이미지를 살펴보며 차분하면서 우아한 분위기가 마음에 든다고 생각했다. 여자가 머문 공간에는 달콤하고 부드러운 향기가 흘러 주연은 코로 공기를 한참 들이마시면서 어머니의 품에 안긴 아기의 포근함에 젖어들었다.

'향기가 나에게까지 흘러나오는 걸까? 아니면 이건 나의 착각인가?' 그러나 주연의 정신은 말짱했고 막 짠 물감의 냄새까지 풍겼다. 주연은 손을 뻗어서 그 이미지를 만지고 싶다는 충동에 사로잡혔다. 허공에서 자신을 만지는 손을 느끼면 그 모습이 얼마나 놀랄까 하는 생각이 들었지만 만지고 싶은 충동이 너무 강렬해 억제할 수 없었다. 위험할지도 모른다는 두려움이 뻗어 나가는 손을 막았다. 여자는 캔버스로 발걸음을 옮겨 완성된 그림을 살펴보는 모습이었다. 흐릿한 사람의 모습과는 달리 무인도를 그린 커다란 그림은 비교적 선명했다. 흰 백사장 옆으로 경사가 급한 바위가 펼쳐지고 그림 아래쪽으로 강렬한 햇살에 눌린 회색 가시덤불이 메마른 생명을 근근이 이어가고 있었다. 시든 덤불은 모래에 둘러싸여 어디에도 탈출구가 보이지 않았고 겨우 목숨을 부지하고 있을 뿐이었다. 여자가 그림 앞을 떠나 벽의 화면을 향해 리모컨 스위치를 누르고는 막 시작한 화면에 시선을 고정했다. 호수와 나무보트가 나타났다. 소녀가 망설이면서 나무보트에 올라타서 노를 저었다. 뒷모습을 보이는 소녀는 무섭도록 검푸른 호수를 가로지르기 시작했다. 주연이 손을 들어 눈물을 닦았다. 꿈속에서도 눈물은 짭짤했다.

주연이 말했다.

"전 그림 그리기를 좋아했어요. 꿈이 어째서 나의 소망과 가슴 아픈 기억을 함께 담아냈을까요. 이 먼 곳에서요."

태성이 심드렁하게 말했다.

"헛된 꿈에 불과해요."

"혹시 토스쿠라고 들은 그 무엇이 꿈에 나타난 건 아닐까요?"

"글쎄요. 주연을 닮지는 않았으니 토스쿠는 아니지요. 하지만 정체를 캐내려 깊게 고민할 필요는 없어요. 어차피 꿈이에요."

"그러나 놀라운 모습 아닌가요? 그리고 설령 꿈에서라도 토스쿠를 만나면 좋은 일, 또는 나쁜 일이 벌어지는 건 아닐까요?"

"아니 그렇지 않아요. 그건 꿈의 이미지에 불과하지만 설령 주술사가 말하는 그걸 만났다 해도 좋은 일만 생기지요. 일어난 모든 일은 좋은 일이에요."

"지나간 일은 모두 좋았다고요?"

"그렇죠."

"그렇지는 않아요. 제 경우만 보더라도……."

"내 얘기를 먼저 해드리죠. 보호시설을 나와 길거리에 나온 소년에게 무슨 일이 벌어졌는지……."

태성은 주연을 다독거리며 말을 이어나갔다.

"소년은 직장을 구해서 하나를 시키면 둘을 해내면서 열심히 일했죠. 그러다가 소년을 팽개친 어머니가 찾아왔어요. 소년이 취직을 하는 바람에 자신이 기초생활수급 대상에서 빠지게 되었으니 자신의 생계를 책임져 달라고 말입니다. 가족관계로는 소년의 어머니로 여전히 등재되어 있으니까 말이야. 소년은 뻔뻔스럽고 당당한 어머니의 얼굴을 물끄러미 쳐다보았지요. 쓰러진 나무

토막을 보는 느낌이었고 그는 자신이 그 여자의 자궁에
서 자라서 세상으로 나왔다는 사실을 믿을 수가 없었어
요. 여자가 계좌번호를 적어준 종이를 건네주고 사라지
자 소년은 종이를 찢어서 쓰레기통에 처넣고는 사는 방
을 옮겼지요. 전화도 바꿔버리고 말입니다."

"어머니와 인연을 끊었다는 말이에요?"

"그렇죠."

"그 일도 이미 벌어졌으니 좋은 일인가요?"

"그럼요. 아주 잘 된 일이지요. 난 늘 어머니에 대한
환상에 젖어 있었으니까. 나를 보호시설에 처넣은 건 피
치 못할 사정이 있어서일 거야. 언젠가는 나를 이곳에서
꺼내서 함께 살게 될 거야. 어머니가 나를 꼭 껴안고 이
곳으로 보내서 미안하다, 정말 미안하다는 말을 하면서
울어 눈이 퉁퉁 붓고 나도 울고 있겠지. 난 그리워하던
엄마의 냄새에 취해 괜찮아, 괜찮아, 엄마의 잘못이 아
니야 소리치면서 꼭 매달리겠지. 그리고 엄마가 해 주는
밥을 배부르도록 먹으면서 오순도순 살아 봐야지. 뭐, 그
런 환상 말이에요. 그건 잘못된 꿈이었고 성취될 수 없
는 망상이었고. 그래서 나는 그 꿈을 깨끗하게 지워버리
고는 부모 곁에 행복하게 자랐으면서도 징징대는 사람
을 경멸하게 되었죠."

"경멸한다고요?"

"그래요. 장님은 두 눈을 멀쩡히 뜨고 있으면서도 살기 힘들다고 징징대는 사람을 경멸할 거야. 휠체어를 타고 다니는 사람은 두 발로 멀쩡히 다니면서 세상을 못마땅해 하는 사람을 깔볼 거고. 폐가 망가져 호흡기를 단 사람들은 멀쩡하게 숨을 쉬면서도 불만 가득한 사람을 우습게 볼 겁니다."

안개가 걷히면서 주연의 화난 얼굴이 드러났다.

"감당하기 힘든 짐에 깔린 사람들이 많아요. 그건 육체적인 능력과는 다른 견디기 힘든 고통이에요."

"그런 짐 따위는 없어요."

"없다고요? 무슨 말이에요?"

"전혀 없어요. 착각일 뿐입니다."

"이봐요. 당신이 선장이지만 괴로워하는 사람을 깔볼 자격은 없어요."

"그렇지. 난 주제넘은 선장이야."

태성이 말했다.

"예전에 인생의 무서운 비밀을 털어놓은 친구가 있었어요. 저런 비밀을 안고 어떻게 살아갈까 싶은 무시무시한 이야기였죠. 그는 이틀 후에 자살했어요. 당신도 겁나는 비밀을 털어놓았거든. 죽음이 바로 옆에 굴러다니는 먼 바다에서 말이에요."

태성이 주연의 어깨를 잡아 쥐었다.

"더구나 난 험악한 바다에서 괴상한 섬으로 배를 몰고 가고 있죠. 승객들은 어딘지 수상하고. 어쨌든 당신이 내 배에 타고 있는 동안은 난 당신을 책임질 겁니다. 고이 보라카이로 모셔 가는 게 선장의 책무고 남 사장과 그의 가족을 위한 나의 노력이니까. 승객이 운항 도중에 사라졌다? 어떻게 될 것 같아요?"

주연이 태성의 손을 뿌리치면서 난 자살하지 않는다고 말했다. 그러나 그 손길에는 강한 힘이 실리지를 않았다. 주연이 말했다.

"우린 이미 죽은 삶을 살고 있는지도 몰라요."

"그럴지도."

태성이 말했다.

"여기가 저승이라도 내 배에서 내리기 전에 함부로 움직이면 안 돼요."

"어디로 가든지 관여할 바가 아니잖아요."

"내 배에서는 악착같이 관여할 거야. 난 내 승객들을 절대로 놓치지 않을 거고. 그게 선장이 배에서 존재하는 이유니까."

태성은 할머니 주술사가 그의 팔목에 맨 팔찌 하나를 풀어 주연에게 매주었다.

"이걸 매요. 인생에 효험이 있을지도 모르지요."

"미신이라면서요?"

"미신도 없는 것보다는 낫겠지."

둘은 온 길을 되짚어 선실로 돌아갔다. 주연이 머리를 식히러 나왔다가 심각한 꿈 이야기에 빠졌다고 말했다. 장욱이 골치 아픈 꿈에 시달리는 것보다 한 번씩 깨는 잠이 낫다고 말했다.

"난 오래전부터 1년에 한 번씩 깨는 잠이 더 행복하지 않을까, 꿈 꿔 왔죠. 주위를 둘러보고 아, 변하지 않았네, 하면서 어슬렁대다가 커피를 한 잔 마시고 다시 잠들고. 잠에 취한 사이에 사계절이 지나가고, 그러다가 깨어나면 파리나 베이징으로 옮겨서 거리를 며칠 다니고는 또 1년 잠에 빠지는 겁니다."

주연이 웃었다.

"그것도 좋아요. 일단 잠을 푹 잡시다."

13

현창을 가린 커튼 사이로 아침 햇살이 스며들었다. 태성이 커튼을 젖히고 현창을 들여다보니 물결이 잔잔했다. 통로를 따라서 갑판에 나가자 뱃전에 묶은 요트는 안전하게 매달려 있었다. 태성이 요트를 묶은 로프를 당겨서 탄력을 재보고는 안심했다. 식사 시간을 알리는 종이 울렸다. 새하얀 식탁보를 깐 식탁에는 생선튀김과 구이가 올라왔고 야채수프와 빵과 잼이 함께 놓였다. 후안은 제시간에 요리를 내놓았다. 돼지고기와 닭고기와 생선을 다져서 양파와 고추와 마늘을 넣고 불판에 구운 요리가 한가운데에 놓였다. 아침으로 먹기는 부담스러운 정찬이지만 선장은 바다로 나가면 맛보기 어렵다며 음식을 많이 들도록 권했다. 선장은 마다하는 모두의 그릇에 야채수프를 한 국자씩 더 담았다.

박순익이 선장에게 인사를 건넸다.

"몸이 괜찮습니까?"

"아. 견딜 만해요. 그쪽은 어때요?"

"저희도 그럭저럭 버틸 만합니다."

태성이 선장에게 말했다.

"휴대전화가 터지지 않는데 보라카이로 전화를 해도 될까요?"

"아니, 우리 배의 무선은 쓸 수가 없어. 우린 무척 주목받는 배라 해양당국의 의심을 사거나 괜한 일에 말려들 수가 있지."

선장은 낙관적이었다.

"보라카이까지는 그리 어렵지는 않을 거야. 범선으로도 바다를 헤쳐나갔는데 성능 좋은 돛에다 엔진까지 잘 돌아가니까."

박순익이 지나가는 말로 묻는다는 어투로 가볍게 선장에게 말했다.

"혹시 토스쿠가 나온다는 섬을 압니까?"

선장이 수프그릇에 숟가락을 놓고 단박 고개를 들었다.

"토스쿠라고 했는가요?"

"네. 토스쿠."

"어디서 들었소?"

박순익은 신중하게 캐묻는 선장에게 답했다.

"우리가 찾는 사람이 그 섬에 가 있다고 합니다."

"토스쿠 때문에 섬에 묶인 게로군."

"그렇다고 할 수도 있지요."

"흠."

선장은 와인을 마시고 후안에게 한 잔 더 달라고 손짓을 했다.

"선생은 토스쿠가 뭐라고 생각하시오?"

"별개의 세상에 사는 또 다른 나라고 들었지만, 환각일 겁니다. 접신한 샤먼을 본 적이 있어요. 뜨거운 숯불에도 올라가고 망자의 목소리로 과거를 말하기도 했죠. 그러나 신이 존재해서 샤먼의 몸에 들어갔다고 할 수는 없지요. 우리 두뇌가 만들어내는 장난이지요."

"맞아. 시신경이 만들어 내는 감각이란 믿을 게 못 되지. 우리의 앎이란 얼마나 비좁고 속된지. 필리핀의 토스쿠에 대해서는 여러 말이 많아요. '또 다른 문'이라는 이름으로도 많이 알려져 있지. 숫자로만 따지면 환상이거나 없다고 하는 사람들이 훨씬 많지만 열렬하게 토스쿠를 믿는 사람들의 경험담은 반대편을 압도하지요. 어쨌든 토스쿠를 만나면 인생의 중대한 기로에 선다고들 합니다."

선장이 의미심장한 목소리로 박순익에게 물었다.

"토스쿠를 만나면 뭘 묻고 싶은지?"

"그따위 미신에 뭘……."

"한번 생각해보시죠. 또 다른 나를 만난다는 것에는

명암이 있어. 좋기도 하면서 나쁘기도 한."

선장은 자신이 이끈 심각한 대화에서 빠져나오려는 모습으로 웃음을 터뜨렸다. 그는 해도를 가져와 카가얀 술루 섬 부근을 가리켰다.

"이 부근의 섬이라는 말을 들은 적이 있어요. 활처럼 휘어진 해변에 높은 산이 있다고들 하지요."

손태성과 박순익은 해도를 들여다보았다. 그러나 주위의 많은 섬에서 어디를 말하는지 딱히 잡히지 않았다. 태성이 해도를 이리저리 돌려보며 선장에게 물었으나 그는 더 이상의 답을 하지 않았다. 선장이 화제를 돌리면서 말했다.

"바쁘지 않으면 후안의 아내를 보고 가도 좋을 거요."

태성이 놀랐다.

"후안의 아내라고요?"

"그렇지. 방카를 타고서. 거의 다 도착했을 거야."

"방카로요? 여기는 먼바다가 아닙니까? 그건 불가능한……."

"팔라완 섬에서 하루 반쯤 걸리지."

"하지만 엔진이 고장 나면?"

"임시로 돛대를 만들고 세일을 달지요. 필리핀 사람들은 타고난 뱃사람이란 평이 자자하니까."

식사가 끝나자 후안이 홍차를 준비했다. 그가 끓는 물

216

을 홍차 포트에 붓자 산뜻하고 풍부한 향기가 식당을 감싸 안았다. 후안은 가족을 기다리며 흥분해서 어쩔 줄 모르는 모습이었다. 잔을 두 번이나 넘치게 따라 연신 죄송하다는 말을 하던 후안이 사라지더니 갈색 선원복을 벗고 줄이 선 바지와 흰 셔츠로 갈아입고 왔다.

태성 일행과 선장과 후안은 갑판으로 나갔다. 선장은 망원경을 들어서 수면을 바라보았다. 후안에게 망원경을 건네주자 꼼꼼하게 수면을 살피더니 아쉬운 표정으로 망원경을 내려놓았다. 잠시 후 선장이 망원경을 잡더니 신중하게 초점을 조절하면서 수평선을 관찰했다. 그가 한 곳을 가리키면서 후안에게 넘겨주자 후안이 망원경을 들어서 살펴보더니 온몸에 기쁜 기색이 넘쳐흘렀다. 먼 곳의 점은 천천히 커지면서 방카의 몸체가 보이고 마침내 날개까지 나타났다. 그들은 세 명이 탄 방카가 온전한 모습을 드러낼 때까지 갑판에서 기다렸다. 후안이 펄쩍 뛰며 말했다.

"아내와 장남입니다."

그는 빼먹어서 죄송하다는 듯이 덧붙였다.

"배를 몰고 온 선원은 제 친척입니다."

후안이 줄사다리를 내리자 아내와 장남이 먼저 올랐다. 선장은 후갑판의 조종실에서 방카를 끌어올릴 크레인을 조작하기 시작했다. 방카에 탄 선원이 내려온 크레인의 벨트에 방카를 고정하자 선장이 천천히 방카를 들어 올리기 시작했다. 선장이 후미의 철제 지지대에 방카를 조심스럽게 내려놓고는 고개를 내밀어 제대로 앉았는지 확인했다. 아내와 아들이 갑판에 올라오자 후안은 둘을 부둥켜안고 눈물을 흘렸다. 아내는 통통한 몸매에 귀여운 얼굴이었다. 장남은 고작 열두 살 남짓으로 보였는데도 어머니를 모시고 바다를 헤쳐 왔다는 자부심에 의젓해 보였다. 태성 일행이 선원을 도와 방카에서 식료품이 든 가방을 내리는 사이, 후안은 식당에서 준비해둔 식사를 내놓았다. 아내가 일어나서 음식을 챙기려 하자 후안이 당신을 위해 준비한 첫 식사를 즐기라며 만류했다.

태성 일행은 선장과 작별의 악수를 나누고 후안과 그의 가족과도 인사를 했다.

태성이 후안에게 물었다.

"가족들은 얼마를 머뭅니까?"

"열흘쯤입니다."

"즐거운 시간이 되기를 바랍니다."

후안은 일행과 포옹을 하고 행운을 빌었다.

"평안한 항해를 빕니다."

떠나야 할 시간이 되었다.

선장이 태성 일행에게 육지에서 만나기를 기다린다고

말했다. 태성이 대답했다.

"육지에서 당연히 만나야 합니다. 만나지리라 믿습니다."

선장이 말했다.

"빈말이 아니라 만나게 될 거야. 우리 회사는 내가 저 드럼통을 하나씩 깊은 바다에 빠뜨리고 있는 줄로 알고 있지. 하하. 그래서 내가 올리는 거짓 보고에 속아서는 온갖 물자를 대주고 있는 겁니다. 그들은 머지않아 드럼통이 모두 처리된다고 어이없게 믿고 있으니까."

"그렇군요. 그럼 앞으로는 어떡하실 계획입니까?"

"때가 되면 배를 닝보항으로 몰고 갈 거요. 받은 대로 돌려주어야지. 나를 막으면 배를 부두에다 처박아버리든지. 그때면 육지에 올라가게 되겠지. 하하."

선장이 낙천적인 웃음을 터뜨리고 나서 태성에게 테두리 장식이 멋진 나침반을 선물했다.

"혹시 쓸 일이 있을지도 모르니까. 행운과 희망을 비오."

"감사합니다. 빨리 정박지를 찾기를 바랍니다."

"고맙소. 육지를 한번 믿어볼까."

선장은 헛기침을 하며 파이프를 뻑뻑 피웠다. 후안이 갑판에서 요트를 향해 줄사다리를 내렸다. 태성이 먼저 줄사다리를 타고 내려가자 순익이 뒤따랐다. 오장욱은 숨을 몰아쉬면서 느릿하게 발을 디뎠다.

주연이 요트에서 화물선에서 내린 로프를 풀자 태성이 화물선에서 요트를 천천히 떼내었다. 갑판에 선 후안이 그물로 얽은 물품 더미를 던졌다. 식수와 통조림을 넣은 박스에 경유를 담은 대형 플라스틱 통이 두 개였고 비상시에 쓸 그물과 낚싯대 한 개도 들어 있었다. 선장이 갑판에서 고함을 질렀다.

"항해에 보태게!"

태성 일행은 화물선을 향해, 선장과 후안이 보이지 않을 때까지 손을 흔들었다. 화물선이 암초처럼 작아지다가 마침내 사라졌다. 요트는 남서쪽을 향해 방향을 잡았다. 화물선을 벗어나자 바다는 순식간에 광막해졌다. 바닷물 색이 투명해지면서 밝은 청색으로 변했다. 폭풍으로 힘을 써버린 원양의 파도는 날카롭지 않았고 정오가 되자 바람과 파도가 약해지며 요트가 나아가기가 편해졌다.

장욱이 물었다.

"카가안술루 섬 방향입니까?"

태성은 순익과 같이 해도를 펴 들었다. 말레이시아 해역 가까이 내려가면 카가안술루 섬이 솟아 있으나 선장이 가리킨 곳 주변의 섬 중에 어느 곳으로 가야 할지 찾기가 어려웠다. 순익이 가져온 약도를 다시 들여다보더니 몇 개의 섬을 찍었다.

멀리서 몇 척의 선박이 지나갔다. 선박들은 항로를 따라 수평선에 붙어서 점으로 나타났다가는 점으로 사라졌다. 선박이 사라지자 아무것도 보이지 않는 바다는 거대한 원형 접시였고 요트는 접시의 가운데를 달리고 있었다. 접시의 선을 따라 일렁이는 아지랑이 같은 무늬가 보였다. 요트가 바다를 달려도 접시의 원모양은 변하지 않아 중심을 달리는 요트는 원에 갇힌 것 같았다. 이글 대며 하늘에 걸터앉았던 해가 기울면서 수평선을 따라 떨어지다 해면과 거리를 좁히고 마침내 길게 뻗은 선에 잔인하게 구멍을 냈다.

배는 밤바다를 가르며 달렸다. 화물선 선장이 일러주던 섬들은 쉬이 나타나지 않았다. 그래서 일행들은 화물선 선장이 장 박사가 찾아간 섬을 제대로 알겠느냐며 제멋대로 지어낸 장소일 거라고 했다.

"하도 오랫동안 격리된 생활을 해온 사람이니까 헛것을 들었거나 제멋대로 지어낸 장소일지도 모르지요."

주연이 말했다.

"맞아, 그렇게 바다에서만 떠돌았으니 정신세계가 온전할 리 없지. 반쯤은 미쳐 있다 봐야지."

장욱이 말했다.

"아니야. 만나보고도 그런 소리를 해? 그 사람은 오히려 본 것이 많지 않아서 한 번 본 건 아주 똑똑하게 기억하고 있었어. 괜한 사람을 미쳤다고 말하지 말라고."

"쳇. 박 선생님도 점점 그 선장을 닮아가는 것 같습니다."

장욱의 말에 박순익은 고개를 저었다.

"아냐. 난 믿어. 분명히 그 부근 어디일 거야."

날씨가 점점 고약해졌다. 안개가 자욱하게 밀려오면서 열대의 비까지 내렸다. 한 치 앞도 보이지 않는 날씨였다. 비는 언제 왔는가 싶게 그쳤지만 사방이 두꺼운 커튼을 드리운 벽처럼 흐릿했다. 청명하고 기분 좋은 밤과는 거리가 먼 어둠이었다.

타륜을 잡은 태성과 순익을 두고 오장욱과 주연은 선실로 들어갔다.

"이럴 땐 기다리는 수밖에 없어. 술이나 마시자고."

오장욱이 말했다.

"많이 먹지는 말아."

주연이 말렸다.

"너무 걱정 마. 인생이란 포기하면 오히려 수월하게 풀리는 수도 있으니까."

"참, 속 편한 소리를 하네요."

"우리 여행이란 게 그렇잖아. 엄밀하게 말하면 무슨 대단한 목적이 있겠어? 장 박사가 있는 곳도 애매하고,

그가 겪었다는 체험도 기묘하고. 처음부터 우린 만용에 가까운 계획을 가지고 왔었고, 그런데 생각도 안 한 유령선 비슷한 배를 만나 이상한 체험을 했고, 그것만 해도 우린 충분히 본전을 뺀 게 아닌가 싶어. 안개만 걷히면 다시 돌아가면 돼. 가다가 또 다른 모험을 만나면 즐기면서 일주일을 채우면 그만이야. 토스쿠니 뭐니 하는 세상은 우리와는 아무 관계도 없고 알 수도 없는 공간이야. 그냥 시간만 즐겁게 때우다 돌아가면 그뿐이지.”

장욱이 신이 나서 떠들었다. 그리고는 제 스스로 부어 마신 술에 취해 소파에 비스듬히 기대서 눈을 감았다.

주연이 조종실로 올라와 순익과 교대했다. 그녀가 태성 옆에 앉자 태성이 말했다.

“밤에는 들어가서 쉬세요.”

“선장이 고생이 심한 것 같아서요. 저희 때문에⋯⋯.”

“이왕 나왔으니 목적을 달성해야지요.”

“저희가 처음부터 사정을 설명했어야 하는데.”

“처음에 알았으면 이것저것 따지다 출항을 못했을지도 모르지요.”

태성은 밤이 지나가는 동안 타륜을 붙잡았다. 어찌 됐든 이 밤이 지나가면 항해의 결말은 가까워져 있을 터였다. 태성은 어느새 그 결말을 지켜보고 싶은 자신을 느꼈다. 보호시설을 나온 후에 처음으로 무언가의 결말을 꼭 보고야 말겠다는 의식이 강렬했다. 몸이 피곤했지만, 눈은 오히려 생생했다.

주연이 힘든 항해에 고맙다고 말하며 손을 내밀어 태성의 손을 잡았다. 그들은 그렇게 손을 잡은 채로 한참을 항해했다. 주연은 선실에 들어가서 잠시 쉬고는 새벽의 희붐한 빛이 다가올 때까지 그의 곁을 지켰다.

밤안개를 뚫고 밝아오는 아침의 수평선을 바라보던 주연이 자리에서 일어나며 소리쳤다.

"새다."

새 한 마리가 마스트 줄에 비스듬히 앉았다. 검정색 등에 흰색의 배 중앙으로 진홍색 브이 무늬가 선명했다. 새는 꽁지를 끄떡대며 몸을 이리저리 돌렸다가 선수 쪽의 바다로 날면서 자신 있게 날개를 쳤다가 접으면서 아래로 미끄러지고 다시 하늘로 솟구쳤다. 아침을 맞아 나온 화려한 붉은 새 한 마리도 마스트에 앉았다. 태성은 새가 날아간 방향으로 선수를 돌려서 방향을 잡았다. 그들이 운항하는 방향에서 두 마리가 더 배로 날아왔다. 주연이 윤기가 흐르는 아름다운 새의 깃털을 지켜보자 새도 고개를 가웃대며 마주 보다가 다시 배를 떠났다.

안개가 걷힌 저편에 섬 하나가 보이자 그는 요트의 속도를 올렸다. 휘어진 섬 모양에 산이 솟아 있어 태성은 자신의 예감이 맞았음을 믿었다. 눈부신 백사장 저쪽으로 종려나무와 야자수 나무가 보기 좋게 어울려 있었다. 그러나 그들이 상상한 섬치고는 너무나 현대화된 느낌이라 의심이 들었다. 그들은 주술로 넘치고 사람을 환각에 빠뜨리는 약초와 음료가 넘치는 원시를 상상하고 있었고 장 박사가 현대적인 선착장에 도착했다고 말했어도 박순익뿐 아니라 모두가 믿지를 않았다. 해변에는 페인트칠이 깨끗한 단층 건물 여러 채가 질서 있게 늘어서 있었다. 그렇다면 그들은 목적한 섬을 찾아온 것인가. 선착장에 날렵하게 보이는 요트 한 척이 정박하고 있었다.

순익이 흥분해서 부르짖었다.

"저기를 봐!"

요트의 선수 앵커 쪽 아래로 무지개 뱀이 그려져 있었다. 호주 원주민의 창조신화에 나오는 무지개 뱀은 고개를 들어 바깥의 먼 세상을 바라보고 있었다. 요트에 쓰인 배 이름도 'Rainbow Serpent(무지개 뱀 신)'이었다. 태초에 아무것도 없는 혼돈에서 무지개 뱀이 깨어나 움직이자 패인 곳은 계곡이 되고 밀려난 곳은 산이 되었고 만물을 깨워 인간과 세상을 만들었다고 전해지는 신화였다.

챙이 넓은 회색 모자에 반바지 차림의 사내가 펜더를 걸으며 출항을 준비하고 있었고 금발의 여자가 선착장 기둥에 묶인 요트의 로프를 풀고 있었다. 박순익은 장 박사가 말한 선박과 사람들이 나타나자 흥분한 나머지 선수에서 몸을 길게 내밀었다.

"장 박사가 말한 요트야."

박순익이 그에게 고함을 질렀다.

"크레이보?"

크레이보는 놀라서 선글라스를 추어올리고 이쪽을 쳐다보았다.

선착장은 크지는 않았으나 배를 대기 좋도록 접안시설이 정비되어 있었다. 태성이 선착장으로 배를 대자 박순익은 크레이보의 요트로 뛰어갔다.

"두 유 노우 닥터 장?"

"닥터 장! 오우, 아이 노우."

크레이보는 잔교를 건너 선착장으로 올라와 박순익을 선착장 앞에 있는 깔끔한 건물로 데리고 들어갔다. 순익은 그들이 한국에서 보라카이를 거쳐 폭풍에 휩쓸리기도 하며 장 박사를 찾은 과정을 밝혔다. 크레이보는 고개를 끄덕이며 되묻거나 천천히 말하도록 부탁하면서 귀를 기울였다.

"장 박사는 어디에 있습니까?"

"산의 호수 마을에 있습니다."

장 박사를 찾는 태성 일행의 여정에 놀란 그는 일행의 걱정을 덜어주려고 애썼다.

226

"그는 위험하지 않고 건강합니다."

"우리는 장 박사를 한국으로 데려가려고 왔습니다."

"하지만 그는 당분간 여기에 있고 싶어 해요."

"우리를 만나면 귀환할 겁니다."

"글쎄요. 귀환은 결국 장 박사가 결정해야만 합니다."

"이미 오래 머물렀습니다."

"우리가 개입하기는 어려운 문제예요. 그는 또 다른 만남을 추구하고 있어요."

"또 다른 만남이라니요? 토스쿠를 만났으면 충분하지 않아요? 그게 뭐가 됐든지 말입니다."

크레이보는 박순익이 불경스럽게 토스쿠에게 책임이 있다는 어조로 이름을 올리자 놀라서 손을 들어서 천천히 내려놓는 동작을 반복하면서 그를 진정시켰다.

촌장과 건물 관리자처럼 보이는 사람이 들어와서 크레이보와 대화를 나눴다. 그들은 심각한 표정으로 그들의 영역을 갑자기 침범한 사람들을 어떻게 처리할까에 대해 의논하고 있었다. 촌장은 크레이보가 허락받지 않은 외부 사람을 끌어들였다고 의심을 하고 있었다. 크레이보가 열렬한 몸짓으로 자신을 변호하며 장 박사의 이름을 거론하자 촌장의 표정이 누그러지며 크레이보에게 항의하는 듯한 동작도 풀어졌다. 촌장은 어느 모로 보나 장 박사에 대해 우호적인 감정과 태도를 보였다. 크레이보는 장 박사가 원주민들의 방식으로 토스쿠에 대한 수행을 하고 있다고 말했다.

"무슨 수행입니까?"

"그는 자신의 토스쿠를 조사하기로 작심했어요."

박순익이 강렬하게 부정했다.

"그게 가능하기나 해? 말도 안 되는……. 이건 정말 어이없는 쇼야."

크레이보도 박순익에게 거칠게 말했다.

"당신은 장 박사의 행동이 쇼라고 생각해? 우리가 장 박사를 허무맹랑하게 유혹했다는 말이야?"

"그는 과학자답게 비판적이고 냉정한 사람이니까."

"그런 사람이 왜 스스로 여기까지 왔을까요? 무엇 때문이겠습니까?"

"그는 잠시 혼란에 빠졌을 뿐입니다. 약물에 취했는지도 모르지요."

"오. 이런. 당신은 우리를 모욕하고 있어요. 당신은 우리가 이 세계를 얼마나 알고 있다고 생각합니까?"

"우리에게 필요한 만큼은 충분히 알고 있지요."

"전염병의 역사만 살펴봐도 인간의 지식이란 게 얼마나 형편없었나요. 현대에 들어와서야 전염병을 막게 되었어요. 지금 이 시대의 앎도 그렇지 않다고 어떻게 장담을 합니까?"

"그게 뭐든 사람들이 온몸을 바쳐 그 지식을 쌓아왔어요. 우리는 지금 최선의 지적 상속물 위에 뿌듯하게 서 있고요. 검증되지도 않고, 검증할 수도 없는 토스쿠 따위와는 다르지."

"어쨌든 약물에 취하거나 혼미한 정신으로 토스쿠를 만나지는 못해요."

"그걸 누가 알겠어요?"

박순익이 크레이보에게 단호하게 요구했다.

"장 박사를 만나야겠어. 당신이 자랑하는 이유를 직접 확인해 보지요."

그는 장 박사를 만나기만 하면 모든 의혹이 풀릴 거라는 믿음에 가득 찬 얼굴이었다.

크레이보가 촌장과 대화를 나눴다.

"지금 당장 장 박사를 만나기는 어려워요."

"왜 그렇지요. 당신들에게 뭔가를 덮을 시간이 필요합니까?"

크레이보는 장 박사가 저쪽의 오두막으로 건너갔다고 말했다.

"저쪽으로 넘어가면 스스로 이쪽으로 건너오기 전에는 우리가 데리고 나올 수 없어요. 이쪽과 저쪽 사이의 묵계입니다."

태성 일행이 산 중턱 호수로 올라가겠다고 말하자 촌

장이 말했다.

"그곳은 허락받지 않은 외부인이 올라가지는 못해."

박순익과 일행들이 강력하게 항의하자 촌장은 다시 건물관리자와 크레이보와 의논했다.

"호수마을로 올라가는 데에는 한 사람만 보증할 수 있습니다."

태성 일행이 술렁대며 모두가 올라가야 한다고 말했다. 그들은 장 박사에게 신세를 졌고 인연이 깊으니 꼭 그를 만나야겠다고 촌장을 둘러쌌다. 그들이 강렬한 몸짓과 거친 표정으로 촌장을 압박했으나 촌장은 완강했다.

"한 사람 올라가는 것도 장 박사이기에 특별히 취한 조치야."

오장욱은 자신도 올라가야 한다고 주장했다. 그는 이쪽 세계와 저쪽 세계를 잇는 호수의 오두막 마을에 반해서 마을을 자신의 작품에 넣을 궁리를 하고 있었다. 일곱 채 오두막의 신비라니, 생각만 해도 근사했다. 하지만 그의 바람도 거절되었다. 박순익은 자신이 올라가기로 마음을 굳혔고 태성 일행은 선착장에서 기다리기로 얘기를 끝냈다.

14

크레이보와 촌장을 따라 박순익은 열대의 산길을 올랐다. 기다렸던 길이었지만 박순익의 발걸음은 가볍지 않았다. 크레이보는 장 박사가 자신의 토스쿠를 조사할 계획임을 말했다. 그로서는 납득이 되지 않는 행동으로 순익은 불길한 예감이 스멀스멀 올라왔다. 그는 흐르는 땀을 쉬지 않고 닦아내면서 좋지 않은 전조들도 함께 씻어내고자 했다. 길은 축축하고 미끄러웠고 새들의 지저귀는 소리가 귀를 울렸다. 새들은 미지의 섬을 방문한 이방인을 목청으로 환영해야겠다고 다짐한 것처럼 곳곳에서 무리 지어 합창했다. 그러나 골똘한 생각에 빠져 길을 오르는 박순익의 귀에는 아무런 소리도 들리지 않았다. 그의 주위는 고요했고 그들을 검문하는 보초병들의 우렁찬 암호 소리 또한 가냘픈 바람소리에 불과했다. 그는 몇 번의 검문에서 크레이보와 촌장이 뭔가를 대답하는 모습을 건성으로 지켜보았다. 그러면서 그는 몇 곳

의 검문소가 효율적으로 운영되는 사실에 저 산 중턱에
이들이 지키고 신봉할 무언가가 존재한다는 것을 불안
하게 느끼면서도 마음으로는 밀어내고 있었다.

그런 순익도 오랜 시간 길을 오른 후 눈앞에 푸른 호
수가 펼쳐지자 순간적으로 아, 하고 탄성을 질렀다. 맑은
호수는 아무런 선입견이나 적대감 없이 순수하게 그를
받아들였다. 에메랄드에 흰색을 살짝 섞은 것 같은 물색
이었다. 호수는 바닥을 투명하게 보여주면서 공포에 가
까운 순수를 과시했다. 그는 자연을 넘어선 존재를 보는
것 같아 순간 몸서리를 쳤다. 호수가 너무나 맑아 아주
얕은 것 같으면서도 무한한 깊이를 담은 것처럼 나타나
그는 개울에 선 것 같기도 했으며, 한편으로는 태평양
한가운데의 가장 깊다는 해령에 선 것 같기도 했다. 그
는 호수가 존재 자체로 순익의 존재까지도 흔드는 것을
깨달았고, 장 박사가 호수에서 신비한 체험을 했다는 사
실을 호수를 보면서 실감했다. 그러자 점점 더 장 박사
의 체험이 기이함이나 망상과는 다른 사실이 아닐까 두
려웠다. 호수 마을을 지키는 경비대가 박순익에게 이쪽
오두막 한 채를 지정해 주었다. 여기 올라와서야 박순익
은 장 박사가 저쪽 오두막으로 넘어가면서 다시 돌아오
지 않을지도 모른다고 알렸음을 들었다.

"그게 도대체 무슨 말입니까? 돌아오지 않는다면 어

디로 간다는 말인가요. 저 산 너머로, 아니면 다른 섬으로?"

그가 여러 번 캐물었으나 얼굴에 인상적인 무늬를 새긴 경비대 대장은 모른다는 말만을 되풀이할 뿐이었다. 박순익이 머물 수 있는 시간은 얼마 되지 않았다. 그날 밤부터 이튿날 동틀 때까지의 시간만이 주어졌다. 촌장과 경비대 책임자는 해가 뜨면 무조건 오두막을 빠져나와 부두로 내려가야 한다고 선을 그었다. 박순익은 부당하다고 항의했다.

"장 박사가 이쪽으로 넘어오지 않으면 끝이잖소. 난 먼 길을 왔단 말입니다."

촌장의 대답은 단순했다.

"당신이 장 박사를 꼭 만나야 한다면 그가 찾아올 겁니다."

"하지만 그에게 내가 도착했다는 것을 알릴 방법이 없지 않습니까?"

촌장은 짜증을 내지 않고 똑같은 답을 되풀이할 뿐이었다. 그는 화를 내지 않고 침착하게 같은 말을 수백 번이라도 대답하는 훈련을 받은 사람 같았다. 촌장은 어떤 경우에도 허락 없이 저쪽 오두막으로 넘어가서는 안 된다고 경고했다.

크레이보와 박순익은 이쪽의 오두막에서 장 박사를

기다렸다. 무료한 기다림에 지친 순익은 오두막을 나서서 호숫가를 거닐었다. 이쪽 오두막과 저쪽 오두막, 그리고 이쪽과 저쪽의 호수는 아무런 차이가 없어 보였다. 크레이보에게 말하자 자신의 눈에도 그렇게 보이지만 그게 눈의 맹점 아니냐고 말했다.

"우리 인식의 한계이겠지요."

"하지만 실제로 아무런 차이가 없는 게 아닐까요. 마을 사람들은 관습에 젖어서 이곳에서 색다른 것을 보도록 분위기가 만들어져 있겠죠?"

박순익이 호수의 비범함을 애써 깎아내리자 크레이보는 뭔가를 말하려다 침묵을 지켰다.

밤이 깊어가자 박순익은 답답했다. 멀지 않은 곳 오두막에 장 박사가 있다고 하나, 그는 건너갈 수도 없고, 고함을 칠 수도 없었다. 더욱이 지금은 장 박사가 어딘가로 사라졌다는 말까지 들은 형편이었다. 그는 아무런 행동도 하지 못하고 무작정 기다릴 수밖에 없었다. 저쪽의 오두막은 모두 문이 닫혀 있고, 아무도 없는지, 숨소리 하나 들리지 않았다.

호숫가를 따라 열두 걸음 바깥까지 나무도 풀도 전혀 자라 있지 않았다. 호수를 둘러싼 긴 테두리를 따라 마치 얇고 푸른 우주선이 지구에 착륙한 것처럼 보였다. 호수는 어둑하거나 탁하지 않고, 물속에서 발광체가 빛을 쏘는 것처럼 안에서 푸른빛이 올라왔다. 인간의 이성과 상식을 뛰어넘는 어떤 일이 벌어진다면 이런 곳이어야 할 마땅한 신비스러움이 호수를 감돌고 있었다. 순익은 그런 생각에 잠시 젖었다가 고개를 거세게 흔들었다. 큰 바위와 산과 호수를 숭배한 고대 많은 종족들의 이야기에 젖은 순간의 착각일 뿐이었다.

박순익은 오두막에 돌아가서 바닥에 주저앉았다. 지난 며칠 동안 벌어진 일로 그는 무척이나 피곤했다. 잠이 몰려왔으나 한편으로는 전혀 졸리지 않았다. 잠에 빠져들면 며칠은 깨어나지 못할 피곤한 상태가 이어졌다. 몸은 휴식을 요구했으나 또 다른 숨겨진 목소리가 아직은 괜찮다고 그를 타일렀다. 그는 앉은 채로 지금까지의 여정과 장 박사의 만남을 되새겼다.

누군가가 오두막을 두들겼다. 똑똑. 박순익은 황급히 문을 열었으나 아무도 없이 휘익 바람 소리만 지나갔다. 환청을 들었나 싶어 그는 문을 닫았다. 크레이보는 입을 다물고 묵묵히 앉아 문을 두드리는 소리에도 반응을 하지 않았다. 박순익은 아무도 없는데 세 번이나 문을 여는 헛손질을 했다. 이쪽 오두막에서는 문을 반드시 닫은 채로 기다려야 했다. 그로서는 이쪽 오두막과 저쪽 오두막을 구별할 수 없었다. 두 오두막 사이를 가르는 길은 아무런 표식이 없었고 눈에 보이지 않는 자력이나 신호가 지나가는 것 같지도 않았다. 그건 원시인이 마을에 만들어 놓은 터부로 지금까지 순하게 그냥 습속에 따라 내려온 것에 지나지 않았다. 적어도 박순익은 그렇게 믿었다.

박순익은 어떤 물체가 다가온다는 느낌이 들었다. 문을 열어볼까? 몇 번 허탕을 쳤기에 이번에도 똑같지 않나 싶었다. 그러나 마음이 당기면서 그는 문으로 다가섰다. 크레이보가 일어섰다. 문을 쾅쾅 두드리는 소리가 들려 누군가가 손잡이를 잡아 활짝 연다고 예감했으나 역시 아무도 없었다. 순익은 기약이 없는 시간에 화를 터뜨렸다.

"이건 기다리라는 거야. 그냥 떠나라는 말이야?"

박순익은 초조하게 방을 이리저리 거닐었다. 그가 지치지도 않고 몸을 움직이자 크레이보가 말했다.

"장 박사를 만나시면 어떻게 할 생각입니까?"

"어떻게 하다니? 우리는 장 박사를 모시러 왔어요. 가까운 섬으로 옮겨가서 마닐라행 비행기를 타면 그만입니다."

"장 박사는 이곳에서 조사를 더 해야 한다고 말하곤 했지요."

"더 해야 할 조사가 있어요? 이곳의 일들은 모두 보고 들었으니 그 경험만으로도 충분하지 않은가요. 고국에서 거리를 두고 차분히 경험을 되새기면 더 좋지 않을까요?"

"박순익 선생은 여기로 오면서 이상한 현상을 겪지는 않았습니까?"

"사소한 현상이야 보았죠. 악몽입니다. 악령이 우리의 눈과 귀를 흔드는 겁니다."

순익은 자신도 모르게 언성을 높였다.

"악령은 우리의 뇌가 만드는 환상이죠. 악마, 신, 정령, 기적, 뇌는 생존에 필요하다 싶으면 뭐든지 만들어내지요."

"가볍게 단정할 말은 아닙니다. 차분히 장 박사를 기다려봅시다."

"차분히 기다릴 상황이 아니지요."

"그런다고 그가 빨리 오지 않습니다. 어쩌면 그는 오지 않을지도 모릅니다."

"오지 않는다고요?"

"그는 이미 자신의 토스쿠를 직접 만난 적이 있어요. 그러면서 여기로 못 돌아올지도 모른다는 암시를 했지요."

"장 박사가 자신의 토스쿠를 만났다고요? 그게 무슨 말이지요?"

크레이보가 몸을 벽에 기대고는 바로 이 오두막에서

장 박사를 만난 이야기를 시작했다. 그날 크레이보는 오늘처럼 저쪽 오두막으로 떠난 장 박사를 기다렸다. 장 박사는 그날 떠나기 전에 토스쿠를 만날지도 모르겠다며 이 섬에 들어오는 누구라도 같은 결과를 얻도록 토스쿠를 실험하고 검증대에 올려놓고 싶다고 말했다. 크레이보가 보기에 장 박사는 자신의 존재를 송두리째 뒤엎는 위기에 시달리는 사람처럼 보이지는 않았다. 장 박사가 처음 섬으로 왔을 때의 불안감은 사라졌고, 그는 무언가를 열렬히 추구하는 사람이 보여주는 열정을 뿜어냈다. 인공지능과 알고리즘에서 새로운 무엇으로 그가 목표를 다시 바꾸었는지도 몰랐다. 크레이보는 안도하면서도 그의 유별스런 활기가 부담스러울 정도였다. 크레이보는 장 박사가 자신의 토스쿠를 만날 때 어떻게 해야 한다는 조언을 하지는 못했다. 그건 누구도 조언할 수 없는, 자기 자신만의 몫이었다. 장 박사가 떠나기 전에 크레이보에게 말했다.

"사람들은 나를 이 시대 가장 성공한 과학자라고 말들합니다. 그동안 내가 이룬 실적이나 성과를 보면 그 말이 틀린 것도 아니지요. 난 성공한 과학자가 맞아요. 그리고 과학을 통해 단순히 과학만 본 게 아니라 우주와 인간의 본질을 함께 고민했다고 자부합니다. 인간과 가장 닮은 기계의 세계, 혹은 인간에게 봉사하는 기계의

238

세계랄까. 지금까지 이루어온 기계 문명이 가야 할 길은 그 길밖에 없다고 생각했어요. 이제 와서 우리는 과거로 되돌아갈 수도 없거니와 그런 생각은 현실을 무시한 단순한 감상이라고 여겼거든요. 그래요. 한동안 난 조금도 내 문명관에 의심이 없었지요. 나는 열심히 일을 하면서 행복했어요. 그런데 언제부턴가 자꾸 몸이 아프고 불안해지는 겁니다. 병원에 가도 신체상으로는 뚜렷한 병명이 나오지를 않는 거예요. 그러다가 결국 정신병원에 드나들고, 목공예에 빠져들게 되었죠. 그리고 그런 일련의 노력에 어느 정도 치료 효과가 있었던 것은 사실입니다."

박순익이 크레이보의 말을 잘랐다.

"잠깐만요. 장 박사가 정신병원에 다녔다고요?"

"네."

"거짓말입니다. 그럴 리가 없어요."

"장 박사가 분명히 그렇게 말했으니까."

크레이보는 박순익의 말을 무시하고 계속 이야기를 이어나갔다.

치료 이야기를 하면서 장 박사는 크레이보를 바라보며 쓸쓸히 웃었다.

"그런데 아니었어요. 그 불안은 바깥에서 온 것이 아니었던 거예요. 정신병원의 치료와 목공예의 효과는 일시적 미봉책에 지나지 않았어요."

"그럼 그 원인을 찾아냈습니까?"

마음이 조급해진 크레이보가 서둘러 장 박사에게 물었다.

"모릅니다. 그것이 바깥에서 온 것이 아니라는 건 알았지만, 정말 어디서 오는 건지는 몰랐지요."

"그래서요? 그럼 결국 뭡니까?"

"어느 날 나는 토스쿠라는 단어를 발견했습니다. 아주 우연한 기회였지요. 집에서 우편물을 뒤적이다가 여행사에서 보낸 우편물을 발견했어요. 처음에는 왜 여행사에서 이런 우편물을 내게 보냈을까 의아한 생각이 들었지요. 어쩌면 여행사에서 정신과에 드나든 사람들의 명단을 교묘하게 빼내 보낸 것일지도 모르지요. 좌우간 그 홍보물 중 사진 풍경이 유독 아름다워 읽게 된 체험자의 수기에서 토스쿠라는 단어를 만났습니다. 어느 정도는 과장된 내용이라는 걸 감안하고 읽은 거지요. 토스쿠를 설명한 내용은 한 줄도 안 됐습니다. 단지 자기를 만나는 신비한 체험, 영혼의 문을 여는 체험이라는 식인데 토속인들의 종교의식 같은 거고 운이 좋으면 그런 체험도 할 수 있다는 것이었습니다. 그때부터 나는 여러 경로를 통해 토스쿠에 대해 은밀히 알아보았고 막연하지만 내 안의 불안을 알아낼 수 있을지 모른다는 생각에 이르렀지요. 현대 첨단 과학이 찾아낼 수 없는 어떤 정신적 원인을 말이지요. 그 단어는 그동안 내 머리에 잠들어 있다가 보라카이에 와서 당신을 만나며 모습을 드러낸 것입니다."

"그래서요? 뭔가를 얻었습니까?"

"아직 확실하진 않습니다. 그러나 자연에 숨어 있는 어떤 기운이 때 묻은 내 인식을 활짝 걷어내서 내 안의 진실을 확연하게 드러내 줄 것 같은 예감을 느낍니다. 어떤 결과를 얻든 여기서 물러설 수 없다는 것도요."

박순익이 크레이보의 말을 가로막았다.

"장 박사가 보라카이에 오기 전부터 토스쿠에 관심을 두고 있었다고요? 그따위 흑마술에 말입니까? 기가 막히는……."

크레이보가 빙글빙글 웃다가 입꼬리를 비틀며 무엇이 못마땅한지 얼굴을 찌푸렸다. 박순익은 크레이보가 속을 알 수 없는 음흉한 인물이 아닌가 의심이 들었다. 크레이보는 만난 지 불과 반나절밖에 지나지 않은 놈이었다. 놈은 애초에 장 박사를 유혹하지 않았던가? 선량하게 보였던 큰 눈도 음모와 거짓을 가득 담은 것처럼 비쳤다. 눈동자가 풀어진 것도 같고, 요사스런 곳에 마음이 가 있는 것 같기도 했다. 크레이보는 박순익의 마음을 읽었는지 씩 웃고는 장 박사의 체험 이야기를 계속해서

이었다.

장 박사는 경계의 선을 넘어 저쪽 오두막의 계단을 올라갔다. 자신의 토스쿠를 만나기로 마음을 먹은 상태였다. 그는 오두막 문을 열고 나가면서 다음에는 호수의 밑바닥을 샅샅이 조사해야겠다고 마음먹었다. 밤의 장막을 뚫고 호수로 간 장 박사는 호흡을 가다듬고 기다렸다. 나뭇잎을 흔든 바람이 허공을 가로질러 갔다. 토스쿠를 처음 만났을 때의 기괴함과 당혹감은 이제는 가라앉았다. 그는 그의 첫 토스쿠를 만나면서 이것은 거짓이고 환각이라며 마음을 다잡아 보았다. 그러나 실체를 엄연히 눈앞에서 보면서 현상의 뿌리를 캐고 싶다는 욕망이 끓어오르기도 했다. 예전보다 더 허약해 보이는 토스쿠가 연못에서 나타났다. 여러 번을 보았는데도, 그는 도저히 저것의 실체를 가늠하지 못했다. '또 다른 문'이라니, '또 다른 세계에서 사는 나의 분신'이라니……. 토스쿠가 사는 집이 보이고 그 안에는 작은 책상을 앞에 둔 사내가 앉아 있었다. 그는 막 앞으로 바싹 다가서서 안에서 열어줘야만 열린다는 막에 몸을 밀착시켰다. 토스쿠를 둘러싼 탄력 있고 투명한 막은 부드럽게 그의 몸에 달라붙었다. 숨을 깊이 들이쉬고서 멈춘 장 박사는 발을 들어 온몸을 던지다시피 해 성큼 뛰어들었다.

그는 안개인지, 연기인지 모를 회색으로 찬 공간에 들어섰다. 둥글고 긴 튜브 형태의 공간은 왼쪽으로 휘어져 있었다. 그의 호흡은 빨라졌고 몸은 긴장해서 오소소 털이 섰다. 그는 조심스럽게 손을 들어 주위를 헤쳐보고 방향을 가늠했다. 바닥과 공간의 재질이 흙이나 돌은 아니었다. 발을 굴러보자 바닥에 닿는 감촉은 딱딱해서 금속 종류로 느껴졌다. 바닥과 그가 걷는 튜브도 밝은 회색으로 비슷한 색깔의 연기에 휩싸이는 바람에 경계를 알기 어려웠다. 앞이 잘 보이지 않는 완만한 경사로를 따라가자 평지가 나왔다. 평지를 걷자 점점 주위가 맑아지고 커다란 창자 같았던 튜브의 공간도 넓어지더니 지붕이 허름하고 벽의 타일이 떨어져 나간 집들이 나타났다. 주택 대부분의 벽이 타일로 마감되어 있었고 벽돌로 쌓은 벽도 드문드문 보였다. 어떤 집은 한쪽 벽이 반쯤 무너져 있었고 허물어진 마당에 잡초가 무성한 폐가도 있었다. 사람이 살지 않는지 문을 닫고 창문에 커튼을 친 집들도 여러 채였다. 길은 군데군데 구멍이 나고 패어 있어서 그는 바닥을 살피면서 걸었다.

장 박사는 손으로 바닥의 물질을 한 움큼 쥐고 냄새를 맡고 비벼 보고서는 땅에다 뿌려 보았다. 새로울 것 없는 평범한 흙이었다. 여기가 그가 살아왔던 세계였다면 전쟁이 막 끝나 폐허로 변한 마을 같다고 여겼을 것이다. 길을 걸으면서 그는 유심히 집들을 살폈다. 그가 호수에서 본 토스쿠의 집은 칙칙했고 곳곳에 타일이 떨어진 벽에 얼룩이 져 있었으며 현관문은 음침하게 낡아 있었다.

장 박사는 돌을 주워 들고 팔등을 살짝 쳤다. 통증이 느껴졌다. 그는 잠시 숨을 멈추고 기다려보았다. 곧 숨이 막히는 신호가 나타나서 그가 참았던 숨을 들이쉬어야만 했다. 그가 높이 뛰어본 다음에 돌을 몇 걸음 앞으로 던지자 툭 하고 떨어졌다. 중력이 없거나 뒤엉켜서 물리 법칙이 비틀린 곳은 아니었다. 그런 세계였다면 장 박사는 제대로 숨을 쉬지도 못하고 걷지도 못했으리라. 그는 천천히 걸음을 멈추고 뒤를 돌아다보았다. 그가 걸어온 길은 안개로 잘려 위태로워 보였다. 그는 낯선 길을 걸으면서 해방감을 느꼈고 해답을 구한다는 생각에 가슴이 벅차올랐다.

장 박사는 자신이 보았던 집을 찾아 현관을 두드렸다. 한참을 두드려도 응답이 없어 그는 다시 힘차게 문을 두들겼다. 무엇을 만나든 두렵지 않았고, 그는 끝을, 결말을 내고 싶었다.

한 사내가 현관문을 열고서는 문간에서 망연히 서 있다가 몸을 비켰다. 그에게서 기쁨이나 호기심은 찾기 어려웠다. 파리한 얼굴에는 짙은 그늘이 깔려 얼굴이 헬쑥

해 보였고 병이 깊은 사람처럼 보였다. 장 박사가 보았던 토스쿠가 맞았다. 그는 성큼성큼 안으로 들어가며 생각했다. '예전에 열병에 걸렸을 때의 내 모습이 저랬지.' 장 박사가 그에게 손을 내밀자 그는 엉거주춤하며 마지못해 손을 내밀었다. 왠지 불안하고 어수선해 보이는 그는 짧게 깎은 머리가 빨강과 파랑, 초록으로 물들어 있었다. 듬성듬성 물이 빠져 찢겨진 국기를 머리에 걸쳐놓은 것 같았다. 그는 살이 빠진 얼굴에 뺨이 홀쭉했고 어깨뼈가 앙상하게 튀어나왔다. 긴 수염에 쑥색 천을 치마처럼 둘둘 감았고 황색 셔츠를 입고 있어 히피와 동남아의 승려가 결합한 사람처럼도 보였다. 그는 불편해 보이는 자세로 흠이 많은 탁자에 앉아 장 박사를 조심스레 쳐다보았다.

장 박사가 그 앞에 우뚝 서서 내려다보며 물었다.

"당신은 누구요?"

그는 기가 죽은 목소리로 나직하게 대답했다. 목소리가 장 박사와 똑같아 장 박사는 반사된 자신의 목청에 흠칫 놀랐다.

"그건 이미 손님이 알고 있지요."

"나를 본 적이 있소?"

"아마도. 당신이 나를 보았다면 나도 그렇지 않을까요?"

"언제부터 여기서 살았지?"

"글쎄요. 여기서는 시간이 구불구불 흐르는 강처럼 빙빙 돌아서 흐르니까요. 몇 년은 넘지 않았을까 싶네요."

"그럼 그전에는 다른 곳에서 살았던 말인가?"

"그래요. 오랫동안 떠돌아다니다가 보름달이 뜬 밤에 이곳으로 들어왔죠."

장 박사는 나무 바닥에 발걸음 소리를 딱딱 내며 그 앞을 오갔다. 바닥의 나무는 오래된 선박의 갑판처럼 파이고 갈라져 있었다. 처음에는 단단하고 질 좋은 목재였는지 나무의 결은 살아 있었으나 거무튀튀하게 변해 있었고 이음새가 벌어지고 있었다. 장 박사는 몇 걸음을 걷고는 뒤돌아서서 그의 옆모습을 관찰했다. 장 박사는 눈길을 거두고는 다시 그 앞을 왔다 갔다 걸으면서 그에게 매서운 시선을 던졌다. 그는 몸을 움츠리고 장 박사의 시선을 피하면서 고개를 숙였다.

마침내 장 박사가 그 앞에 똑바로 섰다.

"당신, 누군가 찾아오는 것을 두려워하고 있군. 뭘 숨기고 있지?"

그는 손을 내저으면서 부인했다.

"잘못 아신 것 같네요."

장 박사가 소리 높여 웃었다. 가당찮은 답변을 단숨에 날려 보낼 것처럼 장 박사의 웃음소리는 날이 서 있었다.

"왜 아니겠어? 난 당신 같은 사람이 아니야. 얼굴의 살이 빠지고 옷차림도 탁발 승려처럼 변했지만 난 어떤 상황에서도 비굴하지 않아. 당신은 주눅이 들어 있고 눈치를 보고 있어. 당신을 찾는 사람을 지독하게도 두려워하고 있다고."

"오해를 한 겁니다."

그는 오해지만 항의하지는 않는다는 투로 나직하게 말했다. 그는 무릎을 가볍게 떨었고 손으로 턱을 문지르고는 허벅지에 올렸다가 다시 들어 올렸다.

"당신을 체포하거나 끌고 가지는 않을 거야. 난 당신이 부들부들 떠는 이유를 알고 싶으니까."

"당신이 나를 추궁하고 있다는 걸 알고 있나요? 무슨 권리로 오만하게 상대방을 괴롭히죠? 내가 어떤 몰골인들 당신과 무슨 상관이야?"

"아무런 상관이 없다니, 이런. 그건 당신도 잘 알고 있어. 당신은 또 다른 나이니까."

그는 움찔하면서도 호락호락하게 장 박사의 요구에 따르지는 않았다. 갑자기 그는 태도를 돌변해 탁자를 주먹으로 내리치며 고함을 질렀다.

"나가시오. 당신은 내게 지나가는 그림자에 불과한 사람이야."

장 박사가 그에게 말했다.

"그런가? 우린 서로 통하는 바가 있을 것 같은데?"

"통할 것이 대체 뭐가 있어? 당신의 로봇 놀음을 하품하며 종일 구경이라도 해 보는 것 따위?"

"당신, 나에 대해 알고 있군."

"당신은 내게 기껏해야 종일 걷기만 하는 하체뿐인 로봇 아니면 머리가 빈 깡통 로봇이나 가져다줄 수 있겠지. 그놈들을 망치로 두들겨 고철로 만들면 재미있을 것 같아. 사람을 죽였는데 강철 더미쯤이야."

그가 전단지 하나를 탁자에 턱 올려놓았다. 장 박사는 삐쩍 마른 그와 전단지를 차례로 들여다보았다. 수배자 전단에는 흉악하고 눈매가 매서운 살인자의 얼굴이 연달아 실려 있고 그다음에 그의 얼굴이 붙어 있었다. 그의 얼굴은 그 앞에 줄지은 섬뜩하고 증오 가득한 인상이 아니라 곱상하고 부드러워 인쇄사고로 의도치 않게 끼여 들여간 사람 같았다.

"네가 살인자라고!"

"그래. 야산에 묻어놨어. 돌이 많고 더럽게도 딱딱해서 힘들게 땅을 팠지."

그는 눈을 번득이며 야비하게 웃었다. 장 박사는 몸을 부르르 떨었다. 장 박사는 기억의 갈피를 한 장씩 넘기며 자신의 주위에서 변사한 사람을 걸러 보았다. 쓸데없는 짓이었다. 이쪽의 세계와 저쪽의 세계는 같지 않았다.

그럼에도 장 박사는 분노로, 실수로, 혹은 욕망으로 자신의 손에 죽을 뻔했던 인물을 찾았다. 장 박사가 생각에 잠겨 눈을 깜박이자 그가 팔짱을 끼고 삐딱하게 몸을 기울였다.

"누구를 죽였나?"

"계집애. 누구겠어. 킬킬."

그는 재미있다는 얼굴로 침을 바닥에 퉤 뱉었다.

"목을 졸랐는데 버둥대며 발길질을 어찌나 해대던지. 하하."

"거짓말! 난 살인 근처에도 가까이 가본 적 없어."

"왜? 넌 깨끗하다 이거야? 집이 청결해도 하수관을 열면 오물이 쏟아져. 바다를 더럽히고 강을 망치는 오물이 어디서 나왔겠어. 너도 똑같아."

그는 가슴에 손을 대고 옷을 벌리는 동작을 해 보였다.

"가슴을 활짝 열어봐. 네 속을 탈탈 털면 볼 만할걸. 켈켈."

장 박사는 야비한 그의 목소리가 역겨웠다.

"도대체 넌 누구냐!"

"난 너지. 너의 일부이기도 하고 전부이기도 하지."

장 박사의 미간이 좁아지며 주름이 잡혔다. 그는 얼굴을 찡그리며 목소리를 높여서 부정했다.

"이봐. 넌 내가 아니야."

"아주 배신이군. 난 너를 알아주는데 기대에 어긋난다고 나를 배척하다니."

장 박사는 치밀어 오르는 맹렬한 분노에 사로잡혔다. 어려서 나무에서 떨어진 적이 있었다. 떨어져서 엄마를 찾으며 울고 또 울었는데도 아무도 나타나지 않았다. 그래서 어린아이가 성한 오른손으로 부러진 왼팔을 붙잡고는 집까지 와야 했는데 집에도 아무도 없었다. 장 박사는 그때처럼 극심한 화에 몸이 불길에 타들어가는 느낌으로 화상을 입지나 않을까 싶었다.

장 박사는 재빨리 일어나 그의 곁으로 붙었다. 그의 동작이 더 날쌨다. 그는 어느새 몸을 곧추세우고 의자를 옆으로 젖히면서 일어났다.

"날 붙잡겠다고?"

"널 묶어서 재판소에 넘기겠다."

"무슨 죄로?"

"네 입으로 말했지. 사람을 죽인 죄!"

"경찰이 대체 어디에 있을까? 여긴 네가 로봇학자로 행세깨나 하는 세상과는 다른 곳이야!"

장 박사는 탁자를 따라 뛰며 주먹을 날렸다.

"하하. 로봇을 닮은 어설픈 그런 동작으로?"

그는 의자를 들어 피하면서 몸을 방어하는 동작을 하더니 의자로 장 박사의 허벅지를 내리쳤다. 장 박사가

비틀하자 병약해 보이는 인상과는 달리 날렵하고 속도
감 있게 움직이며 주먹으로 장 박사 목과 옆구리를 후려
쳤다. 장 박사가 무릎을 꿇으며 쓰러지자 그는 발로 장
박사의 복부를 걷어차고는 문을 박차고 나갔다.

"다시는 찾아오지 마. 개자식아!"

그는 문에 가래를 카악 뱉었다.

"알짜만 챙기려 드는 더러운 자식."

15

　토스쿠를 만난 그날 새벽, 장 박사는 영롱한 호수에
서 있었다. 머리가 복잡해 터질 것만 같았다. 오두막으로
돌아가야 했으나 발이 떨어지지 않았다. 호수는 맑고 푸
른 모습으로 그를 올려다보고 있었다. 어느 순간 장 박
사 앞에 놓인 호수가 푸른색에서 진회색으로, 다시 적회
색으로 변하고 있었다. 호수는 회색이 섞인 보라로 변하
고는 현란하게 색이 섞이면서 오로라처럼 약동했다. 그
리고는 다시 원래의 맑고 고요한 모습으로 돌아왔다. 호
수가 거울처럼 장 박사의 모습을 비추면서 여러 이미지
가 스쳐 지나갔다. 장 박사가 증오했던 사람, 그가 분노
를 쏟아냈던 사람, 장 박사의 옆에서 사라졌으면 바랐던
사람, 때로는 죽이고도 싶었던 사람들이었다. 장 박사는
그들이 누구인지 잘 알았고, 이제는 잊어버렸다고 생각
했다. 그러나 그들의 이미지, 장 박사의 그들을 향한 분
노와 증오는 어딘가에서 계속 살아 숨 쉬고 있었다. 장

박사는 멍하니 흘러가는 이미지를 바라보았다. 그러다 문득 정신을 차리자 호수는 흠 하나 없는 푸르고 맑은 모습으로 바닥까지 그를 비추고 있었다.

크레이보는 어둠이 물러가고 밝고 푸른 기운이 서서히 올라오는 오두막에서 절룩대는 장 박사를 맞았다고 했다. 장 박사의 얼굴에는 상처가 나 있고 핏자국이 묻은 모습이었다. 몇 시간 사이에 급격하게 달라진 얼굴에, 생각들이 무너져버려 장 박사는 가라앉기 직전이었다. 그는 크레이보 앞에서 중얼거렸다.

"내가 내 마음의 작은 일부만을 알고 있다면 나머지는 도대체 뭐란 말일까?"

이마를 짚은 장 박사가 일어나더니 주먹으로 벽을 때리기 시작했다. 타격은 그를 괴롭히는 무언가에 맞서는 필사적인 항의였으며 살인자에 대한 역겨움을 죽이려는 비명 섞인 몸짓이었다. 벽을 치는 소리가 약해지면서 장 박사는 주저앉아서 무릎을 세우고 고개를 숙였다.

"모르겠어. 도대체가 뭐가 뭔지 모르겠어."

크레이보가 장 박사에게 부두로 내려가서 쉬도록 권했다.

"쉰다고? 나는 그랬으면 좋겠어. 내가 만나본 토스쿠가 누군지 말하지 않았나? 야비하고 교활한 살인자였어. 그게 나의 또 다른 분신이었다는 말이오. 난 이 난장판의 시작과 끝을 모두 알아야겠어."

크레이보는 경악한 박순익에게 장 박사의 말을 계속 전했다. 장 박사는 이렇게 말했다고 한다. 토스쿠를 알아내지 못하면 인공지능의 알고리즘이 아니라 간단한 대수도 풀어내지 못할 것이다. 나는 이미 절반은 무너져 버렸고 나머지 절반도 겨우 지탱해서 바람에 흔들거리고 있다. 난 내가 경멸하는 주술을 통해 아주 망하기 직전이다. 하지만 이왕 무너졌으니 아예 폐허로 주저앉는 게 나을지도 모른다. 그래야 폐허에서 무언가라도 세울 수 있으니까. 지금의 나는 이것도 저것도 아니니까. 자신이 그따위 것들로 휘청댈 거라고는 상상도 못했지만, 풀어야 할 과제가 기다리고 있는 여기에 머무르든, 떠나든 난 토스쿠의 정체를 이론과 가설과 검증으로 풀어내야만 한다.

박순익이 머물고 있는 오두막이 어둠을 벗어나기 시작했다. 머지않아 떠오를 태양의 햇살이 어둠을 비추었다. 박순익은 크레이보의 이야기를 믿을 수가 없었다. 그가 아는 장 박사는 굳건하고 나약함을 경멸했으나 지금 들은 장 박사는 다른 사람이었다.

박순익이 말했다.

"살인자라니. 장 박사를 붙잡아놓기 딱 좋은 연출된 인물이야."

박순익이 크레이보에게 말했다.

"여기를 안다는 건 불가능해. 또 빌어먹을 토스쿠를 알아서 뭐하겠다는 거요? 또 다른 자신이 설령 있다 한들 어쨌다는 건가? 우린 내 몸 하나 간수하고 유지하기도 힘든 형편이야."

크레이보가 말했다.

"사람은 자신의 기대와 생각대로 세상이 존재하기를 바라죠. 세상이 자신의 기대와 어긋나면 화를 내며 부정하고. 어쨌든 이제 여기를 떠날 시간입니다. 아침이 다가오고 있어요."

박순익이 말했다.

"왜 여기를 떠나라고 재촉하는 거요? 난 이 마을에서 장 박사를 찾아보겠어."

"그건 허용되지 않습니다."

"왜 안 된다는 거지? 너희는 뭔가를 숨기고 있어."

"우린 여기의 질서를 지키고 싶을 뿐입니다."

"네가 여기에 장 박사를 감추고 있어. 술수와 음모로 찬 놈 같으니."

"말조심해. 장 박사를 감춘 사람은 아무도 없어."

"더러운 놈, 너희들 모두 더러운 놈이야."

갑자기 박순익이 크레이보에게 달려들면서 외쳤다.

"장 박사를 내놔. 사기꾼아."

박순익은 주먹을 휘둘렀으나 크레이보는 재빨리 피했
자. 주먹은 크레이보의 뺨을 스쳐 지나갔다. 박순익은 크
레이보의 몸을 붙잡고 벽으로 밀어붙여 넘어뜨리고 목
을 졸랐다. 그러나 크레이보는 해상생활에 단련된 커다
란 손으로 박순익의 팔을 풀어냈다. 몸을 뒤집은 크레이
보가 박순익을 밀치고 일어났다. 박순익이 다시 달려들
었다. 그는 몸을 솟구쳐 머리로 크레이보의 배를 들이받
았다. 크레이보는 민첩한 동작으로 머리가 닿기 전에 옆
으로 빙글 돌아섰다. 크레이보를 노리는 박순익이 내뿜
는 살기로 오두막 내부가 번쩍거리는 것 같았다. 둘은
다시 맞붙었다. 그러나 크레이보는 우람한 팔뚝과 커다
란 손으로 제압해 박순익이 주먹을 휘두르지 못하도록
꽉 붙잡았다. 오두막을 찾아온 호수마을을 지키는 경비
대의 대장이 화를 내며 그 둘을 뜯어냈다. 그는 몸부림
을 치며 욕설을 퍼붓는 박순익에게 해가 곧 뜬다고 일러
주었다. 박순익이 떠나야 할 시간이었다.

"혼자서는 못 떠나!"

대장이 신성한 호수에서 폭력을 쓰면 안 된다며 그
를 비난했다. 박순익이 고함을 지르자 경비원들이 박순
익을 끌어내 오두막 밖으로 내팽개쳤다. 보초병 세 명이
절뚝거리는 박순익을 호송해 부두로 내려갔다. 크레이
보가 뒤에서 그들을 따랐다. 박순익은 오두막을 떠나면

서 청명한 빛을 자랑하는 호수를 되돌아보았다. 떠오르는 해를 받은 호수는 빛을 반사하며 찬란하게 타올랐다. 박순익은 호수를 향해 침을 뱉고 발길질을 했다. 배에서는 태성 일행이 해가 뜨기 훨씬 전부터 박순익을 기다리고 있었다. 태성은 탱크에 기름을 채우고, 예비용 기름을 두 통 들여놓고 식수와 식량도 미리 챙겨놓았다. 부두의 상점에서 돈은 필요 없었다. 물건을 파는 주인이 말했다.

"여기선 손님에게 돈을 받지 않습니다."

출항 준비는 끝났다. 장 박사가 내려오기만 하면 그들은 바로 떠날 계획이었다. 경비원에게 둘러싸인 박순익이 혼자서 내려오는 모습을 보자 그들은 실망했다. 주연은 금방이라도 울음을 터뜨릴 것 같았다.

"장 박사를 만났습니까?"

태성의 물음에 순익은 고개를 저었다. 호수의 오두막에 온몸의 힘을 놔두고 온 것처럼 대답하기도 힘들었다.

"어떻게 되었습니까?"

순익은 대답 대신에 조종실 좌석에 털썩 앉았다. 순익은 몸을 추스르고 그를 둘러싼 일행에게 짤막하게 경과를 말했다. 일행은 장 박사가 여기서 사라졌다는 순익의 설명을 어떻게 이해해야 할지 황망한 얼굴이었다. 주연이 말했다.

"우린 장 박사를 만나지도 못했어요. 폭풍까지 무릅쓰

고 와서 빈손으로 그냥 갈 수는 없지요."

"그럼 어떻게 하겠다는 거요?"

"우리도 한 사람씩 호수의 오두막으로 올라가 봐야죠. 시간이 걸려도요."

촌장이 다가와서 그들의 논의에 제동을 걸었다. 더 이상의 방문은 허락되지 않고 곧 이곳을 떠나야 한다는 통지였다. 더구나 박순익은 호수의 오두막에서 폭력을 쓰며 이곳의 질서를 어긴 상태였다. 촌장은 박순익이 약속을 어기고 호수와 마을을 모욕했다고 엄중하게 질책했다. 주연이 말했다.

"하지만 위험을 무릅쓰고 멀리서 찾아온 사람이면 호의를 베풀 수도 있지 않나요?"

촌장이 갑자기 찾아온 사람에게 호수의 오두막을 방문케 한 전례가 없었다고 말했다.

"장 박사를 찾아온 사람이니 예외적으로 허용한 겁니다. 더 이상의 방문은 불가능해요."

촌장이 더는 기다리지 못한다며 강력하게 출발을 종용했다.

태성이 촌장과 크레이보에게 다가서서 대화를 나누고는 선언했다. 정박지에서 퇴선을 명하는데 더는 머물 수 없었다.

"보라카이로 돌아갑니다."

아무도 그의 말에 이의를 걸지 않았다. 출발을 기다리는 박순익은 타버린 재처럼 꼼짝하지 않았다. 태성은 크레이보와 촌장과 인사를 나누고 바로 출항했다. 촌장이 불안정하고 변덕스런 날씨와 무풍지대를 조심하라고 일렀다. 태성이 민감하게 반응했다.

"무풍지대가 넓습니까?"

"기상이야 늘 변하니까 정확한 지점을 콕 집기는 어렵지만 넓지는 않아요. 너무 걱정 마시오. 배가 괜찮아 보이니까."

드디어 귀환이었다. 리조트와 바와 레스토랑과 카이트서핑과 윈드서핑이 기다리는, 온갖 나라에서 온 인간들의 부글대는 욕망이 깔린 곳을 향해 배는 동북으로 방향을 잡았다. 요트는 시원하게 부는 바람을 맞아 메인세일과 헤드세일을 펼쳤다. 섬을 벗어나자 바닷물 색이 투명하고 밝은 청색으로 변하면서 원해의 비경을 선사했다. 장 박사와 함께 돌아간다면 더할 나위 없이 아름답고 즐거운 귀환이었을 것이다.

광활해진 바다를 바라보던 오장욱이 점심으로 카레를 차려주었다. 그는 양동이로 바닷물을 퍼서 감자와 당근과 양파를 씻어냈다. 바다로 던져진 양동이는 물에 닿자 요트의 속도에 밀려 팽팽하게 당겨졌다. 줄을 당길 때 가득 물이 담겨 있던 양동이는 흔들리면서 갑판에 오르자 절반도 차 있지 않았다. 멀리 나올수록 물이 깨끗해져서 좋다는 그가 말했다.

"장 박사와 돌아가지 않아 안타깝지만 먹을 건 먹어야지요. 내일까지는 식탁을 책임지겠습니다."

하지만 그다지 가슴 아픈 표정으로 보이지는 않았다. 장욱은 흔들리는 선실 주방에서 몸의 균형을 잡다가 소파로 넘어지기도 하면서 돼지고기, 양파, 당근, 감자를 큼직하게 썰어 냄비에 넣었다. 점심은 그가 끓인 카레와 밑반찬 두 종류로 간소했다. 육지에서 멀어지자 파도가 거세지며 백파가 일어났다. 장욱은 파도가 치니까 요리하기 쉽지 않다면서 양손을 비볐다.

그들은 한 손으로 조종실 식탁의 손잡이를 붙잡고 점심을 먹었다. 박순익은 카레를 몇 숟가락 뜨고는 밀어내었다. 그는 생각에 잠겨 그대로 앉아 있었다. 저주스런 섬에서 벗어나서 좋았지만 그런 기쁨은 마땅히 장 박사와 함께 누려야만 했다. 크레이보에게 들은 이야기를 곱씹으면서 그는 침울했다. 그가 보기에 장 박사의 굳세고 든든한 정신은 열대의 벌레들에게 먹혀서 삭아가고 있었다. 그의 영혼은 토스쿠의 이빨에 씹혀서 찢기고 잘려나갔으며 순익을 받쳐주었던 장 박사의 강인한 낙관은 무너져버려 몇 개의 기둥들만 남은 상태였다.

"빌어먹을 토스쿠!"

그는 섬에서 벌어진 몇 가지 괴이한 일에 장 박사가 그토록 변했다는 사실을 믿을 수 없었다. 그건 마술이나 기이한 술수가 아니었을까? 옛날부터 악령은 바다에서 활개를 치지 않았던가? 섬의 호수에서 자라는 열대 식물이 모종의 환각 물질을 뿜어내 저쪽 편 오두막에 든 사람을 몽롱하게 재워버리는 것이 아닐까? 아니면 그들이 오두막에 들기 전에 마시는 음료에 비밀스러운 약이 녹아 있었던 건 아닐까? 그게 무엇이든 섬의 토스쿠는 밝혀지고야 말, 원시의 토템 기둥에 불과하다고 그는 확신했다. 마술사가 만리장성에 장막을 씌워 순식간에 없애버려도, 카메라가 비추는 빈 화면에 시청자가 환호성을 올려도, 다음 날이면 만리장성을 산책할 수 있다. 만리장성은 사라지지 않은 고정된 실체였다.

도대체 장 박사는 왜 무너졌을까? 박순익은 상념에 잠길수록 난간이 없는 절벽의 갓길에 올라선 기분이었다. 난간을 따라가면 가파른 절벽의 풍광은 뛰어났다. 난간에 손대지 않고 의지하지 않아도 끄떡없었고 난간에서 걸음을 빨리해도 순익은 추락하지 않을 것이었다. 난간이라는 존재 자체가 단단한 버팀돌이었다. 그러나 난간이 사라지자 그는 갓길에 서서 아래를 내려 보지 못하게 되었으며 절벽이 당기는 힘에 저항력도 면역력도 잃어버려 걷는 것조차 힘들어졌다. 박순익은 그런 지경에 처하고

만 것인가? 장 박사가 토스쿠로 혼란에 빠져 헤맨다면
박순익은 그런 장 박사로 말미암아 절벽 중간에 서서 더
는 오도 가도 못하게 되고 만 것인가?

오장욱과 성주연이 그런 박순익을 이해할까? 그들의
정신은 장 박사와 박순익만큼 질기지 못해 오히려 절벽
가까이에 다가서지 못했다. 그래서 그들은 난간 없는 절
벽의 공포를 깨닫지 못한 것이다. 절벽이 한없이 아래로
끌어당기는 두려움을.

주연이 그런 박순익의 마음을 아는 듯이 그에게 말
했다.

"장 박사에게서 빠져나오세요. 적어도 지금은요."

"지금은?"

"그래요. 지금. 그러면 다시 기회가 올 거예요."

"기회가? 언제, 어디서?"

"왜 그렇게 조급하세요. 기다려 봐요."

배는 동북을 향해 빠르게 올라갔다. 이대로 직선의 방
향으로 달려가면 귀환이었다. 긴 시간 지쳐버린 박순익
의 생각 사이로 호각 소리가 지나갔다. 타륜을 잡은 태
성의 귀에도 날카로운 소리가 엔진음 사이로 들렸다. 소
리는 허공을 가냘프게 날아다니다가 뚝 하고 끊어졌다.
태성이 긴장해서 귀를 세웠다. 소리가 다시 이어져 태성
은 바다를 둘러보았다. 멀리서 하얀 플라스틱 통이 보였

다. 호각 소리가 또다시 들렸다. 이번은 급박한 외침이
붙어 있는 다급한 소리였다. 오장욱이 보이지 않아 그는
후다닥 선실로 내려가서 장욱을 찾았다. 선실과 화장실
에도 그는 없었다. 언제 그가 사라졌을까? 풍덩하는 소
리도 들리지 않았다. 태성의 손이 긴장을 못 이겨 파르
르 떨렸다.

　태성이 배를 획 돌려 지나온 쪽으로 달렸다.

　"구명조끼! 구명조끼! 구명조끼를 분명히 입고 있었
지?"

　주연이 놀라 고개를 끄덕였다. 구명조끼에 붙은 호각
소리였다.

　"배 양쪽을 잘 살펴요."

　태성은 타륜을 꽉 잡은 손에 힘을 주었다.

　그는 귀를 곤두세웠다. 엔진 속도를 올리자 청음에 방
해가 되었다.

　'이렇게 멀리 왔다니.'

　태성은 자책했다. 그는 주연에게 타륜을 맡기고 세일
기둥 붐대에 올라서서 망원경으로 주위를 찬찬히 살폈
다. 오래지 않아 해가 져버리면 파도와 분간되지 않는
검은 점 하나로 사람이 묻힐 것이다. 바다를 뚫어지게
훑는 태성의 망원경에 멀리 구명조끼의 노란 형광표지
가 들어왔다. 태성은 붐대에서 뛰어내려 타륜을 잡고 오

른손으로 전속 레버를 올렸다.

장욱은 네모난 플라스틱 통을 안고 있었다. 그는 플라스틱 통에 착 달라붙어 손을 흔들었다. 바닷물에 젖은 그는 몸을 떨면서 기침을 했다. 장욱은 던져준 구명튜브를 붙잡고 요트의 옆으로 오르다가 미끄러졌다. 그는 놓친 튜브를 잡느라고 정신없이 허우적대었다. 주연이 팔을 쳐들고는 경멸을 담은 얼굴로 손을 내밀었으나 장욱에게 주연의 내민 손은 보이지 않는 것 같았다. 태성이 장욱에게 요트의 라이프라인 지지대를 붙잡고 올라오라고 말했으나 그는 다시는 떨어지지 않겠다는 각오로 튜브를 꽉 붙잡고 있어 힘들어 보였다. 그가 타륜을 돌려 후미를 장욱의 앞으로 대고 엔진을 멈췄다. 그와 순익은 발을 후미 밑판에 디디고서 장욱을 끌어올렸다. 조종실로 올라온 장욱은 흐느끼고 있었다. 물에 흠뻑 젖은 그는 몸이 더 불어난 것 같았다. 그가 붙잡았던 플라스틱 통 주위로 살아난 장욱을 축하라도 하려는 것처럼 많은 플라스틱들이 모여 있었다. 선실에서 장욱이 옷을 갈아입자 주연이 담요를 덮어주고 설탕물을 끓여 먹였다.

주연이 장욱에게 말했다.

"인어공주라도 만났어요?"

장욱이 기침을 하며 대답했다.

264

"실수였어. 뒤에서 정말 실수로 빠진 거야."

"무슨 실수?"

장욱이 연달은 기침을 하면서 젖은 목소리로 말했다. "후미 발판을 밟고 한껏 몸을 낮춰서 소변을 보려다가 미끄러지는 바람에……."

"고함이라도 지르지 그랬어?"

장욱은 억울한 얼굴이었다.

"물을 마시며 아차 하는 사이에 배와 멀어졌다니까."

수평선을 두드리는 해가 바다를 비추면서 반짝거리는 햇살들이 튀어 올랐다. 햇살은 요트의 옆에서 긴 로프처럼 유난히도 번쩍거렸다가 그물처럼 번져나가서 요트를 감싸 안았다. 기이한 풍경이었다. 조각난 검푸른 물결이 흰색 사이로 언뜻 모습을 비치고는 싸울 엄두를 내지 못하고 밀려나갔다. 태성은 구조 튜브를 손에 든 채로 하얀 유령으로 변해가는 바다를 바라보았다. 흰빛이 마침내 수면을 채웠다. 주연이 뱃전으로 다가가서 뱃전에 달라붙는 하얀 햇살을 건져 올렸다. 바닷물을 타고 흐르는 흰색 플라스틱 통이었다. 그 뒤를 플라스틱의 대열이 위풍당당하게 이었다. 바람이 사라지면서 파도는 잔물결로 변해 뱃전에서 찰싹거렸다. 넘어가는 해가 바다에 떠다니는 가지각색의 플라스틱에 영광의 세례를 내리는 황금색 햇살을 휘황하게 비추었다.

요트가 얼마 나아가지 않아 스티로폼과 페트병과 플라스틱 통과 비닐과 그물과 어구가 넘실대었다. 태성이 막대로 바다를 헤치면서 들여다보자 바다는 무수히 다양한 종류를 그에게 선보였다. 가벼운 것과 무거운 물건, 가라앉는 물건과 가라앉지 않는 것이 끈과 로프에 얽혀들어 둥둥 떠다녔다. 양동이, 석유통, 필름, 호스, 전선피복, 완구, 선풍기 날개, 화장품 용기, 자동차 램프, 헬멧, 우유병, 푸른색 물탱크, 낚싯대, 햄 포장비닐, 카세트테이프, 구두창, 주사기, 링거액 주머니, 합성피혁, 파이프……. 바다를 뒤덮은 플라스틱들은 너무나 거대해서 바다의 거품을 뚫고 탄생한 새로운 생명체로 보였다. 그는 어떤 책에서 읽은 구절이 떠올랐다. 이런 내용이었던 것 같다. 도시는 그곳이든 배출하는 쓰레기의 양과 질로 성격이 규정될 수밖에 없는 것이다. 각각의 도시는 배출된 쓰레기로 현실에 가장 충실한 '쓰레기 초상(肖像)'을 작성할 수도 있을 것이다. 쓰레기는 현재를 연구하는 고고학의 대상이 되어야 하고 이 보고(寶庫)는 그 나름의 발굴자들과 사금 채집자들을 끌어들여 마땅하다. 하지만 거기에는 얼마나 대단한 용기와 겸허함이 필요한 것인가! 그러나 태성은 지금 눈앞 바다에 끝없이 펼쳐진 광경을 보면서 쓰레기 초상을 만들 엄두가 나지 않았다. 이걸 보고라고 하기도 어려웠다. 그저 숨이 꽉 막히고 침울해지며 가슴을 텅 비워버리는 광경일 뿐이었다.

요트의 이기통 엔진이 푸르륵 소리를 내며 안간힘을 쓰다가 멈춰버렸다. 엔진이 멈추면서 정적이 찾아왔다. 바다를 유빙처럼 뒤덮은 플라스틱은 요트의 길을 막아서서 숨길을 조였다. 태성이 옷을 벗어 던지고 바다로 뛰어들어 프로펠러를 빙빙 감은 비닐과 로프를 건져내었다. 그는 건져낸 비닐과 로프 따위를 조종실로 던져 넣고서는 시동을 걸었다. 요트는 뱃전에 몰려드는 플라스틱을 헤치며 나아가다 오래지 않아 멈춰 서버렸다. 태성은 바다에 다시 뛰어들어 프로펠러를 휘감은 잡물들을 끄집어내었다. 새벽이면 카가얀 제도 부근을 지나가리라 예상했지만 틀어지고 말았다. 박순익도 플라스틱 바다의 장대함에 할 말을 잊고서 그 자리에 서 있었다.

"도대체 여기가?"

"무풍에 해류가 도는 곳 같습니다."

박순익은 플라스틱 바다의 황폐함이 장 박사의 마음을 나타낸 것 같아 가슴이 아팠다. 그는 항해 내내 자신을 사로잡은 장 박사의 행방에서 빠져나오지 못했다. 도대체 장 박사는 어디로 간 것일까? 그가 장 박사의 위기를 생각할수록 그 위기는 자신의 내면에서 증폭되어 쩍쩍 갈라지는 소리를 내며 심연을 드러내는 것 같았다.

그 심연에는 자신의 과거와 장 박사와의 관계와 그를 향한 믿음이, 못 쓰게 된 플라스틱 헬멧과 비닐과 플라스틱 용기와 주사기 따위로 변해 해류를 따라 무기력하게 도는 것 같았다.

바다를 넘어간 해는 흰색 바다에 회색과 붉은색을 담은 휘황한 노을을 던졌으나 플라스틱과 쓰레기 어디에도 머물 곳을 찾지 못한 채, 산산이 갈라져서는 플라스틱 사이에 고개를 내민 한 조각 바다를 겨우 차지했다.

승객 일행은 밀려오는 플라스틱과 쓰레기의 대열을 멍하니 쳐다보았다. 해류가 소용돌이로 느리게 돌며 쓰레기들을 모으고 있었다. 요트는 쓰레기 바다에서 힘에 겨워 조금씩 앞으로 나아갔다. 주연은 조종실에서 낚싯대를 옆으로 휘두르면서 엔진 쪽으로 밀려드는 플라스틱을 밀쳐내었다. 하지만 그건 거대한 거미줄에 걸린 날벌레의 몸부림을 닮은 애처로운 동작이었다. 플라스틱 덩어리는 지치지 않고 완고하게 요트로 달려들었다.

북두칠성이 하늘로 떠올랐다. 밤바다로 쏟아지는 별빛은 싸늘하게 죽음의 백색 묘지를 비추었다. 바람은 죽어버려 대기는 죽음의 음산한 기운을 띠었고, 살아서 움직이는 것은 플라스틱의 바다에 갇혀버린 요트뿐인 것 같았다. 밤은 요트는 아랑곳하지 않고 묵묵히 자신의 길을 걸어갔다. 플라스틱 바다는 태성과 승객들에게서 잠까지 쫓아내버려 그들은 우울하게 눈을 뜨고 어둠에 빠져서 침묵했다. 프로펠러와 샤프트가 고장 날까 두려운 요트는 바다를 신중하게 짚으며 한 걸음씩 나아갔다. 밤이 지나가는 속도는 느리고 느렸다. 태성이 플라스틱은 가벼운 장애에 불과하니 무시해도 된다는 어투로 일행에게 말했다.

"넓은 해역을 덮지는 못하니 조금만 지나가면 끝날 겁니다."

오장욱이 말했다.

"제발 그랬으면 좋겠어요."

밤눈이 밝은 순익은 어둠을 뚫고 소리쳤다.

"불빛이 보인다!"

모두 일어섰다. 노르스름한 불빛이 사람을 유혹하는 눈빛으로 깜빡거렸다. 지긋지긋한 플라스틱 바다의 비상구를 가리키는 신호등 같았다. 불빛은 승객들의 귀로를 순식간에 대체해버려 태성은 불빛을 향해 요트를 조종했다. 밤을 균열 낸 처음의 환희가 잦아들자 태성 일행은 두근두근한 기대와 함께 또 다른 불안에 휩싸였다. 누가 플라스틱 바다에서 불빛을 비추는 걸까? 그들은 침묵에 젖어서 밤바다의 불빛을 바라보았다.

요트가 불빛에 다가가자 작은 수상 시설물이 나타났다. 시설물에서 아무도 나오지 않아 태성은 접안용 타이어가 붙은 시설물의 오른쪽으로 요트를 댔다.

16

수상 시설물에서 태성은 소리 높이 사람을 불렀다.

"여보세요. 계십니까?"

괴괴한 침묵만이 되돌아왔다. 태성 일행은 조심스럽게 바닥을 움직이다 긴 의자에 누운 사람을 찾아내었다. 태성이 랜턴을 들어 올리자 마구 자란 수염과 머리카락이 없다면 한때는 잘생겼다는 소리를 들었을 것도 같은 남자가 보였다. 낡고 해진 옷을 입은 그에게는 수도원이나 외딴 암자에서 오래 산 사람 고유의 초연함과 고독에 절여진 분위기가 짙게 깔려 있었다. 남자는 태성이 부르는 소리에도, 랜턴의 환한 불빛에도 아무런 반응을 보이지 않았다. 태성이 천천히 다가가서 남자의 경동맥에 손을 올리고는 일행을 뒤로 물렸다. 남자는 죽어 있었다. 태성이 랜턴을 들어 얼굴을 자세하게 비추고는 말했다.

"죽은 지 얼마 되지는 않은 것 같은데……."

그는 탁자 옆에서 찾은 두꺼운 검정 천으로 명상에 잠

긴 듯한 남자의 얼굴을 덮었다.

태성이 랜턴을 비춰 주위를 살펴보았다. 스티로폼 원통과 플라스틱 박스를 로프로 엮어 만든 바닥에 판자와 플라스틱을 깔아 평평하게 만들었다. 뒤쪽에는 텐트와 의미 없이 시간을 재는 모래시계가 놓인 탁자가 있었고 멋없는 플라스틱 의자가 몇 개 놓였다. 싸구려 플라스틱 의자는 육지에서와 마찬가지로 사람을 앉히는 기능에 충실했다. 기둥에 매달아 비스듬하게 펼친 비닐천은 빗물을 받아 플라스틱 통으로 모았다. 태성 일행은 한 뼘 반 높이로 울타리를 쌓은 텃밭을 보고서 놀랐다. 그러나 채소를 다 뜯어 먹어 밭은 텅 비어 있었다. 시설물의 한쪽 선착장에는 그가 타고 온 듯이 보이는 구명보트가 방수포에 덮여 있었다. 작은 개 한 마리가 방문객을 향해 정신없이 꼬리를 흔들었다. 장욱이 중얼거렸다.

"이런, 한때는 기적의 왕국이었군."

태성은 승객들과 요트에서 밤을 보내고 해가 떠오르면 다시 내리기로 의논을 모았다. 의자의 시체를 처리할 마땅한 방법이 떠오르지 않아 일단 그대로 놔두기로 했다. 해가 뜨면서 밤의 어둠을 벗겨내자 가릴 것 없이 그대로 드러난 시설의 광경은 철거현장의 마지막 잔해처럼 혹독했다. 시설들은 모두 허물어지고 삭아서 바스러지고 있었다. 소금 기운과 햇빛은 시설물을 사정없이 파

헤치고 해체했다.

'기적의 왕국' 한쪽에는 바닷물을 증류시켜 담수로 만드는 증류기 여러 대가 물을 받고 있었다. 비스듬히 기운 유리에 담은 바닷물이 햇빛으로 증발하면서 천장의 유리를 타고 물방울이 아래로 떨어졌다. 시간이 흐르자 신민의 목숨을 유지했던 물이 조금씩 고였다.

태성 일행은 해가 떠오르는 모습을 바라보면서 요트에서 아침 식사를 준비했다. 주연이 밥을 짓고 오장욱이 통조림을 가져왔다. 플라스틱으로 메운 바다에서 해가 솟아오르자 남극의 설빙처럼 하얗게 빛을 반사했다. 플라스틱은 어깨와 어깨를 맞대고 빼곡하게 들어찼다. 설원으로 변해 버린 바다에서 점점이 파랑과 노랑의 플라스틱이 박혀서 반짝거렸다. 해가 하늘로 오르면서 바다는 색색의 돌이 박힌 넓적한 바위 판을 닮아갔다.

식사를 끝내고 플라스틱 의자에 앉은 태성이 묵시록적인 풍경이라고 말하자 장욱이 더듬대며 동의했다.

"세상의 종말이 온다면 이런 아침이 아닐까요. 아침마다 에덴의 마지막을 보는 감회에 사로잡히게 되겠죠."

탁자에는 플라스틱 숟가락과 이가 나간 독일제 접시에 녹슨 스위스제 칼이, 그 옆에는 톱과 칼과 망치가 들어 있는 공구함이 놓여 있었다. 목이 긴 중국제 꽃병과 베트남제 라이터를 살펴보던 주연이 궁금증을 참지 못했다.

"이곳에서 쓰는 물품을 어떻게 구했을까요?"

태성이 대답했다.

"아마도 타고 온 배에 일부를 싣고 대부분은 바다의 부유물에서 건져냈을 겁니다. 해류가 소용돌이 형태로 모였다가 빠져나가는 곳이니 버려진 모든 물품이 정거장처럼 거쳐 가겠지요. 필리핀 해역에는 필리핀의 휴양지와 도시에서 나오는 쓰레기에다 중국과 일본, 한국, 가끔은 먼 나라의 물품도 나와요. 바다에는 온갖 종류의 썩을 수 없는 물건들이 떠다니니까요."

시설물의 끝에는 음산한 분위기의 방수포가 하나 덮여 있었다. 주연이 방수포를 가리키면서 기분 나쁜 무엇이 들어 있는 것 같다고 말했다. 태성이 다가가서 방수포를 살짝 벗겨내자 지켜보던 주연과 장욱의 입에서 비명 소리가 터져 나왔다. 태성은 자신을 바라보는 텅 빈 해골의 눈구멍을 마주 보며 천천히 방수포를 덮었다. 일행은 방수포에서 몇 걸음을 물러 나왔다.

장욱이 태성에게 물었다.

"남자? 아니면 여자일까요?"

"알 수 없지요."

"여자였다면, 어쩌면 바다 위에 세운 둘 만의 에덴동산이었는지도 모르지요."

"이런 곳에서? 신의 은총으로?"

"신이 두 사람을 플라스틱과 쓰레기에 의존해 사는 새로운 유형의 인간으로 창조하지 않았을까 싶네요."

주연이 말했다.

"그들은 바다 위 에덴동산에 최초이면서 최후로 산 셈이네요. 여기는 사악한 뱀도 없고 골치 아픈 사과나무도 없으니 에덴동산보다 낫지 않을까요."

장욱이 탁자에 놓인 암석을 가리키며 말했다.

"에덴의 상징이 여기에 있네요."

박순익이 돌을 집어 들었다. 녹은 플라스틱과 암석, 나뭇조각, 조개껍질, 모래가 엉키고 뭉친 플라스틱 돌이었다. 돌 중앙에 달라붙은 조개껍질이 드러낸 이빨처럼 보였다. 해변의 쓰레기를 태우거나 캠프파이어를 할 때, 타고 녹은 플라스틱이 다른 암석과 조개 따위와 엉켜서 만들어진 것처럼 보였다.

주연이 소리쳤다.

"에덴이라도 쓰레기에 의지해서 살면 슬플 것 같아요."

장욱이 주연의 쓰레기란 말을 반박했다.

"슬프지는 않을 것 같은데. 해류를 따라 흘러오는 플라스틱과 쓰레기를 살펴보면 언젠가는 버림받은 쓰레기들이 육지를 포위해서 집어삼킬 겁니다. 거대한 반란이라고나 할까. 우린 뭉뚱그려 쓰레기라며 경멸스런 이름을 붙였지만, 쓰레기들은 생명력을 가진 물체야. 낱으로 흩어져 있으면 하찮고 없애버려야 할 것으로 보이지만 모이고 뭉치면 그들은 증식해서 어마어마한 힘을 퍼뜨리니까. 머지않아 육지 자체가 무인도로 변할 기로에 서게 될지도 모르지요. 우리들은 살아서 그 광경을 직접 눈으로 보는 행운을 누리게 될 거야."

장욱이 그러면서 한 마디를 툭 던졌다.

"저 방수포의 시체가 장 박사는 아니겠지."

주연이 펄쩍 뛰며 말했다.

"무슨, 말 같지도 않은, 그런 말은 입에 담지도 말아요."

성주연은 자신에게 달라붙는 자그마한 개를 어루만졌다. 한때는 귀여웠을, 흰 털에 눈 주위만 갈색인 개는 이제는 털이 뭉텅 빠지고 다리를 절었다. 개는 주연의 옆을 따라다니면서 꼬리를 흔들었고 주연이 내미는 손을 혀를 내밀어 정신없이 핥았다. 주연이 간지러워하며 깔깔 웃으면 개는 주연의 다리에 몸을 비비면서 끙끙대며 칭얼거렸다. 개는 자신을 봐주지 않으면 관심을 끌려 으르렁대기도 했다. 개는 태성과 순익과 오장욱에게도 친근하게 따라붙었는데 장욱이 손바닥으로 등을 후려쳐도 여전히 떨어지지 않았다.

주연이 말했다.

"이 개가 어디서 왔을까?"

태성이 말했다.

"글쎄. 몸도 성치 않아 보이는데."

주연이 개의 머리를 쓰다듬으며 말했다.

"이런 지경이니 점점 나빠지고 있겠죠."

개는 죽어버린 주인의 뒤를 따라 몰락의 길을 내려가고 있었다. 죽을 날만을 기다리는 것처럼도 보였다. 박순익은 개가 자신의 모습을 닮은 것처럼 느껴졌다. 주인은 사라졌고 자신도 어딘가로 빠져나가야 하지만, 어디로 갈지를 모르는 바다 위의 생명. 개는 운 좋게도 지나가는 사람을 만나서 잠시의 도움을 구했으나 박순익은 어떤 기대도 쉽지 않았다. 의자에 앉아서 죽은 사람을 바라보며 마치 자신이 미리 와서 죽어 있는 게 아닐까 하는 생각마저 들었다.

왕국은 수행 규율이 엄격한 선실과 수도원을 합쳐 세운 것같이 침묵이 지배했다. 해가 움직이는 시간이 여기서는 무척 느렸다. 해는 하늘에 붙박인 채로 긴 여정에 지쳐서 쉬고 있는 것 같았다. 한참이 지난 것 같아 해를 쳐다보면 해는 황도를 조금만 지나갔을 뿐이었다. 왕국은 특별히 급할 일도, 시간에 쫓겨야 할 일도 없었다. 물자와 문명의 도구가 없다시피 한 왕국에서는 제대로 되는 일도 없었을 것이다. 여기는 호흡과 근육의 움직임과 생각의 속도마저도 느려지는 것 같았다. 태성은 몇 시간이 이렇게 긴 시간인 줄 몰랐다. 근 열흘을 보낸 것 같았다. 주연은 개와 놀고 있었다. 개는 주연이 떠나지 않으리라 믿는지 의젓하게 앉아서 주연의 손바닥을 핥아주었다. 주연이 손바닥을 들어 올리면 개는 무슨 뜻일까 하며 말간 눈으로 그녀를 올려보았다. 그녀가 개의 머리를 쓰다듬으면 개는 펄쩍펄쩍 뛰며 기뻐했다.

해가 수평선에서 올라가자 내리쬐는 햇볕이 왕국을 뜨겁게 데웠다. 데워진 공기는 왕국을 감싸 숨이 턱 막히게 목을 죄었다. 바다는 부글부글 끓어오르며 비등점을 향해 치닫는 것 같았다. 바다에 뜬 플라스틱과 '기적의 왕국'은 더운 열기에 깔려 느릿느릿 움직였다.

태성이 기둥을 세워 쳐놓은 방수포 아래에 앉아서 말했다.

"해류를 따라서 일부는 바깥으로 빠지고 안쪽은 소용돌이로 말려서 다시 원점으로 돌아올 것 같네. 플라스틱과 쓰레기를 모으기도 하고 헤쳐놓기도 하면서."

박순익이 지친 목소리로 물었다.

"해류를 타면 왕국은 어디로 갈까?"

"타원 형태의 이동을 마치고는 떠난 곳으로 돌아오겠지요."

움직이는 액체에 뜬 왕국은 끊임없이 움직였다. 바람이 불지 않아도 바다는 자신의 요람을 흔들었다. 해는 바다에 깔린 플라스틱과 잡동사니, 그리고 방수포를 덮은 뼈를 향해 더운 기운을 보냈다. 고인 공기는 묵직하게 깔려 태성 일행을 덮어 눌렀고 후덥지근한 대기는 쥐어짜면 물방울이 뚝 떨어질 것 같았다. 태성은 충분히 쉬었으니 출발해야겠다고 마음먹었다.

박순익은 갑자기 이마에 통증이 몰려와 손가락으로 이마를 눌렀다. 통증은 멈추지 않고 예리하게 파고들었다. 주연이 순익에게 괜찮으냐고 물었다. 그는 고개를 흔들고 눈을 감았다. 눈꺼풀 아래에서 플라스틱의 바다가 나타났다. 둥둥 떠다니는 플라스틱 박스와 페트병의 모서리에서 네 개의 발이 달려 나왔다. 플라스틱은 해류에 몸을 맡겨 천천히 움직이다가 짧은 발을 휘저으면서 왕국을 향해 한꺼번에 몰려들어 왕국의 가장자리에 발을 올리고 기어오르기 시작했다. 플라스틱 로봇으로 불러도 좋을 게를 닮은 그것들은 같은 종족의 무게에 눌리면서도 허공에 발을 허우적대며 악착같이 왕국으로 달라붙었다. 플라스틱 몇 개가 마침내 왕국에 올라서 자랑스럽게 발을 추어올렸다. 눈이 없는 형상들이 더욱 기괴했다. 순익은 이를 악다물며 눈을 뜨고는 솟아오르는 진땀에 숨을 몰아쉬었다. 바다를 덮은 플라스틱이 새삼스럽게 두려웠다.

박순익은 왕국을 포위한 플라스틱의 시선을 더 이상 견딜 수 없었다. 이상한 일이었다. 그는 신경이 둔감했고 옷부터 가구에 이르기까지 생활에서 만나는 사물에 관심이 없었다. 카페에서 시끄러운 음악을 틀어놔도 무덤덤했다. 도로에서 크게 울린 경적으로 행인이 깜짝 놀라도 그는 가볍게 쳐다볼 뿐 걸음을 멈추지 않았다. 평소에도 프로그램 설계로 머리가 꽉 차 있어 다른 곳에 나눠줄 관심이나 에너지가 부족했다. 하지만 지금은 플라스틱으로 만든 병과 접시와 가전제품과 조명기구와 사무집기들과 같은 인간이 배출해낸 물건들에 그저 화가 났다. 순익이 만든 컴퓨터 프로그램은 다행스럽게 바다 쓰레기로 떠돌지는 않았다. 그러나 바다에는 한때는 박순익의 회사가 깔기도 한 프로그램으로 열심히 돌아갔을 데스크톱과 노트북과 스마트폰과 갤럭시 패드와 같은 잡동사니들이 수북했다.

장 박사 없이 돌아가는 길은 그 자체로 힘들었다. 순익은 피곤했다. 의자와 방수포에 덮인 두 시체가 자신과 장 박사의 토스쿠처럼 느껴졌다. 쓰레기 바다로 쫓겨나서 벗어나지 못한 토스쿠라니. 거기다 그가 사는 육지에서 쏟아낸 쓰레기의 더미가 그를 혼돈에 빠뜨렸다. 삶이란 그저 지상에서 쓰레기를 만들어 밀어내는 일에 불과한 것인가? 그가 밤을 새며 만든 프로그램이 깔린 컴퓨터, 그가 타고 다녔던 자동차의 부품, 그가 먹고 마셨던 편의점의 온갖 물건들 모두 플라스틱 바다로 몰려들었다. 그는 살던 집의 배수구와 깨끗한 거리 지하의 시커멓고 더러운 하수구와 썩은 냄새를 잔뜩 풍기는 고급 요리의 찌꺼기를 한꺼번에 코앞에 올려놓은 것 같았다. 육지로 다시 돌아가야 한다니 혐오스러웠다. 빌어먹을 쓰레기 바다라니……. 구역질 나는 육지의 이면을 보여주는 곳이라니. 그는 오한이 들면서 몸이 옴츠러들었다.

순익이 화가 섞인 어조로 물었다.

"도대체 이 플라스틱과 쓰레기가 다 어디로 갈까?"

"여기는 작은 곳이지요. 태평양에는 거대한 플라스틱 바다가 있다고 들었어요. 대서양과 인도양에도 자라나고 있고."

장욱이 낄낄대며 끼어들었다.

"쓰나미가 육지를 강타할 때 함께 육지를 덮치지요. 도로와 건물 사이를 쓰레기가 폭설처럼 메워버리는 거야. 그래서 해안가 도시와 사람들은 사태가 진 플라스틱과 쓰레기에 깔려서 질식해버리고. 인간들은 자신들이 싸질러 놓은 오물에 깔려 망해버리는 겁니다."

그는 말을 하면서 기운이 올랐다.

"이걸 희곡으로 써야겠군. 쓰나미가 덮친 도시에서 플

라스틱 더미에 깔린 사람들의 이야기. 너무 많은 플라스틱에 싸인 인간 중에서 몸의 일부가 플라스틱으로 변하는 사람들이 나타나고 그들만이 살아남는 거지. 무서운 돌림병이 덮치는데 플라스틱화된 인간들만 비켜 가는 거야. 생존자들은 허리와 어깨의 뼈가 플라스틱 성분으로 변해 버리고, 관절과 척추가 신형 플라스틱으로 변한 사람들은 놀라운 유연성을 발휘해서 빠르게 달리게 되지. 플라스틱화된 남자와 여자가 결혼하게 되면……."

장욱의 말이 거기서 그쳤다. 주연이 이야기에 심취한 그를 붙잡아서 흔들었다. 앉아 있는 박순익이 심상찮은 자세로 쓰러졌다. 그는 급격히 열이 오르고 침이 마르며 눈이 붉어졌다. 몸을 가누지 못할 만큼 지쳐 보이는 박순익은 열에 들떠서 의식을 잃어가고 있었다. 태성과 장욱이 순익을 부축해서 요트로 옮겼다. 요트로 옮겨간 순익은 엄청난 땀을 흘려 주연이 수건으로 땀을 훔쳐내 주었다.

그는 붉게 열기가 오른 눈을 떠서 천장을 바라보고는 가쁜 숨을 토해내었다. 순익이 혼미한 말투로 주연과 장욱에게 부탁했다.

"이곳을 떠나! 플라스틱 바다라니, 플라스틱 바다에 누운 시체라니."

급히 돌아가야만 했다. 주연까지 요트로 옮겨 타자 개

가 요트 앞에서 뛰어다니며 짖기 시작했다. 개는 꼬리를 흔들고 나중에는 몸을 흔들면서 짖어대고 또다시 짖었다. 주연이 왕국으로 도로 나와서 개를 쓰다듬자 개는 목소리를 낮춰서 애원하는 소리로 낑낑대다가 몸을 뒤집어서 네 발을 치켜들었다. 그러다가 주연이 다시 요트로 옮겨가자 정신을 거의 잃을 정도로 짖어대면서 선착장을 뛰어다녔다. 개는 '기적의 왕국'이 곧 무너지고 종말이 덮친다는 것을 온몸으로 알고 있었다. 그러나 장욱이 주연에게 못을 박아 말했다.

"요트가 마당 널찍한 집이 아닌 건 알고 있지?"

주연은 개의 물기가 젖은 필사적인 눈길에서 시선을 돌렸다.

태성이 선착장의 로프를 풀어서 요트로 던지자 장욱과 주연은 요트의 옆구리에서 펜더를 걸어 올렸다. 요트가 왕국에서 멀어지자 선착장의 끝에 발을 딛고 온 힘을 다해서 짖어대던 개가 요트를 향해 바다로 뛰어들었다. 개는 고개를 처들고 요트를 향해 헤엄을 치기 시작했다. 개가 플라스틱을 밀어내면 플라스틱은 조금 밀려났다가 다시 개에게 달라붙었다. 흰 플라스틱 사이에서 고개를 내밀고 사력을 다하는 개는 플라스틱 하나가 필사적으로 바다를 탈출하는 모습으로 보였다.

주연이 장욱에게 소리를 올렸다.

"저 꼴이 안 보여? 저대로 가면 죽어."

장욱이 투덜대었다.

"죽겠다는 놈을 구해서 어쩌겠다는 거야?"

태성이 선수를 돌려서 개에게 다가가자 주연이 구명 튜브를 던졌다. 개가 몸을 반쯤 걸치며 올라타자 주연이 조금씩 튜브를 끌어당겼다. 개는 튜브에 걸린 로프를 입으로 물고서 꼭 달라붙어 요트로 올라왔다. 요트로 오르자 개는 몸을 털어서 물방울을 걷어내더니 장욱에게도 다리를 비비며 꼬리를 흔들었다.

"저리로 떨어져!"

장욱이 발로 걷어내자 개는 조금 떨어져서 지치지 않고 꼬리를 흔들었다.

태성이 '기적의 왕국'에 손을 흔들고는 선수를 서쪽으로 돌려서 엔진의 속도를 올렸다. 장욱이 선수에서 진행 방향을 살펴보았다.

"온통 플라스틱뿐이군. 이쪽은 쓰레기도 줄었어. 플라스틱이 모두를 몰아낸 것 같군."

요트는 페트병과 전자제품과 장난감 등 온갖 물건들을 헤치고 나아갔다. 순익은 선실에서 깊이 빠져든 잠의 세계에서 빠져나오지 못했다. 그는 악몽을 꾸는지 눈썹을 꿈틀거리고 입술을 비틀며 입을 앙다물고는 몸을 떨었다.

장욱이 태성에게 타륜을 잡아보겠다고 말했다. 처음 타륜을 잡아 배를 몬 오장욱은 유쾌했다.

"나도 용도가 쓸 만한데."

　태성은 요트 후미의 기름 주입구 밸브를 열어 기름을 한 통 부어 넣었다. 빠르지 않게 달린 데다 간간이 세일을 사용해서 선박 엔진은 놀라울 정도로 기름을 적게 먹었다. 동력을 아낀 선박은 힘을 바다에 효율적으로 뿌리면서 바닷물을 밀어냈다. 바다를 떠다니는 플라스틱과 쓰레기는 줄어들었지만, 아직 만만찮았다. 스크루에 말려드는 로프와 잡동사니로 엔진이 서면 주연이 물에 뛰어들었다. 그녀는 물속으로 잠수해서 스크루를 깨끗하게 청소하고 올라와서 틈틈이 타륜을 잡았다. 요트는 운행과 정지를 반복하며 힘겹게 앞으로 나아갔다. 플라스틱이 조금씩 사라지면서 푸른 바다가 모습을 드러냈다. 플라스틱을 몰아가는 해류에서 벗어나기 시작한 모양이었다. 마침내 플라스틱으로 덮인 바다는 끝나가고 있었다.

　장욱이 태성에게 물었다.

"이제는 보라카이로 가는 거요?"

　태성이 오른쪽을 가리켰다.

"카가얀 섬 쪽이야. 북으로 달리면 돼."

　다행스럽게 박순익이 깨어났다. 그는 눈을 뜨고도 주

위를 둘러보고 한참을 누워 있었다. 그는 갓 태어나는 것처럼 오른팔을 쭉 뻗고 왼팔도 뻗어본 다음에 조심스럽게 앉았다. 열이 그의 고민을 바짝 말려버렸는지 순익은 차분해진 얼굴이었다.

"일어났어요?"

태성이 물었다.

"어떻게 된 거지."

"갑자기 열이 오르더니 쓰러졌지요. 땀을 많이 흘렸고요. 괜찮아요?"

그가 똑같은 꿈을 계속 꾸었다고 말했다.

"같은 꿈이요?"

순익은 앉아서 곰곰이 꿈을 돌아보았다. 같은 꿈을 계속 꾸는 바람에 꿈의 세세한 디테일까지 완벽하게 되살아났다. 흰 복도에 한 소년이 서 있었다. 소년이 당돌하게 박순익에게 물었다.

"넌 뭘 기다려?"

그가 잠자코 있자 길고 흰 복도가 똑같이 나오는 다음 꿈으로 접어들었다. 키가 더 자란 소년이 나와서 같은 질문을 했다.

"넌 뭘 기다리니?"

도대체 그는 뭘 기다리는 걸까? 그는 뭔가를 기다리지만 그게 뭔지를 알기를 어려웠다. 그리고 더 자라서 소년티를 벗은 남자가 복도에서 그에게 똑같은 물음을 던졌다. 소년은 점점 자라고 순익은 멍청하게 플라스틱 의자에 앉아서 그 남자가 묻는 질문에 대답하지 못하고 그저 듣고만 있었다. 마침내 성인이 된 남자가 순익과 똑같은 모습으로 나타나서 그에게 뭘 기다리느냐고 다시 물었다. 남자가 자신과 같은 모습으로 나타나서 순익은 놀랐다. 그는 장 박사를 기다리는 것일까? 순익이 기댔던 장 박사도 주술에 흔들리는 평범한 남자에 불과했는지도 몰랐다. 순익은 답을 알 것도 같았지만 확신을 하지는 못해 결국은 용을 쓰면서 대답하지 못했다. 남자는 이제 슬픈 눈빛으로 순익에게 마지막 질문인 것처럼 처연하게 다시 물었다. 순익은 시간을 조금 달라고 말하고는 꿈에서 깨어났다.

주연이 말했다.

"이상한 꿈이군요."

미풍이 불기 시작해 태성은 메인 세일을 절반가량 풀었다. 검은 구름이 몰려와서 짙게 깔리며 빗방울이 떨어졌다. 태성 일행이 지나온 플라스틱 바다의 고요를 변상해야 한다는 것처럼 검은 구름이 하늘을 짓눌렀다. 보라카이로 편안하게 귀환하는 것을 바다가 시샘하며 날카로운 이빨을 내보였다.

주연이 태성에게 물었다.

"나쁜 징조일까요?"

"나빠요. 아주 나쁘지만 않기를 바라야죠."

돌풍이었다.

파도가 거칠어졌다. 평온했던 바다는 순식간에 얼굴을 바꿔서 포말을 날리며 날뛰었다. 세찬 바람이 획획 하늘을 가로질러 배를 흔들었다. 바다에서 긴 너울이 달려와 고꾸라지듯이 배가 앞으로 움직였다.

주연이 말했다.

"바다가 미쳤어요!"

타륜을 잡은 태성이 소리쳤다.

"태풍 시즌에 들어가기 시작했으니. 필리핀 바다는 그래. 태풍이 아니라서 감사할 뿐이야."

돌풍의 가운데로 들어간 배는 파도를 맞고 방향을 잃어갔다. 배가 흔들리면서 조종 각도가 비틀려 기울어지자 오른쪽에서 커다란 파도가 일어섰다. 그러더니 파도가 배 위로 올라탔다. 돌풍의 중심에 맞았는지 측면에서 올라타는 파도의 기세가 등등했다. 요트는 속수무책으로 흔들리며 겨우 몸을 지탱했다.

장욱이 소리쳤다.

"진짜로 무인도로 가겠군."

태성은 태풍 속으로 들어갔다는 요트가 생각났다. 태풍은 파도와 합세하여 요트를 가볍게 여기저기로 던진

다고 했다. 하루를 태풍에 갇힌 선원은 만약 살아남는다
면 머리칼과 눈썹까지 하얗게 세버리고 근육은 굳어지
고 눈까지 침침해지면서 10년은 늙어버린다는 것이다.

배는 파도를 타서 꼭대기에 올라앉았다. 갑자기 중력
의 느낌이 사라지면서 배는 파도에 휩싸인 채로 아래로
무섭게 질주했다. 새카만 우물 같은 바다가 눈 밑으로
펼쳐지며 시퍼런 입이 쩍 벌리며 배를 기다렸다. 배는
우물 바닥을 향해 한없이 떨어져 충격으로 두 동강이 날
것 같았다. 태성은 제멋대로 움직이는 키를 느끼면서 타
륜을 손으로 꽉 붙잡았다.

태성이 질끈 눈을 감자 쿵 소리를 내며 배가 아래로
떨어졌다. 다행히 프로펠러가 부러지지 않아 배가 파도
를 넘어 솟구쳤다. 가까이서 번개가 번쩍였다. 태성의 얼
굴에 푸른빛이 그늘을 드리우며 곧이어 사라졌다. 백파
가 사방에서 몰려들었다. 조종실 뒤쪽에서 파도가 덮쳐
태성의 방수복을 흠뻑 적셨다. 포말을 뒤집어쓴 주연은
조종석의 좌석에 머리를 처박아 피를 흘리며 일어섰다.

조종실을 때리는 빗소리가 요란했다. 아직은 요트가
견디고 있었고 태성은 온몸이 젖었으나 춥지는 않았다.
방수 요트복은 제 성능을 발휘했고 요트에 실린 바닷물
은 후미 배수구를 통해 끊임없이 바다로 빠져나갔다. 빠
져나간 바닷물의 후계자들이 요트에 또다시 물벼락을

안겨주었다. 태성은 주연에게 잠시 타륜을 맡기고 선실로 들어간 장욱의 상태를 살펴보았다. 장욱은 변기 옆에 가득 구토를 하고는 선실의 거실 가운데 기둥을 붙잡고 요동을 견디고 있었다. 태성은 거의 정신을 놓고 있는 장욱의 등을 두드리며 조종실로 올라왔다. 미쳐가는 파도였다. 악천후를 끝없이 견뎌내기는 어려웠다. 바람과 파도를 피해 어디로든 탈출해야 했다. 그러나 어디로 간단 말인가? 지금은 가야 할 방향을 잡을 수도 없었다.

주연은 꿋꿋하게 타륜을 붙잡고 날뛰는 바다를 바라보고 있었다. 태성이 타륜을 다시 조종하자 주연이 조타대 앞쪽의 가로 지지대를 붙잡으며 선수를 가리켰다. 흰 파도를 뒤집어쓴 박순익이 선수에 서 있었다. '도대체 저기로 언제 나갔지?' 태성이 순익에게 조심하라고 고함을 질렀다.

17

　박순익은 바다가 두려운 얼굴이 아니었다. 순익은 선수의 겨우 허리에 걸리는 높이로 이어진 라이프 라인에 서 있었다. 그에게 파도가 쏟아졌다. 그는 파도를 사랑스러운 눈으로 쳐다보고는 온몸이 젖은 채로 생각에 잠겨 헤드세일 기둥을 붙잡고 있었다. 도대체 뭘 생각하고 있는 걸까? 파도가 다시 그를 덮치자 박순익은 파도에 밀려났다가 제자리로 돌아왔다. 바다는 아우성이었다. 그는 타륜을 틀어 파도의 측면을 타면서 넘어가려고 노력했다. 강풍에 요트가 휘돌리면서 측면 상단이 파도의 표면에 닿을 만큼 기우뚱거렸다. 박순익이 고개를 들더니 손을 크게 휘저었다. 파도가 거센 난바다에서 위험하기 짝이 없는 행동이었다. 태성이 소리쳤다.

　"위험해. 조종실로 돌아와요."

　순익은 뒤돌아보지 않았다. 태성이 다시 부르려는 순간 파도가 뱃머리를 강타했다. 순익이 균형을 잃었다. 휘청한 그는 뱃전에서 걸음마를 배우는 아기 같은 어설픈 동작으로 넘어지면서 바다로 빠졌다. 풍덩 하는 소리가 들렸던가? 아니었다. 태성의 귀에 바람은 멈췄고 바다는 순간 적막에 휩싸였다. 모든 소리가 죽어버려 배는 거대한 침묵에 빠져 있었다. 태성은 목청에서 나오지 않는 소리를 어어, 하며 지르다가 정신이 번쩍 들었다. 승객이 난바다에 빠졌다. 여기는 보라카이의 고요한 해안이 아니었다. 주연은 뻣뻣하게 굳어 바다를 바라만 보고 있었다. 그녀는 놀라기보다 차라리 멍한 표정에 가까웠고 현실이 아니라 화면에 비친 추락 장면을 보는 것 같은 답답한 모습이었다.

태성이 주연을 불러 타륜을 맡기고는 순익 쪽으로 가까이 조종하도록 말했다. 놀란 장욱도 선실에서 올라왔다. 태성은 조종실 좌석을 들어 올려 구명 튜브를 꺼내고 감아 놓은 로프의 끝을 조타대의 손잡이에 묶었다. 멍하니 있던 장욱이 태성의 행동을 따라서 맞은편의 좌석을 들어 올려 플라스틱 튜브를 꺼냈다. '침착하게, 침착하게.' 그는 로프를 묶으면서 구조 요령을 머릿속에서 정리했다. 짧은 순간이었지만 답답할 만큼 시간이 느리게 흘러 파도와 배가 천천히 움직였다. 구명조끼를 입은 순익은 파도에 휩쓸리면서 바다에 떠 있었다. 태성은 튜브를 순익을 향해 던지고는 장욱이 건네준 플라스틱 튜브를 끼고 바다로 뛰어들 자세를 잡았다. 벌써 순익은 파도에 밀려 배에서 떨어지고 있었다. 태성이 멈칫했다. 선장이 배를 먼저 떠나서는 안 된다. 더구나 남은 승객은 요트 초보자였다. 태성이 배를 조종해서 순익 옆으로 붙이면 구조가 훨씬 쉬워지고 바다에 빠진 사람을 구조하는 요령이기도 했다. 태성은 잠깐 순익의 눈과 마주쳤다. 눈은 맑았고 침착했으며 전혀 구조를 기대하지 않는 것 같았다. 그의 눈이 쓸데없는 짓이야, 라고 말하는 것 같기도 했다. 그는 악을 쓰거나 허우적대지도 않고 팔을 쭉 벌려 파도에 몸을 맡기고 있었다. 승객들은 뱃전에 몰려 파도의 골 사이로 사라졌다가 다시 나타나는 순익을 바라보았다. 태성은 타륜을 잡고 순익을 향해 배를 몰았다. 선체에 매달린 구명 튜브가 파도 위로 치솟았다. 순익의 바로 옆에 대기만 하면 구명조끼를 입고 있어 구조가 충분히 가능할 것 같았다.

백파와 어울린 순익은 시야에 잡혔다가 갑작스레 사라졌다. 순익을 놓친 태성은 어리둥절하며 한 바퀴를 돌았다. 그는 바다에서 비명을 들은 것 같았다. 고함이었던가? 아니면 자신의 머리에서 터진 신음인가? 생각을 더듬을 틈도 없이 배가 쓰러지듯 앞으로 밀려들어 갔다. 파도를 헤치고 선수가 올라가자 밀려온 또 다른 파도가 선수를 후려쳤다. 물보라가 사방으로 날리며 한바탕 파도에 밀린 사이에 순익은 완전히 사라져 버렸다. 파도를 똑바로 타넘은 배의 옆구리를 파도가 다시 두들겼다. 구명조끼를 입은 사람이 그렇게 금방 사라질 리가 없었다. 장욱이 허둥지둥 랜턴을 들고 와서 조금이라도 자세히 보기 위해 배의 측면에서 바다를 비췄다. 폭풍으로 어두운 바다는 시커먼 민낯을 드러냈고 몇 걸음 뻗지 못하고 빛이 파도에 갇혀서 주저앉았다. 바람이 거센 소리를 내며 돛대 기둥을 지나갔고 허공을 찢는 바람 소리로 귀가 먹먹했다. 휘청거린 배는 측면이 수면에 닿고는 제자리로 돌아와서 기우뚱대며 중심을 잡으려고 안간힘을 썼다. 기상은 순식간에 더 악화되었다. 파도가 요트에 올라타려고 사방에서 덤벼들었다. 날카로운 백파가 배의 측면을 물어뜯었다. 태성은 남 사장의 말이 떠올랐다.

'헌터호는 선미까지 킬이 묵직해. 복원력도 좋아.'

폭풍에도 쉽게 무너지지 않는다는 헌터호는 쓰러지지 않고 순익이 빠진 지점을 맴돌았다. 바다를 바라보는 승객들은 이상하리만치 조용했다. 그들은 벌써 구조를 포기하고 체념했는지 묵묵히 파도를 바라볼 뿐이었다. 태성이 호각을 불자 째지는 높은음이 파도를 가로질렀다. 구명조끼에 붙은 호각이 응답하지 않나 귀를 기울이고 장욱에게 망원경으로 바다를 살피라고 말했다. 태성은 선수에서 헤드세일 기둥을 잡고 앞을 주시했으나 어디에도 순익은 나타나지 않았다. 벗겨진 구명조끼만 왼쪽에서 파도를 타고 있었다. 헌터호는 두 시간째 주변을 맴돌았다. 물에 빠진 순익이 저체온증으로 의식이 흐려지고 환각에다 몸이 마비되어 이미 버티기 어려운 시간이었다. 진한 어둠이 내리기 시작했으나 태성은 해역을 벗어나지를 못했다. 예전에 일본의 부표와 충돌한 따위는 비교되지 않는 대형사고였다.

박순익은 물에 휩쓸리며 떠다녔다. 물이 목의 옷 틈을 통해 몸으로 들어왔으나 아직은 차갑지 않았다. 물보라로 칠갑한 바람이 얼굴을 때리자 뱃속까지 시원해졌다. 배가 자신을 향해 안간힘을 다해 향하는 것이 보이고 이 물이 들리면서 애쓰는 선장이 눈에 스쳤다. 몸이 물마루에 올랐다가 골로 내려가자 배가 시야에서 사라졌다. 그는 마음으로 배를 말어냈다.

'와 봤자 소용없어, 늦었다니까.'

그의 주문에 걸렸는지 배가 한 바퀴 핑그르르 돌더니 더욱 멀어졌다. 요트에서 내던진 구명 튜브가 얼마 쫓아나오지 못하고 뱃전을 도로 때렸다. 선장이 내지른 고함이 허공을 달렸다가 바람 소리에 말려버리고 말았다. 파도가 단번에 무너지며 순익의 몸을 덮치자 그는 갑자기 웃음이 터져 나왔다. 웃음소리와 물보라가 허공에서 만나 엉켜서 흘러내렸다. 그는 딸꾹질처럼 웃음을 멈추지 못하면서 터지는 웃음을 그냥 내버려두었다.

'마지막으로 한껏 웃어보라지. 마음 놓고 웃지도 못하는 시간이 곧 올 테니까.'

웃음은 경쾌하게 솟았다가 마침내 무거워져서 제풀에 주서앉기 시작했다. 물이 기도로 들어가자 웃음이 멈추고 반사작용에 따라 캑캑 기침을 해대었다.

'이놈의 몸이란!'

먹빛 하늘에 새 한 마리가 날아들었다. 놈의 흰색 날개선과 빨간 부리가 뚜렷했다. 검은머리물떼새였다. 새는 붉은 테를 두른 눈으로 그를 내려다보고 고개를 갸웃거리기조차 했다. 새는 돌풍에도 끄떡없이 꼿꼿했고 발을 차더니 한 바퀴 공중제비를 넘었다.

'저놈이 혹시 아들과 같이 서해안에서 봤던 새가 아닐까? 이봐 정신 차려. 새가 그렇게 오래 살 리가 있겠나? 게다가 여기가 어디지? 검은머리물떼새가 필리핀 해역까지 날아올 리가 있을까?'

탐조 활동에 나선 어린 아들은 신이 났다. 아들은 갯벌로 가는 길을 마구 뛰다가 두 번이나 넘어졌는데 옷을 털고는 바로 일어났다. 탐조대는 볏짚과 갈대와 나무로 세운 초막이었다. 갯벌을 향해 네모난 구멍을 여러 개 냈고 두 곳에는 망원경이 목을 빼고 있었다.

"아빠, 저 새는 뭐야. 다리와 부리가 빨개."

몇 마리 새가 초막 앞에서 먹이를 찾고 있었다. 머뭇대는 그에게 옆에서 누가 나직이 일러주었다.

"검은머리물떼새예요. 귀한 새랍니다."

새들이 초막 따위는 아랑곳없이 갯벌에서 갯지렁이를 잡아내고 있었다. 끌려 나오던 한 마리 갯지렁이가 사력을 다해 버티고 있었다. 새들은 그들을 지켜보는 사람들을 알고 있다는 눈치로 태연하게 초막에 시선을 보내고는 갯벌로 고개를 돌렸다.

"예쁘다. 크기도 아담하고. 집에서 키우면 좋겠다."

순익의 눈에는 아담하지 않았지만 그는 점잖게 타일렀다.

"집에서 새를 키우면 우리야 즐겁지만 새는 괴롭지."

순익이 덧붙였다.

"새는 천성에 따라 넓은 하늘을 쏘다녀야지. 사람도 그렇고."

담임선생의 목소리가 지지직대며 끼어들었다.

"아이를 가능하면 집에서 키워야죠. 캐나다에서 자라면 아이 스트레스가 오죽 심하겠어요. 집을 떠나 며칠 여행을 다녀도 준비하고 적응할 것이 얼마나 많은데……."

순익이 말했다.

"아이는 고생도 하면서 크는 법입니다. 어찌 됐든 영어권에서 자라나는 건 장래에 대한 투자인 셈이죠."

혼선된 라디오의 잡음처럼 여러 목소리가 섞여서 들렸다.

"후회하지 않을 선택입니다."

유학원의 원장 목소리였다. 소리가 찌그러들면서 뒤쪽이 사라졌다.

"난 가기 싫어요."

"왜 가기 싫니, 구경도 많이 할 텐데."

"너무 멀어요. 춥고 난 추운 건 질색이야."

아들과 아내의 대화였다. 아니야, 나와 나눈 말이었던가?

허공을 맴도는 검은머리물떼새가 더 가깝게 내려앉아 또렷해졌다.

"저 새는 폭풍우 치는 바다에서 뭐 하는 거야. 길을 잃었나. 이런, 체온이 내려가는 모양이군. 머리가 멍하고 혀가 굳어버리는데."

먹장구름 두 조각이 하늘에서 바다로 떨어져 내렸다. 물 폭탄이 터져 기둥이 솟아올랐고 요란한 소리가 퍼졌다. 아이와 보낸 추억이 획획 떠올랐다. 기억이 빠른 속도로 지나가며 아이가 첫 걸음을 떼던 날이 떠올랐다. 아이는 아장아장 걸으면서 자신이 걷는다는 사실이 놀라우면서도 두려운 모양이었다. 아들이 순익에게 가까이 오자 퍽 넘어지면서 품에 안겨 환한 웃음을 지었다.

순익에게 아이와의 추억이 계속 살아났다. 계곡에 갔던 물놀이와 유치원의 학예회. 거기서 아이는 토끼 역을 맡았지. 아이가 머리에 쓴 기다란 토끼 귀가 자꾸만 꼬부라져 바로 세운다고 율동 순서를 놓쳤다. 갯벌의 바위에서 철사로 게를 낚은 적이 있었다. 구부린 철사 끝에 조갯살을 달면 게가 꽉 잡고 대롱대롱 매달려 올라왔지. 사람 손에 걸려든 게가 천하 없어도 내 몫인데 누가 앗느냐는 자세로 조갯살을 악착같이 놓지 않았지. 이상한 일이었다. 아들의 기억이 이어졌지만 딸과 아내의 추억은 나타나지 않았다. 아마 순서를 초조하게 기다리며 머릿속에서 대기하고 있는지도 모르지. 거기도 추억이 만만찮으니까 말이야.

그러다 순익은 문득 아내와 보낸 추억이 불려 나오기 전에 표류 과정이 끝나 버릴지도 모른다는 우려가 들었다. 그럴지도 모르지. 하지만 추억은 쉬지 않고 계속 이어질 거야. 장 박사의 목공제작소가 나타났다. 로봇 '후예'가 엉거주춤 자신 없게 걸어 다녔다. 저놈의 자식은 몸값만 비싸고, 뭘 할 줄 아는 게 없으니까 말이야. 도대체 언제 제대로 걷는 로봇이 나오며 달리기는 언제쯤이나 가능할까?

장 박사와 순익이 야외 탁자에서 커피를 마시자 '후예'가 궁금한 듯 지켜보았다. 장 박사가 손을 내밀어 '후

예'의 머리를 쓰다듬는다. '후예'는 머리를 움직이며 그
동작의 의미를 계산하면서 분주하다. 바람은 선선했고
콜롬비아 원두로 만든 커피는 부드럽게 입안을 적셨다.
장 박사는 대화를 나누다가도 복잡한 수식을 공책에 쓸
때가 있었다. 하지만 장 박사가 그렇게 쉽게 무너질 줄
이야. 장 박사가 그렇게 허약할 줄이야. 처음부터 약했
는지도 몰라. 이런, 떠다니다 직벽이 선 무인도로 밀려가
지 않았으면. 올라가기가 불가능하니까 말이야. 파도가
암석에 후려쳐서 몸이 형체를 찾기 힘들도록 부서질 공
산이 크지. 어쩌다 틈새를 따라 오르면 언덕으로 이어지
는 곳도 있지만, 그런 자리는 드물어. 아무래도 백사장이
깔린 곳이 최고인데 말이지. 그런 곳으로 밀려가서 얕은
모래밭에 누워서 숨 좀 고르고 싶군. 그러다가 벌떡 일
어나서 모래를 박차고 땅으로 올라가는 거야. 거기서 아
들이 기다리고 있을 거야. 가만, 왜 무인도 백사장에 아
들이 기다리고 있다는 거지. 정신이 멍해졌군. 왜 이렇
게 몸이 덥지. 저체온증에 걸리면 피부로 열이 올라와서
더워진다고? 목소리 좀 낮춰. 잘났군. 잘났어. 넌 도대체
누구야. 그런 허접스런 정보를 그렇게 큰 소리로 떠들어
댈 필요야 없지.

    이번에는 호각의 높은음이 수면을 달려왔다.

    그만 좀 불러! 난 돌아가지 않는다니까. 내게 돌아가

야 할 뭐가 남아 있다는 거야? 난 가족을 잃었고 정신적 지주도 뺐겼어. 게다가 그는 엉뚱한 환상에 굴복해서 타협하고 말았지. 장 박사는 호수마을을 벗어나 어디로 사라진 것일까? 장 박사는 뭘 더 조사하겠다는 말인가? 토스쿠에 대한 가설과 검증이라니, 가당키나 한가?

장 박사의 지치고 심각한 얼굴이 허공을 지났다.

파도가 또 덮쳐 오는군. 이번 파도는 아주 높아서 거대한 절벽 같은데. 어디서 봤더라. 선박을 삼키는 거대한 파도 장면이 분명해. 검은 절벽이 끝없이 올라가서, 내려올 기미를 보이지 않네. 바람도 조용해지고, 먹빛 벽이 툭툭 잘려서 떨어지는군. 그런데도 어디에서도 파도가 다시 일어나지 않다니 자연에 어긋나는 아름다움이야. 파도의 벽이 높아져서 하늘까지 닿았네. 장관이야. 검지만 흰빛이 감돌아. 아니지. 파도가 무너질 때를 기다리지만 파도는 점점 더 높아만 가고 무너질 조짐이 없는 걸. 이런, 파도가 높아지는 게 아니라 내가 가라앉고 있는 것 같군. 심해로 깊이깊이. 깊어갈수록 파도의 벽이 높아만 지고. 파도의 벽이 웅장하게 달까지 닿을 기세인데. 이제 바닷물 벽에서 흰빛이 쏟아져 나와 번쩍거리며 바다를 물들이는군. 이런, 이런, 벽이 무너져 내려. 우르르 새하얗게 쾅쾅 소리까지 내면서 말이야. 장관이군, 장관이야. 내 얼굴을 향해서 똑바로 쏟아지지만 별로 피하

301

고 싶지 않아. 솔직히 도망갈 곳도 없고 말이야. 쏟아지는 물이 둥근 흰빛으로 번지고 있어. 빛이 그물처럼 얽혀 더 새하얘지고, 긴 터널로 내려오는군. 몸이 추워지네. 검은머리물떼새는 재빨리 피해버린 것 같군. 영리한 새야. 그럼 봄을 놀려 이제 무인도로 가야지. 파도의 벽 때문에 늦었지만 말이야.

승객들은 묵묵히 박순익을 앗아간 바다를 지켜보았다. 긴 너울이 지나가면서 배를 바닥으로 밀어 넣어 요트가 끌려들어 가자 검은 바다가 그들을 에워쌌다. 너울이 부서지며 포말이 그들을 덮쳤다. 어디에도 순익은 보이지 않았다. 돛대가 앞으로 처박혔다가 일어섰다. 구조할 희망은 사라졌다.

밤바다는 코끼리가 떠다녀도 찾기 힘들 만큼 어두워졌다. 돌풍이 잦아드는가 싶더니 다시 날뛰었다. 그가 사라진 지 오래되지도 않았기에 선수에서 불쑥 장난이었다니까 하며 걸어 나올 것만 같았다. 승객들은 넋이 빠진 것 같았고 장욱은 충격에서인지 기이하게 히죽거렸다. 주연이 요동치는 배에서 무릎을 꿇고 울고 있었다. 태성은 파도를 가르는 바람이 한쪽 귀로 들어왔다가 윙윙 몸을 헤집고 찢으며 다른 쪽 귀로 빠져나가는 것 같았다.

누군가가 태성에게 말했다.

"돌아가요. 배가 그냥 맴돌고 있어."

태성이 고개를 저었다. 실종자를 두고 배를 돌릴 수는 없었다. 가까운 섬에 들러 무전으로 경찰선에 실종신고를 해봐야 하나. 그럴 수는 없었다. 필리핀 경찰은 부패로 악명 높았다. 놈들은 돈이 된다면 어떤 범행도 모른 척하고 눈감아 주다가도 때로는 맹렬하게 물어뜯어 뼈다귀만 남겨 놓기도 했다. 사망자가 났으니 그들에게 얼마나 돈을 뜯겨야 해결될지 감이 잡히지 않았다. 남 사장에게는 뭐라고 말해야 할는지 참담했고 남 사장의 사업에도 심각한 타격이 될까 두려웠다. 대가족으로 묶여 있는 남 사장과 처가 식구 모두가 구렁텅이로 들어갈 빌미가 될지도 모르는 일이었다. 그는 보호시설에서 사회로 내던져졌을 때의 아득한 그날이 떠올랐다. 사감 선생과 원장과 악수를 나누고 시설을 등지고 걷자 수많은 갈래로 길이 나뉘어져 있는 것 같았다. 버스를 타러 가는 그 길이 평소와 달라 낯설었고 낯선 오지로 혼자 뚝 떨어진 것만 같아 길을 제대로 걸어 나갈까도 싶었다.

오장욱이 말했다.

"사라진 장 박사가 그를 데려간 것일까?"

주연이 말했다.

"박순익 선생은 더는 버티지 못한 거예요."

"뭘 버티지 못했다는 거지?"

주연은 한참 말이 없더니 허탈한 표정의 태성을 위로
했다.

"선장의 책임이 아니잖아요. 어떻게 할 수 없었어요."

태성은 입을 꽉 닫고 있었다.

"그는 어디론가 흘러가서 원했던 무인도에 닿을 거예
요."

그놈의 무인도라니. 그는 순익의 추락 장면을 돌이켜
보았다. 장면들이 잘리고 비틀어져서 정확하게 떠오르
지 않았으나 추락 직전에 선수에 선 그의 모습에는 어딘
지 비릿한 피 냄새가 섞여 있었다. 물에 빠진 순익과 눈
을 마주친 기억이 되살아났다. 바다로 빠져 태성과 마주
친 순익의 눈은 날뛰는 검은 파도 속에서 맑고 고요했
다. 정말로 그는 무인도를 찾아간 것일까?

손이 뻣뻣해서 타륜을 조종할 수가 없고, 긴장해서인
지 목이 굳어 돌아가지 않았다. 요트가 같은 자리를 계
속 맴돌자 주연이 태성에게 선실에서 잠시만 쉬도록 권
했다.

"얼굴빛이 말이 아니에요."

태성이 주연에게 배의 운전을 맡기고 비틀대며 선실
로 내려갔다. 그는 갑자기 낯설어 보이는 선실의 소파에
쓰러졌다. 바닥이 파도에 흔들거렸고 머리에 열이 오르
며 지끈거렸다. 눈을 감자 사물이 차단되면서 열이 조금

내려가는 것 같았다.

혼몽한 가운데 꿈결 같은 말소리가 들렸다. 주연이 진하게 끓인 커피를 내밀며 말했다.

"우린 보라카이로 돌아가야 해요. 화물선에서 제게 말하지 않았나요?"

태성이 눈을 번쩍 뜨고 몸을 일으켜 세웠다. 그는 커피 한 잔을 단숨에 마시고는 묵묵히 조종실로 올라갔다.

18

요트를 둘러싼 밤바다의 포효는 여전했다. 거세진 비
바람은 힘을 모아서 끝장을 볼 태세였다. 태성이 승객들
에게 말했다.

"선실로 들어가세요."

장욱이 선실 계단을 비틀대며 내려갔다. 주연이 바다
에 대적할 듯이 똑바로 서 있었다.

"선실로 들어가요!"

"뭐라고 해도 난 여기 머물겠어. 선장 혼자 놔둘 수는
없어."

옆에서 몰려오는 파도에 배가 기우뚱 넘어갔다가 복
원되었다. 삼각파도가 일으킨 물결이 요트를 한가운데
로 끌고 들어갔다가 마지못해 놓아주었다. 하늘에서 손
을 뻗은 번개가 바다 한가운데로 내리꽂혔다. 하얗고 거
대한 나무가 바다 한가운데에 가지를 벌리고 섰다. 곧이
어서 천둥이 파도를 타고 달려왔다. 날뛰는 바다 한가운

데를 가로지르는 번개가 넋을 놓게 했다. 번개가 또 내리치며 푸르스름한 빛이 더 가까운 곳에서 요트를 둘러쌌다. 천둥이 기분 나쁜 웃음을 흘리며 굉음을 울렸다.

"조심해. 파도가 끌고 들어가니까."

"그쪽이나 조심해요. 폭풍이 집어삼키기 직전이에요."

태성은 믿지 못하겠다는 듯 주연이 찬 구명조끼를 살피고 끈을 확인했다.

주연이 말했다.

"남 걱정은 말고. 한가한 상황이 아니지 않나요."

그러나 주연은 태성의 단속을 받아들이면서 그의 팔목을 가리켰다.

"팔찌가 파선을 막아줄 거야."

"미신이야."

"지금은 미신에라도 기대야 할 때죠."

태성이 타륜을 다시 잡는 순간 요트가 파도에 솟아올랐다가 쿵 내려앉았다. 암흑 속에서 번개가 치면서 주연의 얼굴에 사선으로 푸른빛을 그었다. 번개가 바다를 가르며 떨어지자 번쩍이는 빛에 미쳐 날뛰는 파도가 이빨을 드러냈다.

주연은 광폭한 바다와 폭우에 영혼을 푹 집어넣고 있었다. 순익이 사라지자 그녀는 반쯤 미친 것 같았다. 그녀는 선수가 치솟았다가 파도 속으로 고꾸라지는 모습에 소리를 지르며 웃어대었고 자연이 몰아주는 광기를 담아 눈빛이 짙어졌다. 그럴 때마다 돛대는 바다를 찌를 듯이 앞으로 기울어졌다가 제자리로 돌아왔다. 주연은 미쳐가면서 동시에 기억에 박혔던 과거를 깨끗하게 씻어 던지는 것 같았다. 주연은 죽음을 부르는 바다에서 생동하는 기운을 껴안았고 죽음의 유혹과 너끈히 힘겨루기를 할 생생한 힘을 담아가는 것 같았다. 그녀는 한 명의 죽음에서 역으로 그만큼의 생명을 창조해낸 것일까? 조종실을 덮친 파도가 주연의 얼굴을 때리자 주연은 손으로 얼굴을 훔치고 긴 숨을 토해냈다.

태성의 몸이 근질근질했다. 공기 중에 전기 알갱이가 날아다니며 피부에 달라붙는 것 같았다. 이상한 일이었다. 그는 까닭 모르게 심장이 벌렁대며 초조했다. 가까이 다가온 맹수의 공격을 대비하는 것처럼 머리칼이 곤두서면서 항문이 조여들었다. 그가 이 모든 전조가 무엇을 가리키는지 알아차리는 순간 번개가 마스트에 내리꽂혔다. 요트의 하체를 따라 강렬한 전기가 바다로 폭발해 나갔다. 바다에서 굉음이 터지며 물결이 일었다. 한꺼번에 다 빠져나가지 못한 번개가 태성이 붙잡고 있는 타륜으로 날을 돌렸다. 태성이 치고 들어온 힘에 튕겨 나가서 후미에 처박혔다. 항해등이 한꺼번에 꺼져버렸다. 그는 정신을 잃고 한참을 엎드려 있었다. 태성은 자신을

거칠게 흔드는 손에 깨어나 눈꺼풀을 떨며 위를 바라보
았다.

"괜찮나요. 말을 해봐요."

태성이 더듬더듬 응답하자 주연이 그의 얼굴에 바닷
물을 부었다. 태성은 방수복을 벗어 욱신대는 왼팔을 살
펴보았다. 멍과 흉터가 섞인 커다란 자국이 어깨에 나
있었다. 주연이 선실에서 붕대를 가져와 상처를 감아 주
었다.

태성이 천천히 일어났다. 자신이 움직일 수 있다는 사
실이 놀라웠으나 주연은 다친 곳조차 없었다. 강한 충격
을 견뎌내서인지 주연의 정신은 오히려 맑아 보였다. 선
실에 있는 장욱은 완전히 널브러져 무슨 일이 벌어졌는
지도 알아차리지 못했다. 바다는 여전히 캄캄한 밤을 업
고 미쳐 날뛰고 있었다.

"매서운 밤이에요. 이 밤이 지나갈까요?"

주연이 태성의 손을 쥐며 물었다.

"끝이야 당연히 나지. 끝이 없는 일은 세상에 없으니
까."

"그렇지요. 하지만 무한히 이어지는 어둠도 괜찮지 않
나요. 어둠 속에서 모두가 평등하니까요."

"어둠도 공평하지는 않아."

태성이 자란 보호시설의 전기는 밤 11시면 일제히 꺼

졌다. 동력을 잃은 후에도 형광등은 희미한 발광을 이어가면서 천천히 숨을 멈추는 빛의 알갱이들을 뿌렸다. 그는 밤 12시까지 게임을 하도록 불이 켜졌으면 하고 바랐으나 소등은 밤 11시에서 한 치도 어긋나지 않았다. 태성은 이층침대의 상층에 누워서 이불을 뒤집어쓰고 몽상에 젖어들곤 했다. 누구도 침범하지 못하는 그만의 세계에서 그는 몽상이 자유롭게 번져가도록 놔두었다. 어슴푸레한 의식 속에서 그는 골키퍼가 되어 몸을 날리며 슛을 막아냈다가 단숨에 적진을 허무는 킬 패스를 내는 미드필더가 되기도 했다. 야구장의 3번 타자로 출전해 팀의 명운을 가르는 순간에 결승타를 날리기도 했다. 해양구조대의 대장으로 조난한 미녀를 구해 그녀가 자신과 어울리기도 했다. 그를 덮은 어둠은, 대도시의 값비싼 아파트에 사는 아이들의 어둠과 같았을까? 풍족하게 사는 아이들의 어둠과 꿈은 나와는 다르겠지. 그런 생각에 젖어 그는 돈이 들지도 않고 빛도 필요치 않은 깊고 깊은 몽상에 잠겨들었다가 어수선한 꿈으로 들어가서 잠에 빠져들었다.

조금씩 가라앉는 바다를 바라보며 주연이 물었다.

"그래서 어둠을 싫어하나요?"

"아냐. 싫어하지는 않아. 어둠은 그냥 어둠일 뿐이야. 더도 덜도 아닌."

"마찬가지에요. 박순익 선생님의 죽음도 죽음일 뿐이에요. 가슴에 너무 담아두지 마세요."

태성이 말했다.

"아니. 그건 다르지. 죽음과 어둠을 어떻게 같은 가치로 잴 수가 있을까?"

주연이 말했다.

"박순익 선생을 목공소에서 만났을 때 그분 말로는 가족을 잃은 육지가 너무나 싫어 죽을 바다를 찾아보았대요. 그러다가 최혜신 의사와 연결됐고 마침내는 장 박사와 그의 우왕좌왕하는 로봇 '후예'까지 만나게 되었지요. 그때부터 그의 시선에서 죽음이 멀어졌다고 말했어요. 그러니 그의 죽음을 선장의 잘못이나 행동과 관련짓지는 마세요. 그는 장 박사를 잃으면서 자기 자신도 잃어버린 거예요. 그러면서 예전에 꿈꿨던 먼바다에서 죽겠다는 충동이 폭발해버렸는지도 몰라요. 어쨌든 선장의 돌아가는 마음이 가벼워졌으면 해요."

"설령 그렇다 해도 내 마음이 평안해질 수는 없어요."

그는 타륜을 잡고 계기판을 들여다보았다. GPS와 속도계와 수심계가 고장 나버렸다. 도대체 어디까지 밀려갔을까? 태성은 수심계의 깊이에 고개를 흔들었다. 수심계는 2,500미터를 가리켰는데 그렇게 깊은 바다까지 들어왔을 리가 없었다. 번개를 맞은 나침반까지 나가버

려 제멋대로 방향을 가리켰다. 선실에 내려가니 계기판
에서 성한 장치라고는 없었다. 엔진만이 그렁대며 지
칠 줄 모르는 힘을 과시하고 있었다. 퓨즈를 갈아 끼우
자 선박의 등은 들어왔다. 그러나 계기판은 돌아오지 않
았고 엔진은 가야 할 이정표를 잊은 채 맹목적인 운동만
을 되풀이했다. 태성이 선실에서 화물선의 선장이 선물
한 나침반을 가지고 올라왔다. 북쪽으로 올라가야만 했
다. 쿠요 제도가 멀지 않았다.

번개와 천둥이 물러나면서 빛과 소리가 희미해졌다.
풍랑이 잦아들면서 바다는 숨을 고르며 친근하고 다정
한 모습으로 돌아가고 있었다. 새벽이 다가와서 마침내
긴 어둠을 밝히는 말갛고 부드럽고 따뜻한 해가 떠올랐
다. 일행들은 안도한 얼굴과 상처와 멍이 가득한 몸으로
해를 받아들였다.

적당한 바람이 불어와서 태성과 주연은 메인세일과
헤드세일을 모두 풀었다. 바람이 메인세일을 팽팽하게
채우면서 메인세일 중간 높이에 달린 풍속을 알리는 표
식인 틸테일이 수평으로 날렸다. 공기는 온화했고 뭉게
구름이 하늘을 유영했다.

태성은 섬에 들러서 수심계와 GPS를 고칠까도 생각
했지만 필리핀 항구의 수리소를 제대로 알지 못해 마음
이 내키지 않았다. 필리피노의 작업속도는 느리기 짝이

없었다. 도로 하나를 내는 것만을 보아도 느릿느릿해서 언제 완공이 될까 싶었다. 쿠요 제도와 파나이 섬 사이를 지나면 보라카이는 머지않아 그냥 달리는 게 낫지 싶었다. 가능하면 일주일의 기간 안에 돌아가서 여행을 마무리하고 싶었는데 이제는 질주만이 남은 것 같았다.

두 척의 대형 선박이 푸른 바다 멀리서 지나갔다. 그들은 작은 요트에는 아무런 관심을 두지 않고 자기 갈 길을 달려갔다. 보이는 사물은 평범해 그들은 어디를 지나왔는지 잊었다. 오랜 징역을 산 죄수가 감옥 문을 나서면 감옥에서 보낸 수많은 날이 겹치고 겹쳐서 하루처럼 느껴진다고 한다. 태성은 자신이 과연 토스쿠가 있다는 섬을 찾았는지조차 희미했다. 폭풍에 악전고투하며 시달린 장면도 마치 타인의 경험 같았다.

요트는 뒷바람을 받아서 속도를 올렸다. 바람을 탄 요트가 자연스럽게 기울어지며 기분 좋은 포말을 날렸다. 지나가는 선박이 본다면 그들이 한가로운 운항의 마지막을 장식하는 여유를 부린다고 했을 것이다.

개는 혓바닥을 길게 물고 가쁜 숨을 쉬고 있었다. 앞다리와 갈비뼈가 부러졌고 내장도 깊게 다친 것 같았다. 주연이 개를 안자 구슬프게 짖으며 몸을 비틀었다. 개가 자신을 가만 놔달라고 호소하는 눈으로 쳐다보자 주연은 개를 내려놓았다.

장욱이 말했다.

"개를 선실에 묶어 놓아야 했어. 갑자기 당하는 바람이 그렇게 격렬할 줄이야."

개는 주연의 팔을 혀로 핥으면서 일어서려는 헛된 동작을 하다가 도로 주저앉았다.

태성이 풀어 놓은 트롤링 낚싯줄에서 신호가 왔다. 그가 낚싯줄과 씨름하며 줄을 잡아당겼다. 요트의 뒤쪽까지 끌려와서도 몸부림치며 저항하는 물고기를 장욱이 뜰채를 대고 태성이 방망이로 머리를 두들겨서 끌어올렸다. 장욱이 1미터쯤 되는 만새기의 살점을 떠내서 선실에서 구웠다. 구운 살점을 잘라서 개 앞에 놓자 개는 혀를 내밀어 고기를 핥아보았다. 놈은 고맙다는 표시처럼 고개를 장욱에게 향했으나 고기를 먹지는 못했다. 개는 몸을 옆으로 뉘여 가쁜 숨을 내쉬었다. 목에서 이 세상을 떠날 준비를 하는 가냘프고 힘이 사라진 소리가 새어 나왔다. 그 소리는 파도와 엔진 소음에 묻혀 귀를 기울이지 않으면 들리지 않았다. 개의 눈동자는 뿌옇게 초점을 잃고 있었고 신음소리는 곧 다가올 종말을 가리키고 있었다.

주연이 나직이 죽어가고 있다고 말했다.

"마지막 장소라면 여기가 나았을까? 아니면 기적의 왕국이 더 좋았을까?"

장욱이 대답했다.

"그곳이 뛰어다니기는 좋았지만 그래도 마지막을 고독하게 보낼 수야."

주연이 개에게 손을 내밀자 개는 혀를 내밀어서 주연의 손바닥을 핥으려고 노력했다. 그러나 개는 두어 번 혀를 내밀었을 뿐 핥지 못하고 몇 번 몸을 부르르 떨더니 움직이지 않았다.

주연이 두 팔로 죽어버린 개를 굳게 포옹했다. 아무런 조건도, 가식도 없이 자신을 좋아했던 놈이었다. 그녀는 개를 쓰다듬고 조용히 내려놓았다. 조종실의 측면 좌석을 들어 올려 그녀가 가져온 가방을 꺼내서 붉은 옷을 개의 몸에 감았다. 옷의 끝을 잘라내서 매듭지어 묶자 붉은 천으로 싸인 개는 파라오의 무덤에서 같이 영면을 누릴 짐승처럼 특별해 보였다.

주연이 개를 가방에 넣은 다음 손을 얹고 입을 달싹거리며 기도를 올렸다. 갑판에서 조용히 퍼지며 오래도록 계속된 기도는 개를 향해서인지, 자신을 위해서인지 분간하기 어려웠다. 기도를 마친 주연은 자신의 목걸이를 끌러 내어 개의 목에 걸어주었다.

주연은 되풀이되는 같은 운율의 문구를 마지막으로 외고서 가방의 지퍼를 올렸다. 그리고는 요트 좌석에 무릎을 꿇고 앉아서 라이프 라인을 넘겨 가방을 던졌다.

풍덩 소리를 내며 가방이 바다에 가라앉았다가 금방 떠올라서는 혼자서 헤엄치는 것처럼 요트에서 멀어졌다.

주연과 장욱은 나란히 가방이 눈에 보이지 않을 때까지 지켜보았다. 태성은 잠시 쳐다보다가 고개를 돌려버렸다. 거대한 선박이 요트의 오른쪽에서 나타났다. 선박은 항구의 하역을 마치고 돌아가는 길인 것 같았다. 보라카이를 떠나면서 만났던 천연가스를 운반하는 선박처럼 보였다. 태성이 망원경으로 선박을 살펴보았으나 각진 탱크가 차지한 선박 갑판에서 사람은 발견할 수 없었다. 커다란 선박은 덩치에 어울리지 않는 속도로 빠르게 달려서 시야에서 사라졌다. 선박이 갈라놓은 파도가 세차게 밀려와서 요트를 휘청거리게 했다.

천연가스를 실은 선박이 사라지자 요트 앞으로 갑자기 어선들이 나타났다. 몇 척의 어선이 따로 떨어져서 그물을 끌며 천천히 달리고 있었다. 무리 지어 빠른 속도로 움직이며 고기떼를 추적하는 데 정신을 판 어선들이 늦게 발견한 작은 요트에 깜짝 놀라면서 방향을 바꿨다. 요트는 어선들의 측면을 따라 나란히 달렸다. 몇 척은 갑판에 나무상자를 높이 올려 싣고 있었고 몇 척에는 그물과 고기를 걸어 올리는 갈고리가 갑판에 잔뜩 걸려 있었다. 요트에 근접했던 어선들이 선수를 급히 틀면서 자기들끼리 충돌할 뻔했다. 한 번은 요트를 따라 나란히 달리던 어선이 왼쪽으로 방향을 획 바꾸는 바람에 요트와 정면으로 부딪칠 뻔했다. 어선은 미안하다는 표시인지, 아니면 경고의 표식인지 모를 해적을 뚜 울리고는 요트의 바로 옆을 빠져나갔다. 갑판의 선원이 요트를 향해 고래고래 알아듣지 못할 고함을 질렀다.

해가 지기 전에 선박들의 암초를 빠져나가야 했다. 태성은 어선들을 피해 가면서 속도계 같은 기본 장비들조차 고장 나버린 조종실을 들여다보았다. 성능 좋은 장비들 생각이 간절했지만 장비들이 필요없는 지역이 멀지 않았다.

바다가 좁아 보일 만큼 엉긴 어선들 사이를 빠져나오자 바다는 다시 한적했다. 해가 수평선 가까이 내려가서 빠르게 침몰하면서 빛 알갱이들이 어스름에 자리를 내주었다. 배는 빠른 속도로 출발지를 향해 달려가고 있었다. 오른쪽으로 눈에 익은 파나이 섬의 해안과 부두가 보이자 태성은 배를 해안 쪽으로 붙여 섬의 풍경을 끌면서 달렸다. 마침내 친숙한 카티클란 부두가 지나갔다. 수평선 가까이 떨어진 해는 어둠의 친구들이 잡아당기는 힘에 끌려서 추락하는 속도가 빨라졌다. 해가 그르렁대며 수평선 아래로 사라지자 하늘은 붉은색과 청회색이 섞인 아름다운 구름으로 덮여 그들의 귀환을 밝게 맞았다.

보라카이가 나타났다. 태성은 카티클란을 지나서 탐비산 부두로 들어갔다. 일몰 투어를 마친 파라우들이 돌아가서인지 해변과 앞바다는 한산했다. 선착장에서 알아보기 좋도록 태성은 헤드세일을 높이 올리고 랜턴을 번쩍거렸다. 선착장으로 들어서자 남 사장과 형수가 밝은 표정으로 앞으로 나왔다. 주연이 펜더를 내리고 장욱이 로프를 던지자 남 사장이 재빨리 로프를 선착장의 기둥에 매었다. 태성이 마지막으로 내리자 남 사장이 환한 얼굴로 그를 껴안았다. 출발 장면과 똑같은 모습이라서 태성은 귀환이 아니라 다시 출발하는 게 아닐까 하는 착각에 잠깐 사로잡혔다. 그러나 요트는 돌아왔고 그는 땅을 딛고 서 있었다.

"박순익이 보이지 않네?"

"복잡한 사정이 생겼어요. 조금 있다 자세하게 말씀드리죠."

"배에 없다는 말이야?"

"배에서 사라졌습니다."

"사라졌다고? 저런."

남 사장이 심각한 표정을 지었다. 태성이 박순익이 실종된 경위를 말하자 남 사장은 이상하다며 자살일 가능성이 크다고 말했다.

"그럴지도 모르지만 확실한 건 없습니다."

"나중에 경위를 따져보자고. 요트에 이상은 없고?"

"벼락을 맞아 전자 장비가 나가 버렸죠."

"벼락을!"

태성과 배가 당했을 고통을 짐작한 남 사장이 깜짝 놀라 목소리를 올렸다. 그는 카가얀술루 섬 주변까지 내려갔다는 말에 아예 입을 다물었다. 남 사장이 태성의 귀에 대고 조용히 말했다.

"실종자 소식은 입을 다물어. 다른 승객에게도 그렇게 일러두고."

태성은 그들이 일로일로에서 필리핀 버스를 타고 왔으며 필리핀에 입국한 후의 여정이 일반적인 관광객의 동선과 다른 점을 상기했다. 이름이 알려지지 않은 곳에 내려 관광객이 찾지 않는 시골의 버스를 장시간 타고 왔으니 박순익은 어디에서든 사라질 수 있는 사람이었다.

남 사장이 일행에게 말했다.

"귀환을 축하해요. 우린 오늘을 기다렸죠. 자, 맛난 아도보와 빤싯이 기다리는 식당으로 갑시다. 제 아내의 솜씨가 보라카이에서 제일 뛰어납니다."

식당의 한쪽에는 필리핀 사람들이 모여 식사와 맥주를 들고 있었다. 남 사장은 먼저 자리를 차지한 사람들에게 음식 값의 절반만을 받겠다며 양해를 구하고는 그들을 야외 테이블로 옮겼다. 그러고는 아내와 웨이터에게 더는 손님을 받지 않도록 일렀다.

남 사장이 모두에게 산 미구엘 맥주를 권했다.

"무인도로 갔다니 굉장해. 인간이 없어 청정한 무인도가 최고죠. 그럼 섬을 다닌 얘기를 들어볼까요? 뭐라고요? 무인도를 제대로 못 가봤다는 말인가요? 이런! 아쉽네요."

오장욱이 일어나서 건배 제의를 하고 맥주잔을 단숨에 비웠다. 그는 맥주잔을 다시 채우고는 여정과 장 박사를 찾으러 나서게 된 계기를 말했다.

"우리는 장 박사가 머문 섬을 목표로 항해를 나섰지요. 그를 데려오는 게 여행의 목적으로 처음에는 무인도 비슷한 섬에 그가 살지 않는가 추측했어요. 그를 결국 데려오지는 못했지만 이상한 일을 많이 겪었습니다. 주술사 할머니는 우리가 토스쿠를 만날 거라고 예언까지 하더군요."

장욱은 태성과 주연이 팔목에 찬 할머니의 팔찌를 가리켰다.

남 사장이 놀라서 일어나는 바람에 맥주잔이 넘어졌다.

"토스쿠를 만났다고?"

그는 두 손을 번쩍 들고는 아내에게 말을 전했다. 남 사장의 아내도 경악했으나 공포에 찬 표정은 아니었다.

"당신들은 행운을 거머쥐었군요. 그걸 만난 사람은 인

생의 커다란 기회를 잡는다고 전해집니다. 물론 좋은 의미에서죠."

주연이 남 사장의 말에 의문을 제기했다.

"저는 큰 행운이나 무서운 불운, 어느 한쪽과 마주친다고 들었는데요. 또 저희가 직접 만난 것이 아니라 장 박사가 만났을 뿐이에요."

"불운과도 마주칠 수 있다는 건 팔라완이나 쿠요 제도의 이야기일 겁니다. 어딘지 흑마술 냄새가 나지 않아요? 보라카이와 파나이 섬에서는 모든 사람들이 토스쿠를 만나기를 고대하고 있어요. 처녀 총각이 토스쿠를 만나면, 예를 들자면 미녀와 결혼하든지, 루손 섬의 대부호와 맺어진다는 소문이 쫙 퍼져 있습니다. 자손과 사업이 모두 번창하지요. 오죽하면 토스쿠를 만난 후에 처음 만난 짝을 바로 잡아야 한다는 말이 돌겠어요?"

주연이 반박했다.

"너무 속된 해석이에요. 결국 돈이나 결혼 따위로 전락하고 마는군요."

"아니, 아니, 그렇지 않아요. 제가 돈과 결혼은 예로 든 거죠. 별개의 세상에 사는 또 다른 내가 왜 우리 앞에 모습을 드러냈을까요? 그들이 처참하게 산다면 모습을 감추고 우리에게서 오히려 도망치려고 할 거예요. 그것들은 우리의 밝은 모습, 긍정적인 면, 미래에 성취될 그 무엇을 보여줌으로써 우리를 격려하는 거죠. 우리의 용기를 북돋우고 씩씩하게 미래를 향해 달려갈 이정표를 보여주는 것이란 말입니다."

"살인자나 강도범 토스쿠도 만날 것 같은데요. 그런 일이 없다고야 하겠어요?"

"그럴지도 모르죠. 만약 살인자의 모습으로 만난다면 그건 우리에게 경고해서 좋은 길로 인도하기 위해서일 겁니다. 미래의 파국을 막고 새로운 행복을 찾도록 도와주는 것이지요."

오장욱이 고개를 갸웃했다.

"억지 해석 같습니다. 무조건 좋게만 보려는……."

"나의 분신에 얽힌 문제는 쉽고 단순하게 생각해야 합니다. 복잡하게 따지면 머리만 터져 나가니까."

주연이 말했다.

"재미있는 설명이지만 도무지 토스쿠를 모르겠어요. 장 박사가 토스쿠를 만났다는 것 자체도 믿어지지 않지만 장 박사와 같이 냉철한 분이 거기에 빠져서 돌아오지 않는다는 건 더 충격이었고요."

일행들이 토스쿠를 만났다는 소리에 식당에 들어온 남 사장의 가족들이 몰려들었다. 그들이 서로 밀치며 시끄럽게 떠들어대고 묻는 바람에 남 사장이 조금만 기다리면 몽땅 얘기해주겠다며 한참을 물리쳤다. 그들은 채우지 못한 호기심에 자신의 테이블로 돌아가서는 알아듣지도 못하는 이쪽의 말에 귀를 기울이고 있었다.

남 사장이 헛웃음을 치며 기세 좋게 이야기들을 풀어내었다.

"다른 세상에서 사는 또 다른 나. 따져봅시다. 멀지 않아요. 필리핀은 여러분에게 별개의 세상이 아닙니까? 여러분은 보라카이에 처음 왔지요?"

"그렇긴 합니다만?"

"언제 돌아갈 계획입니까? 급한 일이 한국에서 기다리나요? 없지요. 그것 보세요. 여기서 새로운 일을 잡으면 낯선 곳에서 나의 분신이 되는 셈이지요."

두 사람은 폭소를 터뜨리며 남 사장의 억지에 가까운 해석을 웃어넘겼다. 남 사장도 따라 웃으면서 그 둘과 직장 얘기를 나눴다.

"여기서 일을 하면서 천천히 미래를 생각해보면 어떨까요?"

두 사람은 잠시 서로 이야기를 나눈 후에 비자 만료 기간까지 머무르는 것도 좋겠다고 의견을 모았다.

"두 분 모두 당분간 머물겠다고요? 환영, 환영, 대환영입니다. 일할 곳은 널렸죠. 제가 바로 주선하지요."

남 사장이 사업체의 현황을 점검하면서 잠시 생각에 잠기고는 주연에게 말했다.

"보라카이 해변의 바에서 먼저 웨이트리스를 해봅시다. 우리가 스테이션 3지역에서 곧 바를 엽니다. 모래와 해변의 질이 스테이션 1이나 2보다는 조금 떨어지고 주변이 어수선하지만 때가 덜 묻은 곳이지요. 불빛이 현란하지도 않고 옛날 보라카이의 원시성이 흔적으로나마 남아 있는 곳이기도 하고. 영어를 잘 못한다고요? 미인에게 무슨 말이 필요합니까? 주연 씨의 미소는 매혹적이니 미소만으로도 손님들이 줄을 서지 않을까요? 한국인 관광객들이 블로그와 페이스북에 후기를 올리면 미소를 보기 위해서 손님들이 밀려들 겁니다."

그는 오장욱에게 고개를 돌렸다.

"특별히 할 줄 아는 일이 없다고요? 실례지만 전에 무슨 일을? 회사에 다녔고 취미로 희곡을 쓰셨다고요. 정말 대단한 분이네요. 보라카이를 무대로 멋진 희곡을 기대하며 저희 식당과 부두를 꼭 넣어주기를. 일단 트라이시클 운전을 해봅시다. 한국인 관광객들은 말이 통하면 아무래도 마음이 편해지니까요. 배우는 건 전혀 어렵지 않아요. 한 시간만 몰아보면 끝입니다. 보라카이 섬은 작아서 속도를 내지 않으니까 사고가 날 염려도 없지요."

오장욱이 물었다.

"토스쿠에 관한 남 사장의 말씀은 일리가 있는 것도 같아요. 그런데 토스쿠를 만났다는 장 박사는 왜 섬을 빠져나오지 못했을까요?"

남 사장이 곰곰이 생각한 후에 말했다.

"그분이 토스쿠를 너무 심각하게 생각했기 때문이에요. 먼저 토스쿠와 마음을 터놓고 얘기하면서 술도 한 잔 했어야지요."

남 사장은 구석에 몰려서 술을 마시는 처가 가족들을 가리켰다.

"저기 보세요. 모두 우리 처가 식구들입니다. 여기서 팔리는 술 절반은 저 식구들이 먹어치울 겁니다. 그래도 저렇게 모여 있으니 얼마나 보기 좋아요? 웃음이 끊이질 않지요. 우리는 대가족을 아주 좋아해요. 필리핀에서 돈을 번 사람은 함께 나눠 쓰지요. 모여서 떠들고 웃음을 나누고 걱정거리가 있어도 나누면 확 주니까. 필리핀 대가족도 좋지만 한국인 대가족도 좋지요. 여러분들도 여기까지 왔으니 대가족으로 어울려보면 어때요?"

장욱이 놀라서 말했다.

"대가족이라고요?"

"아, 구멍이 많이 난, 느슨하게 얽힌 대가족이지요. 대가족이 지겹다 싶으면 언제든지 탈출해도 좋아요. 우린 상대방을 얽매는 것을 싫어하니까. 시간이 되면 한국에서 보라카이까지 온 사정을 들려주세요. 아, 그럼요. 천천히 해도 됩니다. 여기는 느긋하고 일은 바쁘지 않으니까요. 아주 재미 있을 것 같군요. 난 이야기 듣는 걸 좋아해요. 우리 가족으로 들어오신 분들이니 더 기대가 됩니다. 사람은 그저 부대끼고 왁자지껄하게 붙어서 이야기를 나눠야 하지요."

주연이 말했다.

"좋아요. 얼마간 머물고 장 박사를 찾으러 다시 가요."

그녀가 태성에게 물었다.

"같이 갈 거죠?"

장욱이 말했다.

"섭섭하네. 날 빼놓고."

"폭풍이 무섭다면서?"

"무섭기야 하지만……. 같이 가야지."

태성이 주연에게 말했다.

"토스쿠가 두렵지 않아요?"

"전혀! 난 배우였어요. 진짜 내 모습이 뭔지 알고 싶어요. 토스쿠도 내가 궁금하겠지요."

남 사장이 말했다.

"거 좋네. 끼워주면 나도 가고 싶은데. 자신의 토스쿠를 만나면 뭘 물어볼지 차근차근 생각해봅시다."

주연이 말했다.

"장 박사를 꼭 데리고 나오지 않아도 괜찮아요. 그를 만나 이야기하고, 밥도 같이 먹으면서……."

태성이 말했다.

"섬의 나무로 흔들의자도 만들고."

주연이 즐겁게 웃었다.

"맞아요. 흔들의자에서 술을 함께 하고."

남 사장의 권유로 그들은 밤이 깊도록 맥주와 탄두아
이를 마시며 어울렸다. 태성은 할머니 주술사가 팔목에
매어준 팔찌를 들여다보고는 풀어서 탁자에 올렸다. 주
연도 그를 보고는 웃으면서 자신의 팔찌를 올려놓았다.
둘은 탁자에 놓인 붉은색과 암회색의 팔찌 한 쌍을 같이
바라보았다.

작가의 말

소설이 가는 길

한 편의 소설이 가는 길에는 갈림길이 많다. 소설 주인공은 오른쪽 길로 갈 수도 있고, 왼쪽 길로 갈 수도 있다. 소설은 고개를 넘기도 하고 방향을 바꿔 강 하류로 달려가기도 한다. 소설은 지금까지 쌓은 줄거리를 팽개치고 폭풍우 치는 바다로 달음박질하기도 한다. 어디를 택하는가에 따라 소설의 모습과 색깔은 달라진다.

작가는 소설이 어디로 가는가를 알까. 소설은 작가에게 의존하는 것 같지만 한편으로는 작가가 처한 사회와 작가가 사는 공동체와 나라의 문화 자산에 기대기도 한다. 한 사회가 키운 문화유산은 작가의 마음에 가라앉아 있다. 그래서 작가가 소설을 쓰면서 어디로 갈까를 결정할 때 작가의 무의식에서 솟아나와 작가를 인도한다.

우물에 기대 소설을 쓰면 우물에 속한 이야기가, 연못에 기대 소설을 쓰면 연못의 이야기가, 호수에 기대 소설을 쓰면 호수의 이야기가, 대양에 기대 소설을 쓰면 대양의 이야기가 나올 것이다. 그래서 중남미와 같이 나라와 사회가 처한 현실과 역사 자체가 믿기지 않는 일로 가득 찬 곳에서는 마술적 리얼리즘으로 불리는 장르가 탄생한다. 중국과 같이 거대한 스토리텔링의 나라에서는 무궁무진한 장편이 나올 것이다. 중국은 기원전에 『사기 열전』이라는 한편으로는 역사이면서, 한편으로는 인물의 내면을 깊이 파고든 소설이라고 해도 좋을 작품을 남겼다.

『토스쿠』를 준비하면서 '다른 세상에 사는 또 다른 나'와 '플라스틱 바다'라는 이미지에 기대 작품을 전개했다. 한 인간의 내면에는 수많은 또 다른 나가 살고 있다. 또 다른 나는 살인자이거나 독재자일 수도 있고 광신도이거나 예술가일 수도 있다. 현실에 사는 나는 수많은 가능성 중 하나를 선택해서 또는 어쩔 수 없는 상황에 몰려 그중 하나의 삶을 산다. 그럼 내가 씨앗으로 품었던 수많은 삶을 살아가는 다른 방식은 어떻게 된 것일까? 그런 가능성을 개화시켜 또 다른 세상에서 살면 나는 어떤 모습일까? 이런 생각이 머리를 맴돌았다.

인간은 엄청난 플라스틱을 배출한다. 인간이 육지에서 내놓은 플라스틱들은 바다로 들어가서 플라스틱이 가득한 '플라스틱 바다'를 만들었다. '플라스틱 바다'는 북태평양에도 대서양에도 있고 크기가 날로 커지고 있다고 한다. 그 '플라스틱 바다'에 구조물을 지어 사는 인간이 있다면 그 인간의 삶은 어떨까?

『토스쿠』는 이런 이미지에서 출발했다. '토스쿠'라는 단어 자체가 지어낸 말이다. 필리핀의 바다와 세계적인 관광지 보라카이가 소설의 배경으로 선택되었다. 소설『토스쿠』는 소설이 나아갈 여러 갈림길 중에서 내가 택한 길을 따라 마지막까지 왔고 마침내 출판된다. 내가 소설『토스쿠』에서 주인공을 창조했고 주인공들이 가는 길을 썼다. 그러나 과연 작가가 모두를 썼다고 할 수 있을까. 한편으로는 소설『토스쿠』의 주인공들이 이런 길을 가야겠다고 무의식적으로 또는 의도적으로 작가를 설득한 것은 아닐까. 가상은 때로 현실보다 훨씬 더 현실적인 법이다. 가상의 인물은 현실의 인물보다 훨씬 더 현실적인 인물인 법이다.

세상에 나온 소설『토스쿠』는 또 자신의 삶을 살아갈 것이다. 소설『토스쿠』역시 갈림길이 나오면 멈춰서 어느 길을 갈지 고민할 것이다. 나는 소설『토스쿠』가 멋진 삶을 살기를 기대한다. 그리고 응원한다.